中公文庫

新装版

讐　雨

刑事・鳴沢了

堂場瞬一

中央公論新社

目次

登場人物紹介

鳴沢《なるさわ》 了《りょう》 ………… 東多摩署刑事

間島《まじま》 重《しげる》 ………… 少女連続殺人犯。現在、勾留中
末吉《すえよし》通夫《みちお》………… 間島事件の被害者の父親
高橋《たかはし》……………… 謎の男
花井《はない》……………… ヤクザ
榎本《えのもと》……………… ヤクザ
畑山《はたやま》あおい……… 榎本の内縁の妻
栗岡《くりおか》正志《まさし》………… ヤクザ
上岡《うえおか》……………… ヤクザ
瀬戸《せと》……………… 防犯協会会長

萩尾《はぎお》聡子《さとこ》………… 東多摩署刑事
石井《いしい》敦夫《あつお》………… 警視庁捜査一課警部補
鳥飼《とりかい》……………… 東多摩署刑事課長
溝口《みぞぐち》……………… 警視庁捜査一課特殊班係長
江戸《えど》……………… 警視庁捜査一課刑事
山口《やまぐち》……………… 警視庁公安部刑事
水城《みずき》……………… 警視庁捜査一課長
井崎《いさき》……………… 警視庁組織犯罪対策第三課刑事
鬼沢《おにざわ》……………… 東多摩署警務課長
植竹《うえたけ》……………… 東多摩署交通課長
長瀬《ながせ》 龍一郎《りゅういちろう》 …… 東日新聞の記者
内藤《ないとう》優美《ゆみ》………… 鳴沢の恋人
内藤勇樹《ゆうき》………… 優美の息子
内藤七海《ななみ》………… 優美の兄。鳴沢の親友

讐雨

刑事・鳴沢了

第一部　火花

1

　どんな仕事にも慣れはある。端《はた》から見ればどれほど大変なことでも、何年も浸《ひた》っているうちに、当人にとっては単なる日常になってしまうものだ。

　警察官、特に捜査一課の刑事にとっての日常とは、死体とつき合うことである。これまで私は何十という死体と対面してきたが、いつの間にか感覚が麻痺《まひ》してしまったのは事実だ。二倍に膨《ふく》れ上がった水死体であろうが、一見朽木とみまがう焼死体であろうが、一々動揺していては仕事が進まない。だが時には、麻痺した感覚を鋭く刺激し、初めて死体を見た時の衝撃を思い起こさせる事件に出くわすこともある。

　車のフロントガラスに雨滴がぶつかっては潰れ、ワイパーを動かす速度を上げるとガラスが甲高《かんだか》い音を立てて鳴き始める。中途半端だ。もっと激しく降るか、きっちり止《や》んでくれればいいのに。

「温泉にでも行きたいね」助手席に座った萩尾聡子《はぎおさとこ》が、溜息《ためいき》をつくように言って両足を床に突っ張る。疲労や不快感に色があれば、私も彼女もその色一色に染まっているはずだ。

「ええ」ぼんやりと相槌《あいづち》を打った。ちらりと案内標識を見やる。間もなく中央道《ちゅうおうどう》の調布《ちょうふ》インターチェンジ。そこを降りれば、私が勤務する東多摩《ひがしたま》署までは五分ほどだ。

「上げ膳据え膳で、仕事のことなんか忘れてのんびりしたいじゃない。三日、いや、二日でもいいわ。何も考えないでぼんやりしないと、頭が破裂しそう……ちょっと、聞いてるの、鳴沢了《なるさわりょう》？」

「聞いてますよ」半分だけ。「有給でも取ったらどうですか。溜まってるんでしょう」

「そうね」ちらりと横を見ると、聡子は丸い顎《あご》を拳《こぶし》に載せて外を眺めていた。足を組み変え、小さく息を吐《は》く。「あんた、この事件が一段落したらどうするの」

「いつもの仕事に戻るだけです」

「あんたこそ、有給取ればいいのに」

「全員で休んだら仕事にならない」

「そうやって貧乏くじばかり引いてると、永遠に休めないわよ。休めそうな時には休まないと」

そうは言いながらも、彼女だって精一杯突っ張ってここまで来たのだ。結婚し、二人の子どもを生み、なおかつ日々事件と向き合うのは、並大抵の覚悟と努力ではできない。まだ若い両親が近くに住んでいなかったら全部が中途半端になっていただろうと、問わず語りに話してくれたことがある。結局彼女が諦《あきら》めたのは、体重の管理だけかもしれない。署内での愛称、ママ。私は密《ひそ》かに、その頭に「スーパー」をつけている。

「家族の話は、独身のあんたには分からないかな」

「そうですね」

「早く結婚しないと、遅れるばかりよ」

「そうかもしれません」

適当に返事しておいた。私は密かに計画を立てている。そろそろ大きくジャンプしようという腹を決めたのだが、東多摩署に異動してすぐに大きな事件にぶつかり、すべてが先送りになっていた。

「ほら、ぼんやりしてると危ないわよ」聡子が鋭く忠告を飛ばす。分かってます、と答えたものの、私の頭は暗い想いに支配され始めていた。

二か月前、誘拐、殺人、死体損壊、死体遺棄と目を背《そむ》けたくなるような数々の罪状で逮捕された間島重《まじましげる》。この男は、わずか一か月の間に三人の小学生――女の子ばかりだ――を立て続けに誘拐し、殺して山梨の山中に埋《う》めていたのだ。遺体の首は切り離され、体と一緒に埋められていた。私はこのうち二つの事件の遺体と対面したが、吐き気を覚えたのは久しぶりだった。

最初の事件が起きたのは三か月前、私が東多摩署に赴任した当日のことだ。調布で一人の小学生が行方《ゆくえ》不明になり、二日後、少女の家に髪の毛が届いた。その時点で何かの事件に巻きこまれたことが明らかになり、直ちに捜査本部が設置された。二週間後、さらに三週間後にも類似の事件が繰り返されたが、逮捕されなければさらに犠牲者が増えていたのは間違いない。

「あのクソ野郎、死刑になるんでしょうね」聡子が窓の外を見ながら言った。

「ふつうならね。でも弁護側は、絶対に奴の責任能力を争点にしますよ」

取り調べで間島の証言は首尾一貫して矛盾もなく、私たちは責任能力については問題なし、という判断に至っていた。だが、事件の異常性を考えると、裁判でこの男の精神状態が問題にされるのは間違いない。

「でしょうね。でももし、責任能力がないなんて判決が出たら、裁判長をぶん殴《なぐ》ってやろうかな」

「やめて下さいよ」

「美奈穂《みなほ》ちゃん、私の娘と同じ学年なんだよ。刑事じゃなくて、親の気持ちで事件と向き合ったのは初めてだった。たまらないわよ、これは」

調布市内に住んでいた小学三年生の片山《かたやま》美奈穂は、ピアノ教室の帰りに間島に誘拐され、絞殺された。三件の事件のうち、二人目の犠牲者である。遺体は供述通り、山梨の山中で発見されていた。

間島は三番目の事件の容疑で逮捕された後、残る二件の犯行についてもあっさり自供し、計三回逮捕されている。捜査は三番目の事件を固めることから始まり、そこから遡《さかのぼ》って最初の事件、二番目の事件と立件が続いた。明日の午後には、美奈穂に対する誘拐、殺人、死体損壊、死体遺棄の罪で起訴される予定になっている。この日私と聡子は、美奈穂の遺体が埋められていた山林の所有者である五十六歳の男性の証言を取るために、山梨まで出向いた帰りだった。遺体が発見されて以来、食事が喉《のど》を通らずに体重が五キロ減った、とさんざん愚痴《ぐち》を零《こぼ》された。あの子、ちゃんと成仏したんだろうか。うちの土地であんな事件があったかと思うと、飯なんか食えませんよね——彼の言い分は十分理解できる。

私はと言えば、この事件が始まってから体重が二キロ増えた。ずっとトレーニングをサボっているせいだ。捜査本部が解散したら、まず徹底して走りこんで鈍《なま》った体を苛《いじ》めよう。多摩ニュータウンにある私の家の周辺はアップダウンが激しく、軽くジョギングしているだけでもクロスカントリー走者のような気分が味わえるのだ。肺が悲鳴をあげ、脚ががくがくする感触が懐かしく思い出される。その苦しさに体が慣れてきたらジム通いも再開だ。チェストプレスとラットプルダウンを三セット、やり方を変えながら腹筋運動を百回、レッグプレスとショルダープレスを二セットずつ。体を動かす様子を想像するだけで、筋肉の芯《しん》がぽっと熱くなってくる。

「故障車かしら」聡子がつぶやいた。左側に目をやると、百メートルほど先の路肩に白い乗用車が停まっている。雨の中、パーキングライトがちかちかと瞬《またた》いていた。前を行くトラックが派手に水しぶきを上げ、停まっている車がルーフから水を被《かぶ》る。人が乗っているかどうかまでは見えなかった。

「ロードサービス、呼んだんですかね」

「さあ」ぶっきらぼうに言って、聡子が両手を揉み合わせる。うつむいて両肩に力を入れ、欠伸《あくび》を嚙《か》み殺した。

突然、爆発音とともに炎が上がり、目の前が真っ赤に染まった。

「鳴沢！」聡子が悲鳴を上げる。私はとっさにハンドルを右に切った。一台の車が爆風に煽《あお》られてひっくり返り、ルーフを下にしたままこちらに滑ってくる。そこに来た後続車にぶつかり、ピンボールのように弾き飛ばされて側壁に張りついた。逆さになった車を弾き飛ばした車は百八十度回転して後ろ向きになり、覆面パトカーに迫って来る。反射的にハンドルを左に切った。タイヤが悲鳴を上げて覆面パトカーが横滑りし、激しい衝突音と同時に私の体はドアに衝突した。割れたガラスが雨のように降り注ぎ、キラキラと輝く。靄《もや》がかかったように視界が白くぼやけた。気を失う直前に見たのは、突っこんできた車の運転手が啞然《あぜん》として口を開けているところだった。

ゆっくりと暗闇が去っていく。薄目を開けると、いきなり白い照明に焼かれて眼前で星が舞った。きつく目を閉じ、瞼《まぶた》の下で眼球を素早く動かす。頭の中で、小人たちがスクラムを組んで押し合っているようだった。無数の小さなスパイクが大脳を切り裂く。経験したことのない種類の頭痛だった。クソ、頭をやられたのか——。
「鳴沢」心配そうな声が降ってくる。慎重に目を開けると、聡子の丸い顔が目に入った。小さく溜息を漏《も》らし、腹の上で両手を組む。腹筋に力を入れて起き上がろうとした途端に、再び激しい頭痛に襲われた。

「無理しないで下さいよ」別の人間の声。こちらは落ち着いている。医者だろう、視線の端で白衣が動くのが見えた。やっと周囲の状況が摑《つか》めてくる。救急治療室だ。頭に手を伸ばすと、ネット状の包帯が指先に触れる。

「生きてる?」聡子が目を細めた。

「脚はついてます」

古臭い冗談に、私よりずっと若そうな医師が無理に笑い声を上げた。のろのろと左腕を持ち上げ、祖父の形見のオメガで時間を確認する。五時十五分。ゆっくり、慎重に首を巡らせ、壁の時計を視界に入れる。同じ時刻を指し示していた。大事な腕時計が無事だったことが分かり、それだけで大分気が楽になった。両肘《りょうひじ》をつき、のろのろと体を起こす。一瞬眩暈《めまい》が襲ってきたが、きつく目を閉じて耐えるうちに去っていった。尻を軸に体を回転させ、床に脚をつける。足の裏にひんやりとした感触が伝わって、意識が鋭敏に尖《とが》ってきた。

若い医師と女性看護師が三人。聡子の右頰《みぎほお》には大きな絆創膏《ばんそうこう》が張ってあった。

「大丈夫なんですか、顔」

「今さら私の顔なんか誰も気にしないわよ」聡子がにやりと笑って、私の肩を小突く。それだけで体がぐらりと揺れ、ゼリーの気分が味わえた。

「ちょっと萩尾さん、無茶しないで下さいよ」若い医師が止めに入る。

「大丈夫よ」聡子が脳天から突き抜けるような声を出した。「この男は、車と喧嘩《けんか》したぐらいじゃ負けないから」

　無茶なことを。眩暈は消えず、頭痛も頭の奥にしつこく居座っているというのに。うなだれ、手首のつけ根に額を乗せると、若い医師が心配そうに声をかけてきた。

「外傷は大したことはありませんが、後でCTスキャンで検査をしましょう」

「脳震盪《のうしんとう》ぐらいなら慣れてます」

「ほう」

「昔、ラグビーをやってましたから」

　野蛮な、とでも言いたそうに医師が顔をしかめる。どうやらこの男も、根本的な勘違いをしているらしい。ラグビーは、あらゆるスポーツの中で最も気品と礼儀を要するものなのに、関係者以外は誰もその事実を認めようとしない。

「昔のことは昔のことですよ。それに、ラグビーと交通事故は違いますからね」

「ごもっとも」認めざるを得なかった。総体重数百キロの肉塊の下敷きになったことは何度もあるし、衝突のようなタックルを食らって頭を打ったことも数知れない。だが、今私が体に抱えているのは、そういう健全な痛みとは別種のものだった。

「何があったんですか」訊ねると、聡子の顔が急に暗くなった。

「路肩に車が停まってたの、覚えてる？」

「ええ」

「あれがいきなり爆発したのよ」

「爆発……そう見えたけど、本当に爆発したんですか」自分の言葉が虚ろに響く。よほどのことがない限り、車は爆発などしないものだ。それも、ただ停まっているだけの車が。聡子が顔を寄せ、低い声で囁《ささや》く。

「公安の連中が出て来てるそうよ」

唾《つば》を呑《の》んだ。粘りが強く、喉に引っかかる。鼻の奥で潮の臭いがした。

「過激派？」

「爆発物だから、そういう可能性もあるっていうこと」

「ニュースでやってましたけど、どうなんですか」仲間外れにされたとでも思ったのだろうか、医師が割って入ってきた。

「ノーコメント」聡子がぴしゃりと言うと、若い医師は臍《へそ》のところで両手を組み合わせ、神妙に肩をすぼめた。

「だとしたら、こんなところで寝てる場合じゃないな」ベッドに両手をついて立ち上がる。また眩暈が襲ってきたが、何とか踏み止《とど》まった。聡子が私の肩をがっしりと摑む。その辺の男よりもよほど力強い。頰が引き攣《つ》るのを感じながら、彼女に笑いかけた。向こうからは、顔全体が痙攣《けいれん》しているように見えるだろう。

「署に戻りましょう」

「そうね。歩ける？」

「もちろん」

「ちょっと、お二人とも勝手なことをされたら困りますよ」医師が私たちの前に立ちはだかった。「まだ検査が残ってるんです。頭ですからね、今は平気でも、ちゃんと調べておかないと後で大変なことになるかもしれませんよ。何も無理を言ってるわけじゃない。私たちの仕事も理解してもらわないと」

「先生、二つ間違ってますよ」

私の言葉に、医師が訝《いぶか》しげに目を瞬《しばたた》く。

「一つ、今でも平気じゃありません」

「だったらなおさら――」

彼の顔の前で人差し指を立ててやった。

「もう一つ。あなたの仕事は十分理解できますが、あなたには私の仕事を邪魔する権利はありません」

「強がっちゃって」タクシーに乗りこむなり、聡子が笑いを漏らした。「医者をからかってどうするのよ」

「これぐらい、大したことないですよ。それより、覆面パトはどうしたんですか」

「署に引っ張っていったわ。全損じゃないけど、結構派手に壊れてたわね」

「テロだったらどこの管轄になるんですかね。うちの署ですか?」私は声を低くした。

「まさか。本庁の公安が持っていくでしょう。実際、そういう方向で話が進んでて、連中も動き始めてるわけだし」聡子も私に合わせて小声になる。

「冗談じゃない」

「あんた、過激派の取り調べとかやりたいの?　もしかすると外国のテロリストかもしれないでしょう。英語は得意かもしれないけど、あの連中に通じるとは限らないわよ。だいたい、完全黙秘するんじゃないかな」

「だけど、公安の連中にちゃんとした捜査能力があるとは思えない」

「ずいぶん滅茶苦茶言うけど、あの連中と何かあったの?」

「思わせぶりなだけで何もやってない連中が嫌いなだけです」

「言うわね」聡子がハンドバッグからコンパクトを取り出し、覗《のぞ》きこんだ。額にかかった一筋の髪を二度、三度と引っ張る。

「傷、深いんですか」

「大したことないわ。引っ掻《か》き傷みたいなものよ。ぶつかったのは運転席の方だから」コンパクトと睨《にら》めっこを続けながら答える。「でも、よく逃げられたわね。あそこでハンドルを切らなかったら、前の車と正面衝突してたわよ。そうしたら、二人ともこの程度の怪我《けが》じゃ済まなかったでしょうね」

「ほかに怪我人は？」

「私たちのほかに五人。重傷者は一人だけで、あの病院に入院してるわ。でも、全員命に別状はなし」

「不幸中の幸いですね」

「そういうこと」コンパクトをしまった聡子が大きく身震いする。

「本当に大丈夫なんですか」

「体はね」聡子が丸い肩をすくめた。「ただ、何か嫌な予感がするのよ。この一件、そう簡単にはいかないんじゃないかな」

ほどなく私は、彼女の勘の鋭さに驚かされることになった。

「おう、えらい目に遭ったな」東多摩署に戻った私たちを出迎えたのは、刑事課長の鳥《とり》飼《かい》だった。えらい目に遭ったと言う割に、顔には緩んだ笑みが浮かんでいる。公安の連中が事件を引き取る方針が決まってほっとしているのだろう。それでなくても手一杯で、新たな事件を抱えこむ余裕などないのだ。

間島事件の捜査本部は、署内で一番広い会議室に置かれている。折り畳みの机が整然と並べられ、五十人ほどが一度に座れるようになっているが、夕方のこの時間にはがらんとしている。まだほとんどの刑事たちは出先から戻っていないのだ。

頭を下げると思い切り背中をどやされ、大人しくしていた頭痛が騒ぎ出す。鳥飼は元々、柔道の中量級の有望選手として警視庁に入って来た男である。左膝《ひだりひざ》の靭帯《じんたい》を断裂してオリンピックへの道は断たれたが、上半身の厚みに現役時代の名残があり、掌《てのひら》は野球のグラブ並みに大きい。悪いことに自分の力をコントロールするのが苦手で、スキンシップのつもりで刑事たちの肩をばしばし叩《たた》いては嫌がられている。

「一応、怪我人なんですが」抗議すると、鳥飼が歯を見せて笑った。

「おお、悪い。だけどお前、頑丈なのが取り得だろうが」

「それはそうですけど」また眩暈が襲ってくる。やはり精密検査を受けておくべきだっただろうか。

「現場、どんな感じだったんだ」

「路肩に停まっていた車がいきなり爆発したんですよ。それで、前の車が爆風でひっくり返って……」私は口をつぐんだ。そこから先はあまり覚えていない。記憶が飛んでいるのか、一瞬のできごとだったのでそもそもはっきり見ていなかったのか。

「車はほとんど骨組みだけになってたみたいだぜ」言って、鳥飼が口元を引き締める。

「燃えたんじゃなくて、一瞬で吹き飛ばされた感じだな。あれは事故じゃない。ガソリンに引火しても、あそこまで派手に爆発しないからな」

「爆発物の見当はついてるんですか」

「今、本庁の鑑識の連中が調べてる。爆発した車はここに引っ張って来てるよ」

「じゃあ、うちの事件じゃないですか」

「仮に、だよ。ここが一番近かっただけの話だ」厄介ごとから目を逸《そ》らすように、鳥飼が私の顔から視線を外す。

「こんなにのんびりしてていいんですか」私の目は、部屋の一番前、ホワイトボードがある辺りにひきつけられた。二本で一まとめにされた一升瓶が五セット、置かれている。あちこちから届いたお祝いだろう。すでに明日の起訴、捜査本部の解散に向けた準備が始まっているのだ。私は酒を吞まないが、確かに打ち上げが必要である。この事件は誰にとっても重過ぎた。矯正しようのない男が犯人だったとはいえ、事件の重みが打ち消されることはない。何かの形できっちりとピリオドを打たなければならないのだ。

「とにかく、この一件はうちの事件にはならない。しない」宣言する鳥飼の表情が強張《こわば》った。角刈りにした頭を苛立《いらだ》たしげに掌で擦《こす》ると、下唇を突き出す。「三か月休みなしでやってきたんだからな。みんなへとへとなんだ。これ以上、妙な事件を抱えこんでたまるかよ」

「テロかもしれないんでしょう。のんびり構えてる暇はないですよ」

「それだったら、まさしく公安の連中の出番だろうが」鳥飼が鼻を鳴らした。この男も明らかに公安を嫌っている。伝統的な刑事部と公安部の対立は、今も消えてはいない。

「お前、今日はもう帰れ。ママもな」

「今日の聞き込みの報告書、まだ出してないんですが」

「だったら五分で書いて、さっさと帰れ。怪我人を働かせたなんて言われたらたまらんからな。俺の立場も考えてくれよ。管理職ってのも、これでけっこう大変なんだぜ」声を上げて笑い、鳥飼がまた私の肩を叩いた。管理職として、まずは部下に嫌がられる癖をやめればいいのに。

肩から頭に広がる痛みに顔をしかめながら、椅子《いす》を引いて腰を下ろす。酒瓶の点検を始めた鳥飼の背中を睨みつけながら「呑気《のんき》なオッサンだ」と文句を漏らした。

「とりあえず、仕方ないんじゃないの」聡子が慰めるように言った。「こっちに回ってこない事件をどうこう言っても始まらないんだから。何でもかんでも自分の事件にできると思わないの。そんなことより、今日の聞き込みの結果、早く書いちゃいなさい」

仕方なく手帳を広げ、考えをまとめようとすると頭痛がひどくなってくる。今夜家へ帰って一人、という事実が恨めしくなった。

優美《ゆみ》なら、こういう時はてきぱきと面倒を見てくれる。彼女と息子の勇樹《ゆうき》がアメリカに渡って間もなく四か月。勇樹は、ネットワーク局が放送するテレビドラマのオーディションに合格し、秋から始まる番組の準備に追われている。優美とは毎日のようにメールを交換しているが、今日の怪我は伝えないようにしよう、と決めた。すぐに会えるわけではないのだから、無用の心配をさせるのは得策ではない。

外に出ていた刑事たちが三々五々戻って来て、会議室が賑《にぎ》やかになり始めた。事件の幕引きが近いせいか、あちこちで笑い声も上がり始める。こうなるともう集中できない。手帳を閉じて立ち上がった。

「どこへ行くの」聡子が鋭く訊ねた。

「刑事課に。ここは騒がしいですから」

「案外神経質なんだね」

「冗談じゃない」

　今、私の心を捉えているのは、間島の事件ではなく今日の爆発だ。だいたい、鳥飼は呑気に構え過ぎているのではないか。死者が出なかったとは言え、車を爆発させるような事件は日本では過去にほとんど例がない。万が一テロだったらどうするつもりなのか。いや、テロでないとしたら、捜査はかえって厄介になるだろう。公安の連中は、自分たちに関係がないと分かればすぐに引くはずだ。その後のことまで想定しているのだろうか。高速道路で起こった事件だから高速隊の管轄とも言えるが、あの連中の仕事はあくまで交通事故の処理とひき逃げなどの交通事件の捜査だ。爆発事件の捜査のノウハウは持っていない。地理的に現場を所轄に持つ東多摩署に回ってきてもおかしくはないのだ。

　しんとした刑事課の自分のデスクで報告をまとめた。体重が減った、という目撃者の顔を思い出す。彼は、間島が犯行に使った車が山道を行くのを目撃したのだが、自分の土地に遺体が埋められたことでトラウマを背負いこんでいる。目撃証言は、死体遺棄を裏づける貴重なものになる。そう言って何度も励ましたのだが、今日の事情聴取には非常に時間がかかった。

直接話したことはないが、私も何度か間島の取り調べに立ち会っている。表情が消えていることが多い。感情を抜かれたように、ただぼそぼそと喋《しゃべ》るだけの男。だがしばらく見ていると、唇の端に常に薄い笑みが浮かんでいるのに気づく。取り調べでどこまでこの男の心の奥に踏みこめたかは分からないが、まだ何かを隠しているのではないだろうか。動機――人が死ぬのを見たくて。死体を切断するのに性的な興奮を覚えて。裁判では、そのように淡々とした言葉で間島の動機が説明されるのだろう。だが本当の心の奥底、もっとどろどろした本音《ほんね》は、おそらく誰も知ることができない。間島本人でさえ説明できないのではないだろうか。

間島は、必ず被害者の家族に手紙を送りつけていた。封書の中には、被害者の髪の毛が一束。間島の中では理屈づけられる行為かもしれないが、三回の逮捕、六十日に及ぶ勾留中の取り調べで、私たちが合理的に納得できる説明は一切なかった。彼が何度も繰り返した台詞《せりふ》は「家族に教えないと可哀相だ」というものだったが、到底納得できるものではない。可哀相、という感情の出所が私たちとはまったく違うのだろう。

溜息が漏れ出た。

あらゆる事件には、その後の事件へとつながる教訓がある。だから、関わった事件については細部まで覚えておきたい。暇を見つけては、自分に直接関係のない古い事件の記録を読み返しているのも、そのような理由からである。だが、この事件に関しては別だ。できれば、関わった三か月間を人生から抹消してしまいたい。

「何よ、溜息ついて」声に顔を上げると、聡子が両手に手紙の束を抱えて立っていた。

「調子悪いんなら、病院へ行ったら？」

「大丈夫です。萩尾さんこそ、まだ帰らないんですか」

「手紙の整理をしてからね。みんな捜査本部に取られちゃってるから、刑事課に届く手紙を整理する人もいないのよ」

「それなら俺がやりますよ」手帳を閉じて立ち上がった。単純作業に没頭している方が、妙なことを考えずに済むかもしれない。

「いいから、座ってなさい」

のろのろと腰を下ろす。これは駄目だ。怪我のせいかもしれないが、今日の私には固い意志がない。冷たく寂しい、一人ぼっちの家すら恋しくなってきた。

ぶつぶつ言いながら、聡子が私の隣の席で郵便物の仕分けを始める。ほどなくその手が止まり、「あれ」と短くつぶやいた。

「何ですか」

「悪戯《いたずら》かな」

聡子が一通の封書をつまみ、ひらひらと振って見せた。これといった特徴もない、真っ白な封筒である。

「宛先が、東多摩署刑事課っていうだけなのよ」

「差出人は？」

　くるりと裏返し、私に示した。裏には何も書いていない。

「開けてみようか」

「いいんじゃないですか。刑事課宛なら、誰が開けても問題ないでしょう」

　封筒を宙にかざしたまま、一瞬聡子の手が止まる。中身を透かして見ようというように、目の前に封筒を翳《かざ》した。

「鋏《はさみ》、ある？」

　手渡してやると、封筒をデスクに置き、手にしたハンカチで押さえながら、端を慎重に鋏で切り開けた。持ち上げて中身をデスクに落とす。一枚の紙を三つに折り畳んだものが出て来た。封筒を脇に除《よ》け、またハンカチを使って紙を開いていく。横目で見ているだけでは何が書いてあるかは確認できなかったが、聡子の顔がすっと蒼褪《あおざ》めるのははっきりと見えた。

「ちょっと見て」

「何ですか」

立ち上がり、彼女の肩越しに紙を覗きこむ。プリンターから吐き出された無機質な文字が私の背筋を凍りつかせた。

『間島を釈放しろ。さもないと、爆発は続く』

「何ですか、これ」

「脅迫」聡子がひどくあっさりと言った。簡単に言うことで、事態を軽くできるとでも信じているように。

「悪戯じゃないんですか」

「馬鹿言わないで」聡子の声が尖った。「消印は昨日よ。爆発が起こる前じゃない」

「車を爆破した犯人の脅迫？」

「鳴沢」目を細め、聡子が私を睨んだ。「あんた、やっぱり病院で精密検査してもらったら？　そんなこと、一々考えなくても分かるでしょう」

手紙と先ほどの爆発事件、間島を結びつけようとした。だが、それぞれの点を結ぶ糸は闇の中に消えてしまう。

聡子のデスクの電話が鳴り出した。彼女が手紙を睨みつけたままだったので、私が受話器を取る。

「はい――」

「鳴沢か？」鳥飼だった。

「ええ」

「萩尾ママもそこにいるのか？」

「います」

「二人ともさっさと上がって来い」ほとんど怒鳴るような口調だった。

「何事ですか」

「電話がかかってきた」

「電話？」

「電話だよ」私が理解できないのが大変な失点であるかのように苛ついた口調だった。

「ちゃんと説明して下さい。慌ててる場合じゃないでしょう」

電話の向こうで息を呑む気配がした。鳥飼は、目を剝《む》いて鼻息を荒くしているに違いない。

「電話がかかってきたんだ」いきなり声を下げて繰り返す。「とにかく上がって来い」

電話はいきなり切られた。

「何だって」手紙に視線を落としたまま、聡子が訊ねる。

「すぐに上がって来いって」

「課長？」

「ええ。電話がかかってきたって騒いでるんですけど」

「放っておきなさいよ。とりあえず、この手紙を鑑識で調べてもらわないと……中の紙には触ってないから、指紋が取れるかもしれないわ」

「ちょっと待って下さい」頭の中でぴん、と響くものがあった。「萩尾さん、上に行きましょう」

「それどころじゃないでしょう。この手紙が優先よ」丸い顔を赤くして反論する。

「いいから、早く行きましょう」

「何なのよ」ようやく聡子が立ち上がった。デスクの引き出しを探ってA４版の封筒を取り出し、ハンカチを使って封筒と便箋を中に落としこむ。

嫌な予感がする。だが、はっきりしない以上、そんな曖昧《あいまい》なことは言えなかった。私の勘や予感を超えたところで、何かが蠢《うごめ》き始めている。突然激しい風が吹きつけ、窓ガラスをかたかたと鳴らした。

2

電話を受けたのは、この捜査本部で私がずっとコンビを組んでいた本庁の捜査一課の警部補、石井敦夫《いしいあつお》だった。ふだんから厳しい顔つきを崩さない男で、笑った顔を見たことはほとんどない。今日は眉間《みけん》の皺《しわ》も一段と深く、頬の辺りが緊張で引き攣っている。数人の刑事が彼を囲み、小声で会話を交わしていた。私が部屋に入ったのに気づくと、石井がいきなり大声で説明を始める。

「間島を釈放しろっていう電話があったんだ」

「ああ」緊張すべきなのに、なぜか力が抜けた。

「何だよ」石井が口を尖らせる。「驚かないのか」

「二つ目ですからね」

「何だ、それは」元々細い目が、眼鏡の奥で糸のようになった。

「これです」聡子が、テーブルの上に先ほどの手紙を置いた。目を通した石井がさっと顔を上げる。今にも吐きそうなほど蒼くなっていた。鳥飼があたふたと手を振り回しながら口を開く。

「お前、あの、これは……」言葉が千切れ、後の質問が続かない。

「今日の郵便物に混じってました」鳥飼の慌てぶりが、聡子を冷静にさせたようだった。

「昨日投函されてますね。消印は東京中央郵便局」

「じゃあ、さっきの電話は……」結論を口に出すことで悪夢が始まるとでもいうように、鳥飼が言葉を呑みこむ。

「本気でしょう」聡子の言葉が、その場にいる刑事たちを凍りつかせた。

石井によると、電話はわずか十秒かそれぐらいで、相手は一方的に喋って切ってしまったという。逆探知を手配する余裕もなかった。急に慌《あわただ》しくなったが、打つ手はすぐになくなった。手紙は鑑識に調べてもらったが、不鮮明な指紋がいくつか検出されただけで、そのうちの一つは聡子のものと一致した。後は、郵便を扱った署員、郵便局員のものだろう。宛先、それに文面は印字されたもので、ここからプリンターの機種を割り出すのは難しいだろうし、それが分かったところで使った人間を特定するのは不可能に近い。手紙を書いた人間と電話の主を直接結びつける材料もなかった。

「ただな」椅子を反対にして、背もたれに胸を押しつけて座りながら石井が言った。

「文面と電話の内容を考えると、同一人物としか思えない」

「文面って言っても、何か特徴が分かるようなものじゃないでしょう」

私が反論すると、石井が力なく首を振った。ぎゅっと口を歪め、手紙のコピーを指先で叩く。

「間島を釈放しろだと？　こんな阿呆《あほ》なことを考える人間が何人いると思うよ。だいたい、あんなクソ野郎を釈放して何のメリットがあるんだ」

「しかし」反駁《はんばく》しようとしたが、聡子が目配せをしたので口をつぐむ。こと間島の問題になると、石井は常に攻撃的になる。そもそもすんなりと「間島」と呼ぶことがほとんどないのだ。必ず「阿呆」なり「馬鹿」なりの罵詈雑言《ばりぞうごん》をくっつける。

「やっぱり悪戯かもしれませんよ」その場の雰囲気《ふんいき》を落ち着かせようと、聡子が低い声で言った。

　しかし、爆発は実際に起こっている。間島は時の人だ。誰かが言っていたが、逮捕直後の一週間、テレビのニュースでこの事件に費やされた時間は三十時間近くに上《のぼ》ったという。希代の極悪人。生まれついての変質者。小学生の娘を持つ親を瞬時にしてパニックに陥《おとしい》れ、死刑廃止論者に向かって強烈な逆風を吹かせ、私たちの心にさえ一生消せないであろう不快感を植えつけた男。今は、留置場という司法関係者以外の人間が手を出せない場所にいるが、西部開拓時代のアメリカだったら、真っ先にリンチの対象になっていただろう。これから何年も続く裁判をまだるっこしいと思ったり、適当な罰が与えられないのではないかと恐れた誰かが、怒りの矛先を見つけられずにこんな電話や手紙を寄越したのかもしれない。

もう一つの可能性もある。間島を助け出そうとしている人間がいるのではないか。

「滅茶苦茶な話だけど、誰かが間島を助けようとしてるのかもしれん」石井が首を捻《ひね》りながら言った。

「俺も同じことを考えてました」

「間島の野郎は、何か心当たりはないかね」石井がぼそりとつぶやいた。

「さあ、どうでしょう」やはりその可能性は低いだろう。間島に一番縁遠い言葉があるとすれば「友人」であるし、危険を冒してまで自由にしてやろうと考える人間がいるとは思えない。

「ちょっと揺さぶってみるか」石井が立ち上がった。「鳴沢、お前、間島の調べは直接やってないよな」

「ええ」

「話してみるか。ああいう人間の調べをするのも後学のために——ならないか。あんな奴は、その辺に落ちてるゴミ以下の存在だからな。ゴミと喋っても参考にならない」

石井の怒りが露骨な言葉に形を変えて噴出する。険しい表情を崩さぬまま、聡子に声をかけた。

「萩尾ママ、あんたはもう帰んなよ」

「もう少しいますよ。何か動きがあるかもしれないから」

石井は数秒間、聡子の顔をまじまじと見詰めていたが、やがて緊張を解くように小さく肩を上下させた。「好きにするんだな」という台詞を残し、足早に歩き出す。部屋を出る直前、聡子の方を振り向くと、「仕方ない」とでも言いたげに肩をすくめた。私は、足早に廊下を歩く石井の後を追いながら、その頭から蒼白い炎が吹き上がる様を夢想した。


「何、まだ調べがあんの？」取調室に連れて来られた間島は、手錠が外されると椅子の背に片腕を回し、だらしなく姿勢を崩した。「もう話すことなんてないんだけど」

石井も私も立ったままだった。石井の肩は怒りで盛り上がっている。腹の底で燻《くすぶ》るものが噴き出したらどうなるか——救いは、私の方が石井よりも十センチは背が高く、体重でもおそらく十五キロほど上回っていることだ。いざとなったら、タックルを食らわせて壁に押しつければ何とかなる。

間島は小柄で、まるで頭にずっと重石《おもし》を載せられていたように首が短い。上半身、特に肩の辺りにはみっちりと肉がついているが、それに比して下半身は貧弱だった。

調布で生まれ育ち、最初の誘拐事件を起こしたのもこの街である。それゆえ、捜査本部が東多摩署に置かれたのだが、はっきり言えばとんだ迷惑だった。取り調べは刑事の仕事の基本だが、中には手合わせしたくない容疑者もいる。間島はその典型だった。口癖は「どうせ死刑だし」。取り調べを主に担当した一課のベテラン刑事、江戸《えど》が愚痴を零したことがある。ああ、お前はどうせ死刑だよと、何度も言いそうになったと。たとえ冗談でも容疑者にそんなことは言えないわけで、ストレスの溜まる取り調べであったことは容易に想像できる。

地元の中学を卒業してから府中《ふちゅう》にある高校に進学したが、半年で辞めている。勉強についていけなくなって不登校になり、自ら退学という道を選んだのだ。その後は二年ほど家でぶらぶらしていたが、十八歳になった時に一念発起して大検を受け、翌年に二回目で合格している。大学受験にも成功したのだが、結局その大学にも一年ほど通っただけだった。その後はアルバイトをしたり、一時は就職したこともあったというが、いずれも長続きしていない。

二十歳の時に一度逮捕されている。公園のトイレで小学二年生の女の子にいたずらしたのだが、この時は起訴猶予《ゆうよ》になっている。それから十五年経ったこの春、わずか一か月の間に三人の少女を殺した。世間的には無名性を保ったままの十五年間に、この男のメンタリティにどんな変化があったかは、取り調べの中でははっきり分からなかった。病的な行動が鳴りを潜めていたのは間違いないのだが、その分、頭の中では残虐な想像が膨れ上がっていたのだろう。抑圧は時に想像力の燃料になり、何かをきっかけにして爆発的に燃焼させる。最初の殺しが二回目の呼び水になる、二回目は三回目のきっかけになる。

間島の鼻の下には薄い汗の膜ができていた。口は、口腔の上の方を舌で掻き回しているかのように捻《ね》じ曲がり、目はこの男にしか見えない何かを楽しむように輝いている。「早くやろうぜ」間島がデスクに両肘をつき、合わせた拳の上に顎を載せた。「あんまり遅くまで引っ張ってるとまずいんじゃないの」

石井が一歩を踏み出した。私が引き止めるのも間に合わない素早い動きで、デスクの脚を蹴飛ばす。衝撃で間島の顎が拳の上から落ち、その顔に私が初めて見る表情が浮かんだ――恐怖。

「やめろ！」間島が椅子からずり落ちそうになりながら、両手で顔を庇《かば》う。石井がさらに詰め寄ったが、私が肩に手をかけると辛うじて踏み止まり、一つ大きく深呼吸してデスクの位置を直してから間島の向かいに座った。間島はデスクの端を両手で摑んだまま、できるだけ石井との距離を置こうと両腕を突っ張る。顎に力が入り、下唇が突き出た。「何びびってんだよ」石井が腕を組み、斜め下から間島を見上げる。「お前にはびびる権利なんかないんだ。お前に殺された子どもたちは、もっと怖い思いをしたんだぞ」間島が二度、三度と咳払《せきばら》いをした。ぬめぬめと濡《ぬ》れた真っ赤な唇が鈍く光る。

「石井さん、穏便に――」

「分かってる」私の警告を無視し、石井がデスクの上に身を乗り出した。「お前、友だちなんかいないんだろう」

「はあ?」唇の上の汗を指先で拭《ぬぐ》いながら、間島が気の抜けた声を出した。

「お前みたいな奴には友だちなんかいないよな」

「いないよ」へらへらと薄い笑いが蘇《よみがえ》った。「そんなもん、いても仕方ない」

「じゃあ、お前を助けてくれる人間は誰もいないわけだ」

「いやあ、弁護士がついてるし。裁判になったら何を話そうかな」

それは、私たちが一番恐れていることだ。裁判で何を喋るか、それがどんな判決につながるかは誰にも読めない。

「そうじゃなくて、この世界の外でだ。裁判の話をしてるんじゃない」苛ついた声で石井が訂正した。

「ねえ」間島が、私を見上げた。両生類を思わせる黒い小さな瞳には生気がない。「この人、さっきから何言ってるの？　何のことだかさっぱり分からないんだけど」

「お前が逮捕されたことを心配してる人間は誰だ？　親の他《ほか》に――」

「親は心配なんかしてないよ」石井の追及に、しれっとした口調で間島が答えた。「あんなの、関係ないでしょう」

間島の両親は調布に住んでいたのだが、事件が発覚してから逃げるように家を出た。今は故郷の山梨に引っこんでいるはずだ。

「お前、今までのことは全部一人でやったんだろうな」

「はあ？」

「誰か仲間がいたのか」

「まさか」間島が鼻で笑う。「俺はちゃんと命令に従ってやっただけだからね」

命令。調書の中に何度もその言葉が出てくる。すべては命じられてやったことだ、と。だがそこに「神」や「悪魔」という言葉はない。自分を動かしていた存在について、この男自身も説明できないようだった。

「だいたい、俺にはそういう趣味はないからね」

「そういう趣味って、どういう趣味だ」石井の声が低くなる。デスクに載せた拳がかすかに震え、太い血管が浮き上がった。

「だから、俺が捕まえた女の子は俺一人のもので、みんなでいじるのなんて――」

「黙れ！」石井の拳がテーブルを打つ。間島が少々大袈裟《おおげさ》に身を震わせ、椅子に背中を押しつけた。その目には演技とは思えない怯《おび》えが走り、助けを求めるように視線が彷徨《さまよ》っている。

「お前を外に出したがっている人間がいるみたいだが、心当たりはあるか？」

「はあ？」

「ないのか」

「はあ？」

石井が溜息をついて頭を振った。会話は一応成立している。だが実際には、言葉が通じない別の世界の人間を相手にしているのと同じだった。まるで間島は操り人形で、私たちはこの男を操っている姿の見えない黒幕と話をしようとしているようではないか。

「もういい。戻れ」石井が留置係の警官に合図をした。間島が大人しく手錠に腰縄を打たれ、散歩にでも行くような軽い足取りで取調室を後にする。それを見送る石井の目に、暗い軽蔑の光が宿るのを私は見た。

東多摩署は、最寄の京王線の駅まで歩いて十分ほどのところにある。以前に比べれば大分通勤が楽になった。ここに異動する前は青山署《あおやま》にいたのだが、自宅のある多摩センター駅から最寄の青山一丁目駅まで、電車に乗っている時間だけで一時間近くあった。今は、京王線を使って十五分ほどだろうか。結果的に通勤時間は三十分以上も短縮された。

青山署と東多摩署を単純に比較することはできない——管轄区域の居住人口は東多摩署の方が圧倒的に多いが、扱う事件の数は青山署の方が多い——が、本庁から距離的に遠ざかったという意味では左遷である。それも仕方のないことだ。ここ数か月の間に、私は警視庁の一大派閥を蹴飛ばすようなことをしたし、故郷の新潟でも関係ない事件に首を突っこみ、その結果罪を背負ったまま一人が死んだ。首にされないだけましである。

歩きながら携帯電話で子どもと話していた聡子が、一つ溜息をついて電話を閉じた。午後九時。間島事件が動き出した頃に比べると拍子抜けするほど早い帰宅時間だが、それでも彼女の足取りには隠しがたい疲労が見える。

「子どもさん、怒ってませんか」

「まさか」驚いたように私の方を向いた聡子が、辛うじて笑みを浮かべる。「聞き分けがいい子たちでね、それだけは助かるわ。旦那の教育がよかったのね」

「萩尾さんじゃなくて？」

「旦那は子煩悩だけど、厳しくする時は厳しくするから。本当に助かってるわ。そうじゃなかったら、とっくに刑事なんか辞めてるわよ」

「どっちを取るかなんてことになったら、やっぱり家族ですか」

「当たり前じゃない。だいたい、ちゃんと生活者の視点を持ってないと、こんな仕事はできないのよ」

また雨が降り出していたが、二人とも傘を差していなかった。私は傘が嫌いだし、聡子は傘を持つだけの元気すらないようだった。甲州《こうしゅう》街道を行く車のヘッドライトに霧のような雨が浮かび上がり、寒さが体に染みてくる。今年の梅雨は、本当に梅雨らしい日々が続いている。

「あんた、頭は大丈夫なの？」

言われて包帯に手を伸ばす。頭痛はなく、怪我したところを触るとわずかに痛むぐらいだった。

「大丈夫みたいですね」

「彼女を泣かしちゃ駄目よ」

「俺が怪我しても、泣くような人はいませんから」個人的な事情を聡子に話す気にはならなかった。

「本気で身を固めることを考えた方がいいんじゃないの？　私の後輩、誰か紹介しようか。どんな娘《こ》が好みなの？」

「いいですよ、そんなこと」思わず顔をしかめる。大きなお世話だ、と言えば済むのだが、口喧嘩をする元気もない。「今は仕事第一ですから」

「何言ってるの。結婚して、ようやく一人前なんだから。だいたいあんた、何歳になったの？」

「三十四」

「今結婚しないと、ずっと遅くなるか、それこそ結婚できなくなるわよ。最近はそういう傾向が強いみたいだから。十年ぐらい前までは、男は二十八歳、女は二十六歳ぐらいで結婚するのが平均だったんだけどね」

「心配してもらわなくても、そういうことは自分で何とかしますから」

「なるほどね。そんな風に言うからには、独身主義者ってわけじゃないんだ」

「そんなことより、今日の一件は何なんですかね」駅まではまだしばらくかかる。プライベートな事柄の詮索《せんさく》をやめさせるために、話題を変えた。

「何かねえ……」聡子が両手を揉み合わせた。「爆発した車の鑑識の結果、まだ入ってなかったでしょう」

「そうですね」

「爆発物って、案外簡単に作れるのよね。インターネットで調べれば作り方はすぐに分かるし、材料を集めるのも難しくないでしょう。だけど車一台を完全に吹き飛ばすような威力のあるものは、素人《しろうと》には扱えないんじゃないかな」

「素人って……日本に、爆発物の玄人《くろうと》なんかいるんですか」

「うーん」聡子が丸々とした顎に指先を当てた。「自衛隊か警察ぐらいね。警察は使うんじゃなくてもっぱら処理する方だけど」

「可能性は低いですね」

「そうね」あっさり自分の仮説を放擲《ほうてき》して、聡子が私に話を向けた。「あんたはどう思う？」

「今の時点で仮定の話をしても仕方ないですよ。鑑識の結果を待ちましょう。それにしても、本当に公安の連中がやるんですかね」

「またそんなこと言って。何でもかんでも自分で抱えこむのは無理なのよ。それに、公安の連中だって馬鹿にしたものじゃないんだから。爆発物に関する事件だったら、あの連中の方が経験豊富なのよ」

「それはそうですけど」

釈然とはしないが、認めざるを得ない。かすかにうなずいて続けた。

「あの電話と手紙はどうでしょう」

「はっきりしないけど、嫌な感じね」

「電話の方は悪戯かもしれませんね。ニュースで流れた後ですから、それを見て悪戯する気になったのかもしれない」通話記録から、練馬《ねりま》の公衆電話からかかってきたものだということだけは分かっていた。

「悪ふざけでああいうことをする奴はいるからね。でも手紙は――」

「ええ。投函されたのは爆発が起きる前です。ある意味、爆破予告だったんじゃないですか」

「私たちの目に触れるまでにはタイムラグがあったけど」

「呑気に家に帰っていいんですかね」

「仕方ないでしょう。今日のうちにできることは全部やったのよ。電話の線はこれ以上調べられないし、手紙に関しても手がかりはないんだから」

「爆破は続く、か」小声で言って、前方の濡れた歩道に目線を落とした。俺の感覚は鈍ってしまったのか？　間島のように狂気と正気の狭間《はざま》で揺れ動く男の事件にどっぷり浸かり続けた結果、死者の出なかった爆発事件など大したことはないと無意識のうちに思っていないか。

「どうかした?」

「いえ」

「調子が悪いんだったら、明日の朝、病院に行った方がいいわよ。課長には、私から言っておくから」

「大丈夫です」

「あんたがそう言うならそれでいいけど」

駅までの道のりはいつもより近く感じられた。考え事をしているとよくそうなる。意識が体から離れ、脚が勝手に動いているようなものだ。目の前で炎を吹き上げた車、短い脅迫状の文章、間島の鼻の下に浮かんだ汗。様々なことどもが頭の中で渦巻くが、それらは一体にならず、ばらばらの方向へ飛び散ろうとしている。

「鳴沢、先に行くわよ」声にはっと顔を上げると、聡子はすでに改札の向こうに消えるところだった。腕時計を見ながらほとんど走っている。子どもが寝つくまでに家に帰れるのだろうか。

私はといえば、そのまま帰る気になれず、駅の近くにあるカレー専門店に入った。いい加減外食にはうんざりしているのだが、家に帰っても冷蔵庫はほとんど空っぽだし、そもそもこんな時間から料理をする気にはなれない。優美たちがアメリカに渡ったのが二月。その直後に間島の事件が発生し、私は夜も昼もない狂騒に巻きこまれた。その間、家で食事をしたことが何回あっただろう。優美が作る食事の味が舌に懐かしく蘇り始めた。ベイクドビーンズ。マッシュルーム入りのオムレツ。ちらし寿司。去年の冬にレシピを完成させた豚の角煮。手作りのコーンド・ビーフ。彼女の祖母のタカは、いつでも食事を食べに来いと言ってくれているが、さすがに二人で食卓を囲む気にはなれない。口を開くと、三回に一回は説教が飛び出してくるのだ。特に、今回の優美と勇樹のアメリカ行きに関しては全面的に反対していたので、会えばその件で文句を言われるのは分かりきっている。二人を引き止めなかったのが、彼女にはいかにも冷たい態度に見えたようである。

無意味な衝突は避けないと。今日は十分過ぎるほどの衝突を味わったのだから。

ビーフカレーを五分で食べ終え、口中に残る辛味を水で洗い流してから首をぐるぐると回した。幸い、もう頭痛は消えている。自分が頑健であることに感謝しつつ店を出た。

今夜は少し体を動かしてみよう。

何かやっていないと、様々な思いに体が引きちぎられてしまいそうだった。

私は、知り合いから借りている家のガレージに、簡単な筋力トレーニングができる機材を揃《そろ》えている。二十キロと十キロのダンベルを二つずつ、それにベンチ。これだけでたいていのトレーニングには間に合う。Tシャツと短パンに着替えてガレージに下りると、オイルの匂いと湿った空気に出迎えられた。父の遺品であるレガシィにも、オートバイのSRにも、最近まったく触っていない。

二十キロのダンベルを使い、まず大胸筋から始める。ベンチに仰向けに寝て両手にダンベルを持ち、腕が開かないように気をつけながら垂直に上げ、そこからゆっくりと肘を引いて下ろす。上げる時は素早く。二十回繰り返すと、前腕から胸にかけて筋肉が熱っぽくなり、額に汗が吹き出てきた。続いてベンチに右膝をついて背中を床と平行に保ち、右手に持ったダンベルを素早く脇の下まで引き上げ、次いでゆっくりと床の近くまで下ろす。これも二十回。続いて左腕で同じ運動を繰り返す。胸と背中のトレーニングを三セットずつ終えると、今度は腹筋だ。ベンチの上で膝を軽く曲げ、自分の臍を眺める感じで素早く持ち上げ、じりじりと下ろしていく。十五回ずつ三セット。今度は仰向けのままベンチの端を両手で握り、脚を揃えて上げ下げする。腹筋運動の一番の欠点は動きが単純過ぎることであり、普通の腹筋と脚上げによる腹筋を交互に行うことで、その単調さを解消するようにしている。最後に十キロのダンベルを使ってアームカールをした。肘を完全に伸ばすよう心がけ、左右交互に十五回ずつを三セット。すべて終わった頃にはTシャツが汗でぐっしょりと濡れ、ペットボトルの水を一気に半分ほど飲んで喉の渇きを慰めてやらなければならなかった。

運動が終わったら靴磨きだ。しばらく放っておいたので、どの靴も曇り始めている。まず、この春手に入れたエドワード・グリーンの黒いモンクストラップと茶のストレートチップから。ブラッシングして埃《ほこり》を払い、汚れ落としのクリームを塗ってから乾拭きする。その後で丁寧に乳化性クリームを塗りこんだ。一時間ほど放っておいてから磨きこめば輝きが蘇る。

この二足は衝動買いだった。優美と勇樹がアメリカに行ってしまってから、仕事以外の時間と金をほとんど二人のために費やしていたことに気づき、ただ貯金するよりはとつい買ってしまったのだ。さすがに高いだけあって、履いた途端に空気が抜けて足にすっと吸いつく感じが心地良い。ソールを張り替えて十年は履き続けることになるだろう。

傍《かたわ》らに置いた携帯電話が鳴り出した。

「おう」

「ああ」顔が自然に綻《ほころ》ぶ。優美の兄、七海《ななみ》だった。私が学生時代に留学していたアメリカの大学の友人で、今はニューヨーク市警の刑事である。日系二世だが、私と話す時は日本語だ。

「どうしてる」

「今、トレーニングが終わって靴を磨いてた」

「よくそんな暇があるな。例のサイコ野郎はどうした」

「明日起訴で、こっちの仕事は終わりだ」

「そうか。ご苦労さんだったな。吊るせそうか？」

「それは俺が決めることじゃない」

「まあな。だけど、お前の感触はどうなんだよ」

「分からないな。裁判がどう動くかは予想できない。誰かに命令されてやったなんて言ってる人間だしな」

「吊るせなかったら、一生閉じこめておくことだな。そういう野郎は野放しにいちゃいけない」

最近、七海はよく電話をかけてくる。優美がアメリカに行ってしまったので、私に気を遣っているのかもしれない。話す度《たび》に、間島の事件について詳しく説明した。関係者以外に事件の話をしないのは不文律だが、七海ほど遠く離れた場所にいる人間に対してなら、その原則を無理に守る必要もないだろう。七海は、自分が手がけた似たような事件について話してくれた。あの事件を知ってるか、俺はもっとすごい事件をやったことがある。刑事同士を親しくさせるのは、いつでも事件の自慢話である。

「彼女、どうしてる」

「ああ、元気、元気」七海が豪快に笑った。「毎日忙しくしてるみたいだよ」

「放送、九月からだろう」

「準備が大変らしいんだ。始まったらヴィデオに撮って送ってやるよ」

「そんなにきつくて、勇樹は大丈夫なのかね」

「あいつは大物だね。全然物怖じしないんだ。出演者にもスタッフにも可愛がられてるみたいだし、案外あの世界に向いてるんじゃないかな」

「やめろよ。それじゃ、ずっとアメリカにいることになるじゃないか」

「それもいいんじゃないか？　そうだ、お前がアメリカに来ればいいんだよ」

「簡単に言うなよ。仕事はどうする」

「勇樹に食わせてもらえばいいだろう。それが嫌なら、ニューヨークで私立探偵でも始めるんだな」

「冗談じゃない」それを機に、私は密かに温めている計画を告げた。七海は「ええっ」

と意外そうな声を上げたが、最後には「面白いじゃないか」と賛同してくれた。

「彼女には言わないでくれよ」

「驚かすつもりなんだな？」

「まあね」

「お前がそんな洒落《しゃれ》っ気のある男だとは思わなかったな」

「そういうわけじゃないけどね」

「まあ、いいんじゃないか。一緒にいて、ちゃんと話をするのが一番大事なんだから。いいか、男と女は、何よりもコミュニケーションが大事なんだ。目と目で見詰め合って、それで意思が通じるなんて思ったら大間違いだぜ。話さないと何も始まらないんだからな。愛は言葉だ」

「彼女のいないお前に言われたくないね」

「それを言うな」また七海が笑う。が、すぐに真剣な声色になった。「とにかく、そろそろ真面目に考えた方がいいんじゃないか。俺はいつでもバックアップするぜ」

「ああ」

「じゃあな。そうだ、優美にもたまには電話してやれよ。メールのやり取りだけじゃつまらないだろう」

「そうするよ」

だが、今日でなくてもいい。私はまだ、事件の埃をたっぷり被っている。彼女と落ち着いて話をするのは、間島の記憶が少しでも薄らいでからの方がいい——次の事件にすぐに追いまくられることになるかもしれないが。

電話を切って、爆破事件のことを七海に話さなかったな、と思い出した。まあ、いい。そもそも、詳しく話すことで記憶をほじくり返したくもなかったし、七海に話せば優美にも知られてしまう。そうなったら彼女は大騒ぎするだろうが、そもそも大したことはなかったではないか。

大したことはない。そうであって欲しいと必死で願っている自分に気づいた。これは、殺人事件を専門にする私の枠から外れた事件なのだ。爆破は続く——不特定多数の人間を傷つける恐れのある事件に関しては、犯人逮捕を急ぐと同時に予防が必要になる。そのノウハウを私は知らない。いや、私だけでなく、日本の警察はこういう事件の捜査経験がほとんどないのだ。

身震いした。汗で張りついたTシャツのせいでもなく、六月にしては冷たい空気のせいでもない。

3

シャワーを浴び、ベッド代わりに使っているソファに横になりかけた瞬間、石井から電話がかかってきた。頭はまだ枕についていなかった。

「何かありましたか」

「いや、ちょっと報告だ。一応、電話がかかってきた公衆電話を見てきたんでね」

「行くなら一声かけてくれてもいいじゃないですか」

私の文句を無視し、石井が冷めた声で続ける。

「練馬の石神井台《しゃくじいだい》の方でな、ちょっと聞き込みをしてみたけど、目撃者は見つからなかった。ところでお前、この件は悪戯じゃないと思うか」

「電話はともかく、手紙は本物でしょう。投函されたのは昨日ですから」

「俺は、電話も悪戯じゃないと思う」

「同一人物?」

「たぶんな。電話は、言ってみれば念押しじゃないか」

「まさか、釈放はないでしょうね」

「当たり前だろうが」石井が語気強く言い放った。「間島を放す？　ありえん」

「だけど、もしもまた爆破事件があったら――」

「悪いが、明日ちょっと早目に出て来てくれないか」石井が私の言葉を遮《さえぎ》った。「善後策を相談したいんだ」

「俺たちが、ですか」

「上の連中が額を寄せ合っても時間の無駄なんだよ。俺たちで何か手を考えるんだ」

「それは構いませんけど、石井さん、ちょっと入れこみ過ぎじゃないですか」

「間島に関連することなら何でも俺たちの事件だろうが。むきにもなるよ。とにかく俺は今夜、署に泊まりこむから」

「帰らないんですか」

「この時間になると帰るのも面倒臭いんだ」

「できるだけ早く行きます」

「ちょっと考えてることがあるんだ。上に話す前にお前に相談したい」

「俺なんかに相談して役に立つんですか」

「自分を卑下するな」石井がぴしゃりと言った。「そんなことを言ってると、本当に駄目になっちまうぞ」

電話を切って再びソファに横になり、組み合わせた両手の上に後頭部を慎重に載せた。石井はぴりぴりし過ぎている。今に限ったことではなく、この事件の捜査本部に入ってからずっとだ。他人のことは必要以上に詮索しないようにしているのだが、彼の焦りや怒りの原因がどこにあるのか、かすかに興味を掻き立てられた。

ボウル一杯のシリアルに黒くなりかけたバナナ一本の朝食を済ませ、大急ぎで家を飛び出す。七時半に署に着くと、石井はすでに捜査本部にいて、ワイシャツ一枚という格好で電気剃刀《かみそり》で髭《ひげ》を剃《そ》っていた。夜が彼の顔を削り取ったようで、目の下にはっきりと隈《くま》が浮いている。私を認めると、電気剃刀のスウィッチを切って頭を振ってみせた。

「寝てないんですか」

「眠れるわけないだろうが」

「案外神経質なんですね」

「馬鹿言うな。かっかしてるだけだ」

「同じことですよ。コーヒー、淹《い》れましょうか」

「ああ、頼む」

頰の内側を嚙んで苦笑いを押し潰しながら、コーヒーの準備をした。石井を相手にしていると宥《なだ》め役に回らざるを得ないのだが、それは私の得意技ではない。

コーヒーを持っていくと、石井が「悪いな」と短く言った。しわがれた声に疲労が滲《にじ》んでいる。紙コップを両手で包みこむようにして、音を立ててコーヒーを啜《すす》った。ああ、と吐息を漏らしてから椅子を引いて腰かけ、手帳を広げる。折り畳み式のテーブルを挟み、彼と向かい合って座った。

「新聞、全部チェックしたよ」傍らに乱暴に積み重ねた朝刊に目をやった。「昨日の爆発については、どこも事実関係しか書いてないな」

「鑑識の結果はいつ頃分かるんでしょう」

「今日の午前中になるそうだ。正式な結果は公安の連中が押さえちまうだろうから、こっちには伝わってこないだろうけどな。だけど、その内容は絶対に手に入れておかないといけない」

「本気で俺たちでやるつもりなんですか？」

「間島が絡んでるなら、全部こっちの事件なんだよ」石井が自分を納得させるようにうなずいた。「それに、現場は東多摩署の管内なんだからな。縄張り争いをするつもりはないけど、公安の連中には渡せない」

「俺たちがここで話してるだけじゃ、事件を持ってこられませんよ」

石井は刑事になって十五年。一課事件、それも殺しを専門にしているベテランで、上の人間も一目置いているのは間違いない。かといって、警部補でしかない彼が、好き勝手に事件を選ぶことはできない。

「お前は、そんな心配はしなくていい。そういう根回しは昨夜のうちにある程度しておいた。一課の上の方でも関心を持ってる」

「動きが早いですね」

「当たり前だ。公安の連中なんかに任せておけるか」石井がコーヒーを一口飲む。「まず、間島の身柄の問題だな。今日、起訴になるだろう？　殺しではこれが最後だ。身柄は拘置所に持って行く予定になってたけど、こんな状況だから手元に置いておきたい」

「拘置所へ移送する途中で襲う奴がいるとでも？」冗談のつもりで言ったのだが、石井は引き攣ったような真顔でうなずいた。

「万が一も考えないとな。それに、奴をもう少し絞り上げてみたいんだ。そのためにもこっちで身柄を抑えておく必要がある。万引きの件が使えるんじゃないかと思うんだが」

「犯行に使ったロープですか」

「そうだ」

間島が、御茶ノ水《おちゃのみず》の専門店で頑丈な登山用ロープを万引きしたことは分かっている。被害者の自由を奪うために使われたものだ。ただ、事件としては立件していない。その他の罪状で十分という判断だったのだ。

「それは……別件みたいなものですよね」

「構わん」

「下手に動いたら、マスコミの連中が何か嗅《か》ぎつけるかもしれませんよ。爆破予告の一件を書かれたらまずいでしょう」

「だから、特に上には箝口令《かんこう》を布《し》いてもらうんだ。情報を漏らすのは、いつも幹部連中だからな」

「完全に封じこめるのは無理ですよ」

「とにかくやるんだ」石井がコーヒーを飲み干し、紙コップを握り潰した。「無差別にあちこちで爆発を起こされたんじゃ、たまったもんじゃないだろうが。昨日の車に仕掛けられた爆発物も、過激派の連中が使っているものに比べれば破壊力は段違いだ。あんなものを、日比谷《ひびや》のビル街なんかで爆発させるわけにはいかない」

「それはそうですけど……」石井の焦る気持ちは分からないでもないが、彼の計画をすべての人間に納得させるのは不可能ではないだろうか。

「しかし、こんな形で爆発物を使う人間がいるとは思わなかった」石井が紙コップを乱暴にゴミ箱に叩きこんだ。「俺が警備部にいた頃は、こんな状況は想定にもなかったよ」

「警備部ってことは、機動隊の爆発物処理班ですか」

「そう、刑事になる前の腰かけみたいな感じでね。実際に爆発物の処理をしたことは一度もなくて、研修と訓練ばかりだったけど。ところで昨日の被害者、名前は分かってるんだろうな」

「俺は聞いてませんけど、調べればすぐ分かるでしょう」

「話を聴きたい。割り出しておいてくれ」

「勝手に動いていいんですか」

「次に爆破が起こってからじゃ遅いんだ」

「そこまでして間島を守らなくちゃいけないんですか」

「勘違いするなよ。手紙や電話の主が何者かは知らないが、連中の狙《ねら》いは関係ない。俺は、間島ごとき人間のために一般市民が傷つくのが我慢できないんだよ。実際、怪我人も出てるんだ」石井が目を細めて、私の頭を睨みつけた。「お前さんみたいにな」

「俺は一般市民じゃありませんけどね」頭の包帯に手をやった。それを見て、石井の表情がようやく緩む。

「お前が石頭だってことはよく分かってるよ。とにかく一つはっきりしてるのは、脅迫してきた奴は間島と同レベルの人間だってことだな。つまり、クソだ」

「それは認めます」

「よし」石井が筋ばった手でテーブルを叩いた。「だったら動こう」

「捜査会議はどうしますか」朝の会議は毎日八時半に招集される。

「そっちはいい。おっと、その前にこっちの捜査会議をやっておくか」

石井が顔を上げた。視線の先を見ると、会議室に鳥飼と聡子、それに数人の刑事たちが揃って入って来るところだった。誰もが薄い怒りを顔に浮かべており、それを隠そうともしない。小声で石井に訊ねた。

「呼び出したんですか」

「ああ、昨夜のうちにな。とにかく、この件では俺が仕切らせてもらうから、そのつもりでいてくれ」

組織の決まりごとも上下関係も無視した石井の宣言に、私は彼の怒りの激しさを感じ取った。分からないのは、何が彼をここまで駆り立てているのか、ということである。

石井が全員を説得するのに十五分しかかからなかった。計画を話し終えると真っ先に鳥飼が口を開きかけたが、ちょうどその時、彼の目の前の電話が鳴った。

「はい」石井に疑わしそうな視線を向けたまま、鳥飼が受話器を取る。「はい、ああ、課長。お疲れ様です」

丸まっていた鳥飼の背筋が急に伸びる。課長――捜査一課長だろう。

「ええ、その件は石井から……公安の方はいいんですか？　はい、それなら……しかし、異例のことになりますが」暑くもないのに、鳥飼が首筋を掌で拭う。自分の手を眺めてから嫌そうに顔をしかめた。「分かりました。はあ、地検もですか？　ええ、そういうことならすぐに取りかかります。はい、了解しました」

壊れ物を扱うように慎重に受話器を置く。噛みつくような視線を石井に向けたが、吐き出された言葉に力はなかった。

「一課長に電話させたの、お前だな」

「さあ、どうでしょう」石井が惚《とぼ》けて肩をすくめる。

「課長を動かすとはたまげた男だよ」大袈裟に肩をすくめてみせた。

「地検の根回しもしましたよ」

「いくら何でもやり過ぎだろうが」

「やっちまったことは仕方ないでしょう」石井がテーブルを勢いよく叩いて立ち上がっ

た。「俺は逮捕状の準備をします。朝の捜査会議はすっ飛ばしますけど、よろしくお願いしますよ」

　答を待たず、石井が上着を肩に引っかけて出て行く。取り残された私たちは互いに顔を見合わせ、合図を受けたように一斉に溜息をついた。

「何ですか、あれ」聡子がドアの方を見やった。

「鳴沢以上ってのは初めて見たよ、俺は」鳥飼がまた溜息をつく。即座に反論してやった。

「課長は、案外狭い世界で生きてるんですね」

「阿呆」鳥飼が私の肩を平手で叩いた。「俺はお前より二十年も長く生きてるんだぞ。人間観察の大家でもあるんだ。その俺が言ってるんだから間違いない」

「俺はそんなに……」

「ああ、そうだ。お前は……」二人とも言葉を失い、私たちは顔を見合わせた。鳥飼が、引き結んだ唇の端を指で掻く。「まあ、いい。まず、昨日の被害者の事情聴取に回ってくれ」

「そのつもりでした。でも、公安がもう当たってるんじゃないですか」

「連中のことはいい」鳥飼が手帳を開いた。「正式にこっちで引き取ることになるみたいだからな。まったく、石井があんな強引な奴だとは思わなかったよ。一課長から地検まで、昨夜のうちに根回ししちまうとはな……とりあえず、裏の捜査本部みたいなものを作ることになるだろう」

「裏？」

渋い表情を崩さぬまま鳥飼が説明した。

「看板はかけない。捜査本部が立ったことは公表しない。マスコミとの接触もご法度《はっと》だ。こいつはとんでもない脅迫事件に発展する可能性があるからな」

「課長、一つ確認したいんですが」

「ああ？」

「この件、悪戯でも冗談でもないと思いますか」

「俺の読みなんか聞いたって仕方ないだろうが。さ、とりあえず聞き込みだ。被害者の名前はな――」

病院――昨日私が治療を受けた病院だ――へ向かう車の中では、私も聡子もほとんど口を開かなかった。この事件そのものが悪い冗談ではないかという思いを、どうしても消すことができない。いや、冗談であって欲しかった。私たちの仕事は、基本的に起こってしまった事件に対処するものであり、予防措置ということになるとにわかに公安・警備的色彩が強くなる。犯人の釈放——ありえない。しかし、脅迫してきた人間は爆破を予告しているのだ。車に爆弾を仕掛けられるような人間なら、いつでも、どこででも爆発を起こすことができるだろう。爆弾の種類は分からないが、簡単に持ち運びできるようなものであるのは間違いない。どこかの家の塀際に置いてもいい。前回と同じように車に仕掛けてもいい。今のところはよほど偶然が重ならない限り、現行犯で現場を押さえることは不可能だ。

「爆弾を持った人間を止められると思う？」ぼんやりと窓の外を見ていた聡子がいきなり切り出した。

「たまげたな。今、同じことを考えてましたよ」

「結論は？」

「逮捕しない限り無理」

「そうね」

「逮捕できなければ、検問を強化して、危なそうなところには機動隊を配して——」

「危なそうなところって、どこよ」

「見当もつきませんね」ハンドルを握ったまま、私は肩をすぼめた。

「東京は広いからね」

「奥多摩から江戸川までですか……全部に目を光らせるのは無理ですね」

「こんなことが漏れたら、大変なことになるわよ」聡子が拳を固め、人差し指の関節を唇に押し当てた。

「やめて下さいよ。考えただけでぞっとする」

「あんたでもビビるわけ?」

「いろいろ怪我をすれば教訓も得ます」

実際私は、あちこちにぶつかりながら傷を増やし、辛うじて警視庁という組織にぶら下がっている。だが最近は、そういうことは意識して考えないようにしていた。起こってしまったことを後悔しても死んだ人間は生き返らないし、誰かが幸福になるわけでもない。過去は過去、未来を汚すものではない——ないはずだ。

「とにかく、点を警戒することはできても、面で覆うのは不可能でしょうね」

「やだやだ、警備の連中みたいな喋り方になってるわよ」

「俺たちはピンポイントでやるしかないですからね」

「そういうこと。ピンポイントで犯人に辿り着けばいいのよ」聡子が小さな溜息を窓ガラスに吐きかける。「でも私、まだ五パーセントぐらいは悪戯じゃないかと思ってる」

「それならいいんですけど」病院の駐車場に車を乗り入れ、エンジンを切る。「話が聴けるような状態なんですか」

「一番重傷の彼女は全治四週間。顎でもやられてない限り大丈夫ね。さ、お喋りの時間よ」

聡子は事情聴取を私に任せた。爆風で真っ先にひっくり返った車を運転していた塚田《つかだ》昌美《まさみ》は、誰かに力を抜き取られたように、六人部屋のベッドにぐったりと横たわっている。二十五歳、派遣社員というデータは頭に叩きこんでいた。昨日は仕事が休みで、八《はち》王子《おうじ》の自宅から三鷹《みたか》の友人の家に向かう途中だったという。

名乗り、椅子を引いて座ろうとすると、昌美の視線が私の頭の包帯を捉えているのに気づいた。次いでその目が、聡子の頰の絆創膏を見る。

「あの爆発があった時、あなたの車の二台ぐらい後ろにいたんですよ」

「そうなんですか」昌美がまじまじと目を見開く。額の大きな絆創膏が痛々しい。トレーナーから覗く右手首はギプスで固められていた。細い指先は不自然なまでに白い。

「あなたの車がひっくり返るのを目の前で見てました。驚きましたよ」

笑みを浮かべようとしたのか、昌美が唇を歪める。だが痛みが勝ったようで、うつむいて額に手首のつけ根を押し当てた。

「大丈夫ですか」腰を浮かしかけたが、その瞬間に昌美が顔を上げた。目には薄《うっす》らと涙の膜が張っている。

「大丈夫なんですけど、時々頭が割れるみたいに痛くなって」

「検査の結果は？」

「軽い脳震盪だそうです。でも、元々頭痛持ちなんで、脳震盪のせいかどうか分からないんですよ」今度は笑うことに成功した。どことなく齧歯《げっし》類を思わせる顔つきだ。「でも、本当にびっくりしました……あの、昨夜も別の刑事さんが見えたんですけど」

「ああ、何度も迷惑をかけて申し訳ありません」公安の連中だろう。「路肩に車が停まっているのには気づきましたか」

「ええ。故障してるのかなって思いましたけど」

「爆発の瞬間は覚えてますか」

「音、ですね。ものすごい音がして。何が起こったか分からなかったんですけど、ハンドルが動かなくなって、車が斜めに傾いて」言葉を切り、またうつむいた。細い顎がかすかに震えている。自由な左手はきつく握り締められ白くなっていた。

「ゆっくりでいいんですよ」聡子が助け舟を出した。「急ぐことはありませんからね」

「すいません」顔を上げた昌美の頰を涙が一筋伝う。「はっきり覚えてないんです。次の瞬間には頭を天井にぶつけていて、そこから先の記憶がなくなってて……その時はもう、車はひっくり返ってたんだと思います」

「私にもそう見えました。爆風をもろに受けたんですね」

「頭を打って、首が痺《しび》れて……体の感覚がなくなったんです。だから、手首が折れてたのも、ここで診察を受けるまで全然気づかなくて。車、どうなったんでしょう」

「残念ですけど、全損だそうです」

昌美が大袈裟に溜息をついた。

「買ったばかりなんですよ。ローンが三年近く残ってるんです」

「予想もできない事故ですから、それは何とかなるでしょう。それより、爆発した車の近くで誰か人を見ませんでしたか」

「いいえ、全然」

「爆発するまで、何かおかしな様子はありませんでしたか」

「それは分かりません。だって、車が停まってるのが見えてから爆発するまで、ほんの数秒だったんですよ」抗議するように唇を尖らせる。「とにかく路肩に車が停まっていて、それが爆発して……その後は、自分の体がばらばらになりそうなほど痛かったってことしか覚えてません。たぶん、半分意識を失ってたんだと思います」

「大変でした」

「ええ。ただ走ってるだけであんな目に遭うなんて、信じられませんよね。あの、他にも怪我した人、いたんですか」

「何人か」

「怖いですよね」昌美が自由な左手で右肩を抱いた。「もしかしたら、テロですか?」

「それを調べてるんです」

昌美が深く溜息をついた。

「早く犯人を見つけて下さいね。昨夜、全然眠れなかったんですよ。こんなこと、一生のうちに二度もないでしょうけど、また同じような目に遭うんじゃないかって思ったら……自分じゃどうしようもないじゃないですか。気をつけてたって、いきなり目の前で爆発したら避《よ》けられないでしょう」

それがまさに、私たちが恐れることなのだ。突然の爆発には誰も備えることができないし、爆風より早く走れる人間はいない。もしも脅迫犯が本気なら、実質的に東京全体を人質にすることさえできるだろう。

病室を出て、無言で廊下を歩いた。こういう仕事をしていると病院には何かと縁が深くなるのだが、いつまで経っても慣れることができない。悪いことに、ナースセンターの近くで、昨日私の治療をした若い医師と出くわしてしまった。

「おや」私の顔を眺め回し、名前を思い出したようだった。「昨日勝手に逃げ出した鳴沢さんじゃないですか」

「逃げ出したんじゃありませんよ」苦笑で対応せざるを得なかった。「何でもないから出ただけです。こうやって仕事してるんだから、問題ないでしょう」

「昨日も言いましたけどね、頭はしばらく経ってから症状が出ることもあるんですよ」

「そうなったらまたここへ駆けこみますから。先生の治療がよかったから、すぐに仕事に復帰できたんですよ」

「遠慮しておきます」医師が薄い笑みを浮かべ、白衣の胸についた名札を掌で覆い隠した。「絶対に指名しないで下さいね。あなたのような人は扱いにくい」

医師の背中を見送りながら、聡子がつぶやいた。

「ずいぶん嫌われたわね」

「医者に好かれる人生なんて、面白くもおかしくもないですよ。さ、次の聞き込みに行きましょう」

聡子は呆《あき》れたように口を開け、肩をすくめるだけだった。

昌美の車のすぐ後ろを走っていて爆発に巻きこまれた男、墨田卓真《すみだたくま》は仕事を休んでいた。それを確認してから、彼の家がある稲城《いなぎ》まで車を走らせる。

「いやあ、参りました」パジャマ姿の墨田の頭には包帯がきっちり巻いてあった。目の下にも小さな傷跡が二つある。三十六歳という年齢の割には顔に皺が多く、事故に遭ったせいだけではなく疲れが滲み出ていた。ダイニングルームのテーブルに落ち着くと、墨田の妻がお茶を出して別の部屋に引っこむ。赤ん坊の泣き声が漏れてきた。墨田がそちらをちらりと見て、一瞬だけきつく目を閉じる。

「五か月なんですよ」

「じゃあ、一番大変な時ですね」子持ちの聡子がさりげなく相槌を打った。

「ふだんは全然気にならないんですけどね。俺は五人兄弟の長男だから、いつも弟や妹がぴいぴい泣いてましたから。だけど昨夜は、泣かれると目が冴えちゃってね」墨田の視線が私の頭の包帯に止まった。「頭、どうしたんですか」

「あなたの車とぶつかったんですよ。覚えてませんか?」

「え?」墨田が目を見開く。そうすると傷が痛むのか、ぎゅっと目を閉じた。「俺の車はスピンして……もしかしたら、おたくの車に突っこんじゃったんですか」

「そうです」私は頭の包帯に手を触れた。

「それは申し訳ない」墨田が大袈裟に頭を下げる。「大慌てでね。何しろ、路肩で何か爆発したと思ったら、前の車がいきなり吹っ飛んで来たでしょう。こりゃやばいってんで、慌ててハンドルを切ったらあのザマですよ。何だ、警察の人の車にぶつかったんですか。参ったな」

「気にしないで下さい」聡子が笑みを浮かべて慰めた。「あの状況では仕方ないですよ。ところで、車には何を積んでたんですか」

「小麦粉です」

「小麦粉？」

私が訊ねると、墨田が後頭部に掌を当てた。そこも怪我しているのか、途端に顔をしかめる。

「そうです。私、製粉会社で営業をやってますもんで。昨日も、八王子から調布の得意先に回る途中だったんですよ。車に積んであったのはサンプルです」

それで目の前が真っ白になったのか。気を失う前の妄想だったのではないかと思っていたのだが、どうやら私はぎりぎりまで正確な観察眼を保っていたようだ。

「爆発の時、何か見ましたか」質問してボールペンを構えた。墨田が首を捻る。

「いや、いきなりだったんで何も見てないんですよ」

「路肩に車があったのには気づいてましたか」

「そうだったんですか？　ちょっと約束の時間に遅れて焦ってたもんですから。横を見てる余裕なんかありませんでした」

「じゃあ、急に爆発したのが見えたんですね」

「その瞬間は見てないんですよ。すごい音がしたでしょう？　トラックのタイヤでもパンクしたのかと思ったんだけど、次の瞬間には目の前で車が亀の子みたいにひっくり返ってましたからね。もう、何が何やらですよ」

「怪しい人間に気づきませんでしたか」

「それもないですね。詳しい状況は、テレビや新聞で見て知ったぐらいで」

「中央道はよく利用されますか？」

「そうですね。多摩の方にはお得意さんも多いから」

「今まで、あの辺りで不審な車や人を見たことはありませんか」

「いやあ、どうかな」墨田が煙草《たばこ》に手を伸ばした。一本引き抜き、フィルター部分をテーブルで二度、三度と叩く。火は点《つ》けず、指先でぶらぶらさせた。「人って言っても、高速道路ですからねえ。故障で停まってるんでもない限り、人がいるのは高速バスの停留所ぐらいでしょう」

「そうですね」

「申し訳ないですね、何も分からなくて」本気かどうか、墨田が頭を下げる。煙草に火を点け、煙を天井に吹き上げた。「でも、そんなもんじゃないですか。これが、パレスチナとかに住んでる人だったら爆発には慣れてるだろうから、もっと詳しく分かるかもしれないけどね。あ、これはちょっと不謹慎か。でも、気味悪いですよね」

「そうですね」

相槌を打つと、喋る許可を得たとでも思ったのか、墨田がさらに調子に乗って続けた。

「テロなんですかね、やっぱり。分からない？　嫌ですねえ。昨夜も眠れなかったもんだから、ずっとテレビでニュースをチェックしてたんですよ。でも、どの局もはっきりしたことは言わないんだよな。やっぱり、テロなんてことは簡単には断定できないものなんですかね。ああいうのって、犯行声明とかが来るんでしょう」

「そういうケースもあるでしょうね」

「だったら、やっぱり違うのかなあ」墨田が腕を組んだ。「だけどそもそも、爆発物の扱いに慣れてる人なんて、日本にはそんなにいないでしょうからね。刑事さん、どう思います？」

「それはまだ、何とも」

「お願いしますよ。私、中央道はしょっちゅう使ってるんで。こんなことは二度はないと思うけど、犯人が捕まらないと、安心して運転もできませんよ」

「全力で捜査します」

「本当にお願いしますよ。だけど、あんな爆発があったにしては被害は少なかったですよね。渋滞なんかしてたら、誰か死んでたかもしれない……まったく、怖い世の中になったもんだ」

墨田の言葉には、真の恐怖は感じられなかった。本当に怖い思いをした時、人は一瞬にして変わってしまう。事実、昌美は恐怖の網に絡め取られて逃げ出せないようだったではないか。だがまさにその瞬間ではなく、一瞬遅れて惨事に遭遇した人間は、異常な興奮を示すことが多い。自身にさほど被害がなく、しかし、死の香りを嗅げるほど近くにいれば——恐怖の体験は、孫子の代まで話せる自慢話に変わってしまうものだ。


「何だか疲れるわね、あの手の人間は」車に戻った途端、聡子が零した。

「時々いますね、ああいうタイプ」

「まだ興奮が醒《さ》めてない感じね」聡子がスーツの襟を撫《な》でつけ、糸くずを指でつまんだ。窓を開け、指先を擦るようにして糸くずを捨てる。細かな雨が吹きこみ、彼女の肩を濡らした。

「ゴミを捨てちゃいけませんよ」

「あんた、いつもそんなに口煩《くちうるさ》くしてて疲れない？」

「どうして？」

「なるほどね。あんたは疲れないで、疲れるのは一緒にいる人間か」聡子が乾いた声で笑った。「でも、石井さんほどじゃないわね。あんたも、組んでて疲れたでしょう」

「どうしていつもあんなに怒ってるんでしょうね」

「うん」聡子が頬杖をついた。「まあ、それはいろいろあるのよ」

「何か知ってるんですか」

「あんた、知らないの？」

「警視庁では新参者なんで」

「有名な話なんだけど」

「そうですか」

「まあ、あんな体験をすればカリカリするのは分かるけどね」

「どこかで一緒だったんですか」

「それはないけど、いろいろ聞いてるわよ。結構有名な話なんだけど」

「どういうことですか」私はハンドルをきつく握り直した。「萩尾さん、隠し事はやめて下さいよ。まだしばらく石井さんとはつき合わなくちゃいけないんだから、何でも知っておきたいでしょう。事情が分からないままじゃ、爆弾を抱えてるようなものですよ」

「それは、あんたを抱えてる私たちも同じなのよ」

「冗談はいいですから」

ちらりと横を見ると、聡子が小さく舌を出して上唇を舐《な》めた。揃えて膝に置いた手が、ズボンを握り締める。

「そんなに話しにくいことなんですか」

「うーん……話せるけど、ここで簡単に話すのは無責任な気がするのよ。分かる？」

「何となく」

「自然に耳に入ってくるのを待ってたら？　お酒でも入ったら、誰かが話してくれるかもしれないわよ」

「俺は酒は呑みませんから」

「そうか。鳴沢の名前と酒を同じ文脈で使っちゃいけないんだったわね。どうしても知りたい？」

「ええ」

「じゃあ、私が知ってることだけ話すわよ。彼の娘さんがね――」聡子の打ち明け話は、携帯電話が鳴り出す音で遮られた。バッグに手を突っこんで電話を取り出すと、少しだけほっとした声で話し出した。

「はい、萩尾です。ええ、今署に向かってます。あと二十分ぐらいですね」電話を掌で覆い、私の方を見て「石井さん」と短く告げた。「はい。ええ？　またですか？　今日届いたやつですね。消印は……今度は代々木《よよぎ》ですか。文面は？　ええ、はい……じゃあ、昨日とまるっきり同じなんですね？　新しい要素はないわけですか。何なんでしょうね。はい、とにかく急ぎますから」

　電話を切って、聡子が振り向いた。

「急いで。話の内容は分かったでしょう」

「同じ内容の脅迫状が届いた。ただし、投函場所が違う」

「そういうこと。とにかく急いで現物を見てみましょう」

　嫌な予感が膨らんできた。一課の刑事、特に殺しを担当する強行班の人間は、次々と変化する事態に弱いものである。何しろ、ふだん相手にしているのは死体なのだ。死体は動かないし、とにかく犯人はどこかで息を殺して潜んでいるだけなのだから、そこに辿り着く努力をすればいい。こういうことは、誘拐などの捜査を担当する特殊班の刑事の方が慣れている。

一つだけはっきりしているのは、たとえ特殊班が出動してくるにしても、石井が事件にしがみつくだろうということだった。この件に懸ける彼の執念は異常と言っていい。私もそうあって然《しか》るべきだ——だが、今はまだ戸惑いの方が大きかった。

4

捜査本部のある大部屋ではなく刑事課の部屋で、二通目の手紙に対面した。文面も書式も一通目とまったく同じである。

「ここから何かを割り出すのは無理ですよね。前の手紙を新しくプリントアウトしただけかもしれない。こういうものを何枚も用意してるのかもしれません」

「鳴沢よ、分かってることをわざわざ指摘してくれなくていいよ。疲れるだけだ」鳥飼が顔をごしごしと掌で擦った。まだ昼を過ぎたばかりだというのに、早くも額には脂が浮いててらてらと光っている。

「二日続けてだと、かえって悪戯みたいな感じがするんですけど」

聡子が疑問を挟むと、鳥飼の怒りがまた沸騰《ふっとう》した。

「そんなこと、分かるわけないだろうが」

「ところで聞き込みの方はどうだった」石井が冷静な声で訊ねる。視線は手紙に向けられたままだった。

「はかばかしくないですね」私は、手帳の表紙を人差し指の関節で叩いた。「話を聴いた二人は、異常には気づいてません」

「当然、お前らもだよな」

「車が停まってるのは見えましたけど、それだけですね」ここがパレスチナなら、という墨田の言葉を思い出した。使われた爆薬の種類は、量は、仕掛けたのかは誰か——経験的にそういうことが分かったかもしれない。気を取り直して逆に訊ねた。「逮捕状はどうなりましたか」

「今準備してる。夕方には再逮捕できるだろう」

「本件の本部はどうするんですか」

「連中には、夕方署長から事情を話す。一応、予定通り今日で解散だ」鳥飼が割りこんだ。所轄に捜査本部が設置された場合、実際の指揮を取るのは本庁の人間でも、看板である捜査本部長はあくまで署長になるのが慣例だ。「今の捜査本部の連中がこのまま横滑りするわけにはいかないから、別に応援を頼むことになるな」

「石井さんはいいんですか」

「この件は俺が仕切るって言っただろう」石井が思い切り目を細めて私を睨んだ。そんなわがままが許されるのだろうか。捜査一課は、基本的に班単位で動くものだ。通常は係長の名前を取って呼ばれる班は、何もない時はひたすら待機し、いざ事件が起きた時には即座に現場に投入される。個人の判断で事件を選んだり、独断で捜査したりできるものではないのだ。それが許されたということが、この事件の特殊性を物語っている。

石井が煙草に火を点け、忙《せわ》しなく煙を吹き上げた。刑事課は禁煙なのだが、おかまいなしである。注意しようと思ったが、言える雰囲気ではなかった。灰皿代わりに使っているコーヒーの空き缶の飲み口からは、吸殻が突き出ていた。鳥飼が漂う煙を恨めしそうに目で追ったが、石井はそれを完璧《かんぺき》に無視している。煙草の先を鳥飼に突きつけるようにしてまくし立てた。

「正規の捜査本部じゃないから、かなりイレギュラーな陣容になりますね。とりあえず特殊班には話がついてるから、何人か寄越してもらうことになってます。あとはここの刑事課から何人か横滑りで。二場所続きで課長には申し訳ないですけど、よろしくお願いしますよ」

「ああ」虚ろな声で鳥飼が応じた。見ると、彼も聡子も揃って遠くを見るような目つきをしている。二人とも、遠ざかる温泉での休暇に思いを馳《は》せているのかもしれない。沈黙が私たちに覆い被さり、絵にはめこまれたように動きが取れなくなった。

電話が鳴り出し、奇妙な平衡状態が破れる。受話器を取ると、ぶっきらぼうな声が耳に飛びこんできた。

「鑑識の亀井《かめい》です」

「お疲れ様です」二度ほど会ったことのある男だ。送話口を手で覆い、周囲に小声で「鑑識」と伝える。疲れ切って緩んだ空気が瞬時に張り詰め、聡子が手帳を広げてボールペンを構えた。

「遅くなったけど、昨日の車の件」

「はい」

「ダイナマイトです」

「ダイナマイト、ですか?」繰り返すと、鳥飼の頰が緊張で痙攣した。聡子は乱暴に手帳に文字を書き殴っている。石井は新しい煙草に火を点け、一ふかしすると苦しそうに咳払いをした。

「そう」亀井の口調はひどく淡々としていたが、喋るのが面倒なだけのようにも聞こえた。「いわゆる膠質《こうしつ》ダイナマイトってやつだな」

「どんなものなんですか」

「例の、筒型をしたやつだよ。工事現場とかで使うような。ただしメーカーまでは分からない。使われたのはたぶん一本だな」

「時限装置は？」

「ない」

「じゃあ、仕掛けた人間も逃げられないでしょう」

「あのねえ、ダイナマイトを時間差で爆発させる手なんていくらでもあるの。一番簡単なのは導火線だ。それである程度時間の計算はできる」

「十秒とか？」

「二十秒でも三十秒でも、好きなだけ。長さを調整すればいいんだから、使い慣れてる人間なら簡単だよ」

「火を点けてから車で逃げれば、十分遠くへ行けるわけですね」

「そういうこと。例えばGT-Rのゼロヨンはどれぐらいだ？　十四秒とか十五秒ぐらいだろう。そこまでの車じゃなくても、三十秒も走れば十分安全圏に逃げられるんじゃないかな。加速だったらバイクの方が有利かもしれないけど」

「そうですね」

しかし、犯人がオートバイを使ったとは考えにくい。ダイナマイトを抱えてオートバイを走らせるのは落ち着かないだろう。爆発した車をあそこまで運んだ人間、逃走用の車を運転していた人間。最低でも二人はいるはずだ。爆発直後、現場を走っていた他の車のドライバーにも事情聴取は行われたが、今のところ目撃証言はない。

「車は——」私は手帳を繰った。「盗難車でしたよね」

「そういうこと。車体番号が一致してる。ま、自動車泥棒を追いかけてみるんだな。地味だけど、それが一番確実じゃないか」

「ダイナマイトの線からは無理ですか」

「ばらばらになっちまったものから何を見つけろって言うんだ？」途端に亀井の声が冷たくなった。「だいたい、あんたらは鑑識を何だと思ってるのかね。俺たちは魔法使いじゃないんだぜ。ふだんから滅茶苦茶なことばかり言って……」

「失礼します」亀井の愚痴を途中で遮って電話を切り、聡子たちの顔を見渡した。「ダイナマイトです」

「聞いてたよ」鳥飼が深く溜息をつく。「だとしたら、残ったブツからはどうしようもないな。いや、そもそもブツなんて残ってないか」

「盗難車の線、どうしますか」
「これから当たろう」石井が言った。「被害者は三鷹の人間だったな。ちょっと行って、事情聴取してくれないか。それを基にして捜査の方針を決める。夕方までには戻って来てくれよ。逮捕状が出たら、少し間島を締め上げたいんだ」

大慌てで昼食を取るつもりだった。となると、署から歩いて二分ほどのところにある「輝屋《てるや》」が一番手っ取り早い。昼時は署員専用食堂の様相を呈する定食屋で、多少の無理は聞いてもらえる。階段を降りながら電話を入れ、私と聡子二人分の昼飯を用意してもらうことにした。これで、席に着いた瞬間に箸が割れる。

が、五分で済ませるはずの食事は予想もしていなかった人物の出現によって長引かされることになった。

中華風の鶏の炒め物に箸をつけた途端、誰かの視線が突き刺さってくるのを感じた。昼飯時を外れているので、店内に客は数人しかいない。視線の主が一番奥の席に一人で座っている男であることはすぐに分かった。すでに食事は終えているようで、唇の端で爪楊枝をぶらぶらさせ、湯呑《ゆの》みを両手で包みこんでいる。ほどなく、男の顔に薄い笑みが広がり始めた。私は無視して鶏を食べ、飯を詰めこみ続けたが、相手が湯呑みを手にして立ち上がるのは分かった。真っ直ぐ私たちのテーブルに歩いて来て、聡子の横、私の斜め向かいに座る。彼女が怪訝《けげん》そうな顔で男をちらりと見た。

「あんた、今東多摩署にいるんだね」

「そうですよ、山口《やまぐち》さん」

聡子が私と山口の顔を交互に見て「知り合い？」と訊ねる。山口はにやにやしたまま、私に向かってうなずいた。

「昔、食事をたかられましてね」聡子に説明する。

「人聞きの悪いことを言うなよ」山口がぎゅっと唇を引き結んだが、目は笑っている。爪楊枝がぶらぶらと揺れた。「あれは、最初からそういう約束だったろうが」

「今でも覚えてますよ。一人二千円でしたね。高い食事になりました」

「ほう、そうだったかね。値段分の話はしたつもりだけど」にやりと笑った山口が爪楊枝を引き抜き、煙草に火を点ける。唇を捻じ曲げるようにして、横に煙を吐き出した。数年前の事件で、彼から情報を貰《もら》ったことがある。あの時と同じように、髭の剃り跡に血が滲んでいた。しかし短く刈りそろえた髪には白いものが増え、顔の皺も目立つようになっている。

「まだ同じところにいるんですか」

山口が顔をしかめ、唇に手を当てる。

「喋ってまずいようなことじゃないでしょう。だいたい、あなたたちはいつももったいぶってばかりじゃないですか。仕事の実態と看板が合ってませんよ」

「相変わらず口が悪いねえ」苦笑を漏らし、灰皿の縁で煙草を叩く。「あんた、よほど俺たちのことが嫌いなんだな」

「好きな人なんていますか？」

「鳴沢、紹介してくれないの？」険悪な雰囲気を切り裂くように、聡子がやんわりと割って入った。

「山口さんです」

「ご同業？」

「ハムの人ですよ」「ハ」に「ム」で「公」。公安の人間を指す隠語である。

「ああ、なるほど」一気に食欲をなくしたように、聡子が箸を揃えてテーブルに置いた。

「ということは、昨日の一件でこっちに来てるんですね」

「さっきまではね」しれっとして山口が言い、煙草を灰皿に置いて茶を一口啜った。

「何だか知らないけど、急に呼び戻されたよ。上の方で綱引きでもしたんじゃないの」

私は聡子に目配せをした。ここは黙って任せろ。

「どこまで進んでたんですか」

山口が喉の奥で押し殺すように笑った。

「えらくはっきり聴く人だね。こんな場所で簡単に言えないことぐらい、分かってるだろう」わざとらしく店内を見回す。私たちの会話を気にしている人間がいるとは思えなかった。「ここ、おたくの署の食堂みたいなもんだろうが」

「この時間は誰もいませんよ」

「今日は情報交換はしないよ」素っ気なく言ってまた煙草をふかす。「ここの飯代を奢《おご》ってもらっても、ちょっと割に合わないんじゃないかな」

「まさかあんなものを使って爆発させるとは思いませんでしたね」

「まあねえ」相槌を打つ山口の目は笑っていた。「昔、どこかでそういう事件もあったらしいけどね」

「そうなんですか」

「ずいぶん古い話だよ。二十年か、二十五年ぐらい前じゃないかな」

「東京じゃないですよね」

「長野かどこかの田舎《いなか》だったな。作業員の宿舎でストーブに投げこんで、二人死んだのかな？　えらく荒っぽい事件だよね。だいたいああいうのは、田舎の方が手に入れやすいんじゃないかな」

「ダムの工事とかで使うんでしょうね」

「そういうこと」山口が大袈裟に咳払いをした。互いにダイナマイトとは一言も言っていないが、すでに喋り過ぎたと思っているのかもしれない。「この件は俺にはもう関係ないからね、これ以上喋ることはない」

「もともと、そっちの事件じゃない感じだったんでしょう」

「まあねえ」渋々認めて、山口がベルトを緩めた。「ああいうのは、うちのお得意さんの手口じゃないんだよ。連中は無差別にはやらない。攻撃対象はいつも決まってて、ピンポイントだ。それも最近は少なくなってるしな。何か爆発するとすぐに呼び出されるんだけど、今回はうちには関係ないだろう」

「とんだ迷惑でしたね」

「まったく、定年も近いのにまだ現場であれこれやらされてるんだから、たまらんよな。ところであんた、その頭はどうしたんだ」

「ああ」包帯に手をやった。「実は昨日の爆発に巻きこまれたんです」

「何とね」山口が目を見開き、急に破裂するような笑い声を上げた。「あんたのことだから、誰かと遣り合って怪我でもしたのかと思ったよ」

「俺はそんなに喧嘩っ早くありませんよ」

「だけど、厄介ごとに巻きこまれやすいのは間違いないだろう。いろいろ噂《うわさ》は聞いてるよ」

何でもお見通し、とでも言いたそうな口調だ。公安の連中は、よくこうやって虚勢を張る。集めている情報の九十パーセントまでは何の役にも立たないのに。

「今日もあんたの奢りでいいのかな」

「まさか」今度は私が笑う番だった。「何の情報も貰ってないじゃないですか」

「ま、いいさ。せいぜいうまくやんなさいよ。ただねえ、こんな風に部署の間で綱引きが始まる事件っていうのは、大概上手く行かないんだよな」

言うのは簡単だが「上手く行かない」では済まされないのだ。極めて特異なケースだし、人命がかかっている。だが、それを山口に告げる気にはなれなかった。もっとも彼はとうにすべてを知っていて、腹の底では「お手並み拝見」とでも思っているのかもしれないが。

「あの男から情報を貰ったことがあるわけね」三鷹に向かう車の中で、聡子がぼそりと訊ねた。その事実がいかにも気に食わないような口調である。

「昔の過激派連中が絡んでた事件がありましてね。仕方なく、ですよ」

「その件なら知ってるわよ。でも、どうしてちゃんとしたルートで調べなかったの？公安の連中がちょっと変わってるっていっても、同じ警察の人間なのよ。きちんと話を通せば情報は貰えるでしょう」

「その時は、動ける人間が二人しかいなかったんですよ。上に嫌われてたから、応援も貰えなかった」

「それに比べればずいぶん進歩したじゃない。今はちゃんと仕事してるんだから」

「何とでも言って下さい」

「はいはい」聡子が肩を揺すって笑う。

はるか昔のような感じがするのだが、あの事件はわずか三年前のことなのだ。忘れてしまうには新し過ぎるし、笑い飛ばせるほど古くなってもいない。

「それより、盗難車の被害者なんですが」

「ええとね」聡子が手帳を広げた。「田村義一《たむらよしかず》。義理の義に数字の一って書くのね。六十五歳で、もう仕事は引退してるそうだから家にいるはずよ。ちょっと電話を入れておくわ」

聡子がきびきびとした声で田村に事情を説明した。雨粒が次第に大きくなり、フロントガラスを叩く。ワイパーを動かして、窓をほんの少し開けた。電話を切って、聡子がこちらを向く。

「OK。待ってるって」

「じゃあ、急ぎましょう」とは言っても、片側一車線の道路が詰まっているのでどうしようもない。神代《じんだい》植物公園の辺りのこの道は、昼間は常に渋滞しているのだ。結局、三鷹市役所の近くにある田村の家にたどり着くまで、最初に想定した時間よりも二十分ほど余計にかかってしまった。

田村はわざわざ家の前に出て待っていてくれた。カーディガンを羽織っているのだが、それでも寒そうに傘の下で肩をすぼめている。小さな庭にいる犬が、フェンスにぶつかりながら激しく吠え立てる。聡子が大袈裟に詫《わ》びを言うと、田村は辛うじて笑みを浮かべ、車庫に案内してくれた。半地下式で、当然中は空である。古タイヤが二本、それに埃を被った自転車が壁に立てかけてあった。オイルの臭いがかすかに漂う。

「空っぽですよ、空っぽ」そう言う彼の声も空っぽだった。

応接間に通される。古いが掃除の行き届いた部屋で、余計なものは一つもない。目につくのは高そうな酒が一杯に詰まったリカーキャビネットぐらいのものだ。

「まさかねえ、盗まれた車があんなことに使われるとは思いませんでしたよ」固いソファに腰を下ろして開口一番、田村が愚痴を零した。「私の車だってことは、外には漏れてないんでしょうね」

素早くうなずいて安心させてやった。

「マスコミにという意味ですよね。それだったら大丈夫です。盗難車としか発表してませんから」

「それならいいけど」田村が大袈裟に胸を撫で下ろした。細い顔に、太い黒縁の眼鏡が浮いている。眉毛《まゆげ》が半分白くなっていた。

「盗まれたのは三日前ですね」聡子が手帳を広げる。この場は彼女に任せて、メモに専念することにした。

「そう、三日前の夜。買い物に行って帰って来て、荷物を下ろすのに路肩に車を停めたんですよ。何しろ車庫が狭くて、トランクを開けて荷物の出し入れができないもんですから。で、ほんの二、三分ぐらいかな、エンジンをかけたまま荷物を下ろして家に入れて、戻ったらもう車がなくなってました」

「すぐに盗難届けを出されたんですね」

「そうです。でも、出てこないだろうと諦めてました。だいたい、こっちも無用心でしたからね。この辺りはあまり泥棒とかも入らない場所なんで、つい油断したんですよ。

そうしたらあの始末でしょう？　昨日警察の人から話を聞いて腰が抜けました。いったい、何のつもりなんですかねえ」

「車種はクラウン、年式は五年前ですね」

「ええ」

「大変でしたね、いい車なのに」

「いや、まあ、それは」渋い表情を浮かべて田村が首を振る。「退職記念に買ったんですよ。今風に言えば、自分へのご褒美ってやつですか。私、唯一の趣味がドライブでしてね、この五年間で八万キロ走りましたから、もう十分古くなってるんですが……でも、五年も大事につき合った車を盗まれるのは悔しいものですね」

「分かりますよ」大仰に首を振って聡子が相槌を打つ。「その時、怪しい物音とかは聞こえませんでしたか」

「いや、全然。犯人もずいぶん上手くやったんでしょうねえ。急発進したりすれば、いくら家の中にいたからって気づくはずなんですけど」

「何も見てないんですね」

「残念ながら。まったく、迂闊《うかつ》でした」田村が額を叩く。聡子が質問を続けた。

「この辺りで、過去に車の盗難はなかったんですね」

「私の知る限りじゃないですね。三十年ぐらい住んでるけど、警察沙汰なんて一度もなかったんじゃないかな。自分が第一号になるなんて、お恥ずかしい限りですよ」

「それは仕方ないですよ」緊張を和らげようとしたのか、聡子が柔らかい笑みを浮かべる。「それだけ、ここが治安のいい場所だという証拠ですから」

「それはそうなんですがねえ」納得いかない様子で田村が溜息をついた。「それにしても物騒な世の中ですね。ま、次の車はもっと安いやつにしますよ。盗まれてもショックが少ないようにね」


午後の住宅地に人は少ない。夫は会社に、妻は買い物に、子どもは学校に行っている時間帯である。雨の中、夕方近くまで聞き込みを続けたが、有力な手がかりは何も摑めなかった。話を聞けた数少ない人たちの証言に共通しているのは「この辺りも怖くなりました」という感想だった。よほど治安のいい住宅地だったようである。

靴底が濡れ、靴下も湿り始めた。歩き回る仕事にはゴム底の靴がいいという人もいるのだが、私は敬遠している。実際は、分厚い革底である程度重量のある靴が一番疲れにくいのだ。ただし、革底の靴には雨に弱いという決定的な弱点がある。聡子はかすかに脚を引きずっていた。

「萩尾さん、脚も怪我してるんじゃないですか」傘を傾けながら訊ねる。顔を上げた聡子の頬の絆創膏がはがれかけていた。

「怪我じゃなくて慢性疲労ね」聡子が疲れた笑みを浮かべた。「元々、腰があまりよくないから。捜査本部に入ると、だいたい疲れて腰にくるのよ」

「絆創膏、はがれそうですよ」自分の頬に触れて指摘してやると、聡子が思い切って絆創膏を引きはがした。丸い傷跡が生々しく顔を出す。バッグを探って新しい絆創膏を取り出すと、歩きながら頬に貼りつけた。綺麗に貼れなかったようで、二度三度と顔をしかめながら調整する。

「ちゃんと治療しなくていいんですか。痕が残りますよ」

「そうなったらそうなった時に考えればいいのよ。あんたこそ、頭は大丈夫なの」

「何とか」

必ずしも満足していないようだったが、聡子は互いの体調の話題から離れ、手首を捻って腕時計を見た。

「そろそろ戻らないと。今度は間島とご対面になるから、気合を入れ直さないとね」

「あの男は苦手ですね」

「おやおや、鳴沢でも苦手なものがあるんだ」

「苦手なものは少なくないですよ」車のドアロックを解除しながら答える。ああいう男――生まれながらか、それとも環境のせいか、心が捻じ曲がって私たちとは別の次元に住んでいる男。事実関係を確認し、その裏を取ることはできるのだが、肝心の動機を筋立てて理解することは不可能なのだ。

エンジンをかけ、アイドリングさせたまま聡子に訊ねる。

「萩尾さん、あそこまで訳の分からない容疑者を調べたこと、ありますか？」

「もっと分からない奴はいたけどね」聡子がバッグからハンカチを出して髪を軽く拭く。

「それこそ、最初から話が通じない人間もいるでしょう？　何言ってるか全然分からないし、調べにならなかったわ。でも、間島は違う」

「一応、話は通じますからね」

「そこが問題なのよ」ハンカチを丁寧に折り畳んで膝に置き、掌で撫でつけた。「どっちかって言うと、よく喋る方じゃない？　調べも進むわよね。それにあの男、記憶力は人並み以上なんじゃないかしら。美奈穂ちゃんが埋められてた現場の枝の話、覚えてる？」

「もちろん」遺棄現場は山の中だったが、場所を特定するのに間島は「折れた枝」をキーワードに持ち出した。成人男性の肩の高さ、一メートル五十センチほどのところに折れた木の枝がある。一度向こうへ折れて、後から下に垂れ下がったようで、折れたところが捩《よじ》れている。枝の先は地面にくっついていた――証言の通り、折れた枝は見つかった。そのほかにも、思い出したくもないことを延々と説明してくれたものである。首を絞めた相手の目が飛び出す様、刺身包丁と小さな鋸《のこぎり》でどうやって相手の頭部を切断したか。骨を切り落とす時に手に伝わった感触――すべての事柄は、自分で経験しないと結局は分からない。だが私は、調書のコピーを読んだだけで、自分が何人もの少女を殺し、首を切断した経験のある人間になってしまったように感じた。

「あいつは、作家にでもなればよかったんじゃないかな」

「どうして」

「あの男の喋り方は、人の想像力を刺激するのよ。小説っていうのは、映画やテレビドラマと違って、読む人間にいかに想像させるかが大事でしょう？　作者の想像力と読者の想像力の喧嘩みたいなものよ。もしもちゃんと文章が書ければ、小説の一本ぐらい完成できそうじゃない」

「大長編小説を書く時間だってあるでしょうね。あいつが吊るされるのは今日明日の話じゃないでしょうから」

「そうね」聡子が車の窓をじっと見詰める。私の方に向き直った時には、顔に射す影が濃くなっていた。「車の方から調べるのは、たぶん無理ね」

「おそらく」

「だったらあいつの交友関係を洗った方が早いかもしれない。こういうことをしてまであいつを釈放させようとする人間なんて、それほど多くないでしょう」

「とりあえず、山梨に引っこんでいる両親を当たってみるべきですね。間島のことを一番よく知ってる人間です」

「その方が、筋としてはいいかもね」聡子が同調した。「ただね、私は嫌な予感がしてるのよ」

「実は俺もです」

「どんな？」

「前にもこんな話をしましたけど、あいつの友だちや仲間——助けたいと思ってる人間なんか、一人もいないんじゃないかな」

「同じだわ」聡子がハンカチを握り締めた。「二対ゼロ、ね。全員が同じ意見で一致した時は初めから考え直した方がいいっていう格言、知ってる？」

「今作ったんでしょう」

「分かる？」聡子が声を上げて笑ったが、いかにも力のないものでしかなかった。

六時に署に戻り、捜査本部に顔を出すと、打ち上げの準備が進んでいた。何人かに挨《あい》拶《さつ》をした後で刑事課に引っこむことにしたが、捜査本部が打ち上げられる時に特有の解放感がまったく漂っていないのに気づいた。新たな事件のことは、すでに伝えられているのだろう。事件は終わっていない。だがとりあえずは解放される——こんな状況では酒を干すペースも落ちるはずだし、騒ぐ気にもなれないだろう。それでも打ち上げはやらなければならない。いろいろな理由がある。応援組への礼儀。何もやらないで解散すると新聞記者たちに怪しまれるから、などなど。

石井は席を外していた。鳥飼は自分のデスクで必死に書類仕事をこなしている。私たちが入って来たのに気づくと一瞬顔を上げたが、またすぐに視線を落とした。

「石井さんは裁判所ですか」

「ああ、間もなく戻ると思う」顔も上げずに、鳥飼が私の問いに答える。なおもしばらくボールペンを走らせていたが、やがて乱暴にデスクに投げ出して首を回した。五メートルほど離れていた私にも、彼の首がバキバキ言う音が聞こえてきた。

「捜査本部の何が嫌かって、これだな」まだ大量に残った未決書類に視線を落とす。

「ふだんの仕事が完全に止まっちまう。これを片づけるだけで一苦労だよ……それより、盗難車の方はどうだった」

「いい手がかりはないですね」聡子が肩をすぼめる。「近所の聞き込みもアウトです。本格的にやるつもりなら、もっと人を投入して、夜に入ってからの方がいいでしょう」

「分かってるよ」鳥飼が手を伸ばしてボールペンを拾い上げ、その先を何度もメモ帳に打ちつける。「もうすぐ捜査本部の打ち上げが始まる。その頃に、本庁からの応援組が来る予定だ。連中が合流してから、顔合わせと、今後の方針についての打ち合わせをする」

「間島の調べはどうしますか」聡子が訊ねた。

「今、あいつに聴いて何か出てくると思うか？　後回しだ、後回し。とにかく、何か手がかりが欲しい。捜査方針が決まらないとどうしようもないよ」吐き捨てるように言って、また書類に戻る。

自分のデスクについてパソコンの電源を入れた。それで何をするというわけでもなかったが、ぼんやり座っているとあれこれと押し寄せる思いに流されてしまいそうだったから。OSが立ち上がるのを待つ間、椅子を回して窓に目をやる。細い雨がガラスに筋をつけていた。この窓は署の裏の駐車場に面しているのだが、そこに一本だけあるイチョウの木が景色のほとんどを占めている。窓に迫るように生い茂った薄緑色の葉が雨に濡れ、今日は少しだけ色が濃い。大きな雨粒が窓ガラスに当たる音が、ぽつぽつと聞こえた。冷えこむ夕方で、私は一度脱いだ上着をもう一度着こんだ。聞き込みの時にたっぷり濡れたせいか、まだ湿っている。濡れたウールに特有の嫌な臭いが鼻を刺激した。目の前の電話が鳴り出した。体を捻り、一回鳴ったところで受話器を取り上げる。

「刑事課、鳴沢です」

「外線からお電話です」交換だった。涼しげな女性の声が、一瞬だけ梅雨の鬱陶《うっとう》しさを吹き飛ばす。

「俺にですか?」

「いや、刑事課につないで欲しいと」

「名前は」

「タカハシさんとおっしゃってますが」

　タカハシ。そう言われてすぐに思い浮かぶ顔はなかった。誰かを名指しているのでないなら、タレコミの電話かもしれない。あるいは悪戯。こういう電話は少なくないのだ。九十九パーセントまでは、出た途端にどうやって切ろうかと悩むことになるのだが、残り一パーセントの可能性を捨てることはできない。

「つないで下さい」

「どうぞ」

「——もしもし」男の低い声だった。直感的に悪戯ではないと分かる。

「刑事課、鳴沢です」

「鳴沢さん。『鳴る』に『沢』ですか」

「そうですが、そちらは」

「タカハシと言います」

いきなり人の名前の字解きを聞いてくるのが奇妙と言えば奇妙だが、こういう人間はいるものだ。メモ魔で、しかも正確に記さないと納得できない人間。こちらも確認することにした。

「タカハシさんの字は、普通の高橋でいいんですか」

「そうです」

「下のお名前は？」

「真面目に検討していただけましたか」

「は？」

「三度、です。私は昨日と今日、三回ご提案申し上げげた。手紙と電話でね」

背筋に緊張が走る。傍らのメモ帳を引き寄せ「脅迫の男」と殴り書きして、向かいの席に座った聡子に向かってひらひらと振って見せた。ぼんやりと眺めた聡子の顔が急に引き締まり、私の手からメモをひったくる。大股で鳥飼の席に行くと、メモを見せた。鳥飼の目が吊り上がる。

「手紙が二回、それと昨日の電話ですね」

「そういうことです」高橋の声は丁寧なままだった。慌てている様子もないし、何かに怒っている感じでもない。営業マンが明日のミーティングの予定を淡々と告げているようだった。鳥飼が私の左隣のデスクにつく。聡子は離れたデスクで電話をかけていた。逆探知を要請しているのだろう。

「どうですか。ちゃんと検討していただきましたか」

「検討してますよ」

「ということは、脈ありと考えてよろしいんですね」ほっとした口調になる。誰か別の人間――上司のような人間がいて、確認を急がされているのではないか、と思った。

「脈、と言われると困りますが、検討はしています」

「もう少しはっきりと言質《げんち》をいただきたいですね」

「今の段階では何も約束できない」

「やはり警察という組織は頭が固いようですね。硬直していると言ってもいいかな」

「とにかく、簡単なことじゃないんだ」

高橋の声に、かすかに笑いが混じった。それまでの落ち着いた感じが消え、ふいに私の中で不快感が生じる。

「こちらの要求は伝わっていますね」

「そんなことは十分分かってますよ」

鳥飼が私の肩を小突いた。下手に挑発するな、もっと話を引き出せという合図である。

「具体的にどうして欲しいんですか」

「それはまたお話ししましょう。とりあえず、釈放するという約束ができてからの方がいいんじゃないですか。曖昧なままで話を進めたくないんですよ」

「しかし、具体的な話をしてもらわないと、こっちは話の進めようがない」

「まあ、じっくり考えて下さい。とにかくこちらは、いつでも行動できるということをお忘れなく」

「あなたは、間島の知り合いなんですか」

「ノーコメント」高橋の声から感情が抜けた。

「間島を助けたいんですか」

「ノーコメント」

「それでは話になりませんね」

「私の要求は明確です。間島を釈放すること。要求が認められなければ、同じことを繰り返します。ところで、昨日の車の分析は終わりましたか？　ダイナマイトのメーカーまでは特定できないでしょう」

顔から血の気が引くのを感じた。ダイナマイト。爆発物の種類は一切公表されていない。いわゆる「犯人しか知り得ない事実」をこの男は手にしている。

「それでは、また。必ず電話しますよ。今後はあなたを窓口にしましょうか。警察も役所ですからね、下手をするとたらい回しにされるかもしれない。私も気が長い方じゃありませんからね」

いきなり電話が切れた。「クソ」とつぶやいて受話器を叩きつける。受話器を耳に押しつけたまま聡子が立ち上がり、「調布駅前のファミリーマートですね？　そこの近くの公衆電話」

私はすぐに駆け出した。何ということだ。署とは目と鼻の先ではないか。犯人もそれが分かっていないはずはない。からかっているのか、それとも絶対安全だと確信しているのか。

今からその鼻をへし折ってやる。

5

夕方の渋滞を縫って車を走らせ、署から駅まで五分。すでに駅前の交番からは制服警官が到着して、電話ボックスの前で警戒していた。店員に話を聴いてみたが、当該の時刻に電話をかけていた人間は見ていないという。レジの位置から外を見ると、そもそも公衆電話は死角になっていた。付近で聞き込みをしてみたが、目撃者は見つからなかった。

しばらくして、鑑識の若い係官がやって来た。公衆電話を調べるように指示したが、嫌そうな表情を隠そうともしない。

「こりゃあ、無理ですよ」雨粒が大きくなり、スカイブルーのキャップがあっという間に黒く濡れ始めた。「べたべたになってるでしょう。これから指紋を採れって言われてもねえ」

「それでも、一応」

傘を差しかけてやった。そのまま十分。やはり結果は芳《かんば》しくない。指紋は幾重にも重なり合い、はっきりしたものは採取できなかった。もちろん手袋を使っていた可能性もある。係官は何の感想も漏らさずにさっさと道具を片づけて引き上げ、取り残された私は雨に濡れる駅前をぐるりと眺め渡した。犯人は巧妙に立ち回っている。脅迫に手紙や公衆電話を使う手口は一見古臭く思えるが、尻尾《しっぽ》を掴まれないよう細心の注意を払っているのは間違いない。

「戻りましょう」聡子が元気のない声で提案した。いつもは精気に溢《あふ》れた丸い体が、一回り小さくなってしまったように見える。

「そうですね」車のキーを右手の中で鳴らした。手首に少し痺れがある。四か月ほど前、ある男の顎を砕いた時に折ってしまったのだ。怪我そのものは完治しているのだが、天気が悪い時は不快な感覚が取りつく。

携帯電話が鳴り出した。いきなり怒鳴り声が飛びこんできたので、反射的に首を傾《かし》げて電話を耳から離す。

「——豚野郎はいたか」石井だった。

「いえ。指紋も採取できませんでした」

「クソ、逃げ足の速い奴だ」歯嚙みする音さえ聞こえてきそうだった。

「すぐに戻ります。今、署ですか？」

「ああ、一分前に戻った。逮捕状は無事に出たよ」

「了解です」

署まで戻る間、私は無言を通した。話すことがないからではなく、情報過多で頭が爆発しそうだったからだ。聡子も同じようで、助手席で頬杖をついたまま、ゆっくりしたリズムで膝頭《ひざがしら》を人差し指で叩き続けている。ようやく口を開いたのは、署の駐車場に入ってパーキングブレーキを引いた時だった。

「次は何だと思う？」疲れた口調で聡子が訊ねた。

「最悪の想定が聞きたいですか、それともそうでもないやつ？」

「両方」

「最悪は、今この瞬間にもどこかで爆発が起きている。そうでもない場合は、明日また脅迫状が届く。もちろん、別の郵便局の消印で」

「また脅迫状が来る可能性の方が高い気がするわね。ダイナマイトを使ってるぐらいだから愉快犯じゃないとは思うけど……この犯人、妙に余裕がある」

「犯人に辿り着くには物量作戦しかないんじゃないですかね」ハンドルを抱えこんだまま私は言った。「電話がかかってきて逆探知に成功しても、それから駆けつけたんじゃとっくに逃げてる。あらかじめ警察官を張りつけておかないと」

「だけど、完全な包囲網を布くには警察官を何万人も動員するしかないわよ」

「仮にそれができても、電話は都内からかかってくるとは限らないわけです」

「ああ、そうね。その通りです」苛ついた口調で言ってドアに拳を叩きつける。「それじゃ、あんたお勧めの物量作戦も駄目じゃない。力じゃなくて頭を使わないと、この犯人には辿り着けないわよ。それより、電話で話した感じはどうだったの」

「冷静な声の成人男性ですね。声は低かったな」

「それだと、都内だけでも何百万人も当てはまりそうね。成人男性って、年齢はどれぐらい?」

「二十歳から五十歳まで」

「じゃあ、どうしようもないじゃない」溜息をつき、ドアを開ける。「何か突破口があればいいんだけど」

「厳しいですね」頭の中を舞っていた様々な情報が、車内に舞いこむ風に吹かれて消えた。「今のところ、十対ゼロでリードされてる感じだ」

「高校野球の予選ならコールドゲームじゃない」

「いや、野球じゃなくてバスケットボールだって考えたいですね。十点リードされても、スリーポイントシュートを連続で入れればすぐに追いつきますよ」

「スリーポイントの連続?　ＮＢＡでも、スリーポイントが五十パーセント行く選手はそんなにいないのよ。あんたが言ってるのは『幸運が続くのを待ちましょう』っていうのと同じこと」

思い出した。聡子は高校時代、優秀なポイントガードとしてチームを国体出場に導いている。迂闊に相手の土俵で勝負しようとすると、往々にして痛い目に遭うものだ。

酒臭い息と大きな笑い声を撒き散らしながら刑事たちが階段を降りて来たが、私たちを認めると急に真顔になって表情を引き締めた。悪いな、俺たちだけ——というメッセージだ。うなずき返し、早足で刑事課に急ぐ。

狭い部屋には人が溢れていた。コップ酒一杯だけつき合って戻って来た東多摩署の刑事たち。見慣れない連中は本庁の特殊班からの応援組だろう。ざっと数えて二十人。自分たちだけではないと意識した途端に、急に体から力が抜けた。物量作戦は無駄だと聡子は言っていたが、数はとりあえず人を安心させる。課長席の近くにいた石井が私を見つけ、手を振って呼びつけた。

「ご苦労さん」

「いえ」

「逮捕状は執行した。間島の奴、何が何だか分からないって顔をしてたよ」

「脅迫の件は話したんですか」

「まだ具体的には言ってない」

「少し締め上げてみませんか」

「俺は、夜の調べは嫌いでね」石井が脂の浮いた顔を両手で擦る。「明日の朝一番でやろう。そもそも突っこむ材料がないと、あいつも喋らないだろうし」

「すいません、今のところいい材料が何もなくて」

「分かってる。お前のせいじゃないよ」石井が軽く私の肩を叩き、室内を見回した。「さて、これで全員揃ったわけだ」

「二十人ぐらいですか」

「今のところはな。状況によってはもっと増やさないと。別の会議室を用意してあるから、そっちを本部にする――じゃあ皆さん、移動して下さい」

石井が一声かけると、部屋にいた全員が一斉に廊下に出て行く。さながら殉教者の列のように、一様に足取りが重い。石井が先頭に立ち、私は最後尾を鳥飼と一緒に歩いた。小声で訊ねる。

「本当にこのまま、石井さんが仕切るんですか」

「特殊班の係長が入ってるよ。ただし、実質的に仕切るのは石井になるだろうな」

「それは異例ですよね」

「事件が広がれば、もっと偉い人間が仕切るようになるさ」

「はっきりしない状態ですね」

「仕方ねえだろう。今は、誰が仕切るかで喧嘩してる場合じゃないんだ」ズボンのポケットに両手を突っこみ、鳥飼が背中を丸めた。「とにかく、まずは情報収集だな」

「手がかりが二通の手紙と二回の電話だけっていうのは頼りないですよね……電話って言えば、どうして一回目は捜査本部で、二回目は刑事課にかかってきたんでしょう」

「確かに変だな」鳥飼が顎を撫でた。

「そうでしょう？　必ず人がいるところにかかってきてるわけですよ、狙いすましたみたいに」

「そうだが、まあ、不自然じゃないだろう。刑事課や捜査本部に必ず誰かがいることぐらいは、ちょっと頭の回る人間なら分かるはずだ」

「無視しちゃっていいんですかね」

「どうしようもないだろうが。そんなに気になるなら、早く犯人をとっ捕まえて直接聴いてみろよ」乱暴に吐き捨ててから、鳥飼がむっつりと黙りこむ。

階段を二階分上がり、会議室に入る。二十人が入るともう一杯で、最後に入った私はドアの近くで立ったままでいなければならなかった。折り畳み式のテーブルが四列並び、すでに電話が三本引かれている。一番前にはホワイトボード。相当古いもので、油性ペンの跡が完全に消えずに残っていた。

何となく落ち着いたところで、前の方に座っていた石井が私に目配せする。ドアを閉めると、彼の横に陣取った男がテーブルの上に身を乗り出した。二つにくっきり割れた顎と、太い油性ペンで描いたような眉毛が目立つ。肌寒い陽気なのに、上着を脱いでワイシャツの袖《そで》を捲《まく》り上げていた。太い、よく通る声で話し出す。

「特殊班係長の溝口《みぞぐち》です。所轄の皆さん、間島事件の捜査ではご苦労さまでした。ようやく片づいたところでまた面倒な話だが、これは非常に重大な案件になる恐れがある。もう一踏ん張り、頑張って下さい。まず、石井から事実関係を報告する」

石井が立ち上がり、これまでの状況を説明し始める。私は自分の手帳に書かれたメモを見直しながら話を聞いたが、新しい事実は一つもなかった。間島の逮捕状を執行したところまで説明すると、石井が私に話を振る。

「今日の夕方、二度目の脅迫電話があった。鳴沢、説明してくれ」

壁から背中を引きはがし、それまでボールペンで黒い点をつけていた手帳を閉じて話し始めた。

「二度目の電話の主は高橋と名乗りました。電話は直接刑事課にかかってきたもので、内容的にはこれまでの電話や手紙と同じです。犯人の声は冷静でした」

「ちょっと待て。犯人、と言ってしまっていいのか？」見慣れぬ顔の本庁の刑事が振り返り、私の発言を遮る。

「電話してきた人間は、昨日の爆発で使われたのがダイナマイトだと知っていました。この件は、まだ表沙汰になっていません。犯人しか知り得ない事実といっていいと思います」電話が調布駅前の公衆電話からかかってきたこと、指紋は採取できなかったことなどをつけ加える。

「とりあえず、ペンディングだな」溝口が断を下した。「電話の件は、今の段階ではこれ以上どうしようもない。手紙についても、投函した人間を特定することは不可能だと思う。いずれにせよ、犯人からはまた接触があるだろう。電話については常に逆探知の用意をすること」

「愉快犯でしょうか」

私の質問に、溝口が右の眉をくいっと引き上げる。

「怪我人が何人も出てるんだ。愉快犯とは言えないだろう」

「要求が奇妙じゃないですか。間島を釈放させてどうするつもりなのか、見当もつきません」

「それは、犯人を捕まえてから聴いてみればいい」

「動機が分かれば、犯人につながる材料が見つかるかもしれません」

「鳴沢」溝口がぐっと上半身に力を入れた。ワイシャツの肩の辺りがはちきれそうになる。「ここでそういう話はやめようや。暇な時ならいくらでもつき合ってやるが、今は具体的な情報が欲しいんだ」

「分かりました」議論を打ち切り、私はまた背中を壁につけた。この一件の責任者は、徹底した実務家らしい。

溝口が両手を組み合わせてデスクに置き、刑事たちの顔をぐるりと見回した。

「鳴沢じゃないが、確かに犯人の要求は理解不能だ。その件についてはとりあえず置いておこう。まずは、昨日爆発した盗難車の線から攻める。それと、被害者からももう一度事情聴取しておきたい。そっちに何人か回ってもらおう。あと、これは特に注意して欲しいんだが、マスコミとの接触は絶対にご法度だ。まだ脅迫の件は漏れていないが、いずれ嗅ぎつけられるかもしれない。話しかけられても無視しろ」

「その件について、上はどんな判断なんですか」鳥飼が恐る恐る切り出した。

「当面、マスコミには一切伏せます。連中に勘づかれる前に何とかしたい。漏れないようにして、その間に犯人を捕まえればいいだけの話です」溝口が強い口調で答える。

そう簡単に言ってしまっていいのだろうか。情報を完全に遮断することなど不可能だし、捜査の秘密が漏れるのは、いつでも上の人間からなのだ。

「当面の捜査本部はここに置く。連絡は絶やさないようにな。石井、聞き込みの割り振りをしてくれ」

石井は、その仕事から私と聡子を外した。昼間現場に行っているから、一度も見ていない人間の新鮮な視点が必要だ、という説明だった。

「二人は、夕方の電話の件を報告書にまとめてくれ」

「聞き込みはいいんですか」

「まずやるべきことをやってからだ」ぞろぞろと会議室を出て行く刑事たちの背中を見送りながら石井が言った。会議室に私と二人だけになると、急に呑気な口調になり「その前に飯でも食うか」と切り出す。

「飯？　報告書はいいんですか」

「そんなもの、十分で書けるだろう。今日は昼飯を抜いちまったんで腹が減った。お前もつき合え」

「分かりました」実際私も、山口に引っ掻き回されて昼食が中途半端だった。

「あそこがいいな。『清水うどん』にしよう」

「いいですよ」

「よし」上着を肩に引っかけ、石井がドアに向かった。他の刑事たちが聞き込みに回っているのに、呑気に飯か——少しばかり後ろめたさを感じながら、彼の背中を追った。


「清水うどん」も「輝屋」と同様に東多摩署の食堂のような店だが、こちらは本格的な讃岐《さぬき》うどんが売り物だ。最近は東京でも讃岐うどんを出す店が増えてきたが、ここは店主が四国出身で、流行になるずっと前から営業している。出汁の香りと揚げ物の匂いが染みこんだような店だ。入ってすぐてんぷらやおにぎりの並んだコーナーがあり、そこで副菜を選んでからうどんを注文する形式になっている。そこで石井が大量のてんぷらを皿に盛りつけた。私は少し迷って、いなり寿司を二つ選ぶ。うどんは二人とも釜揚げうどん。炭水化物に炭水化物を加えた食事。栄養のバランスが偏っているのは分かっているが、てんぷらの油分で胃壁をぬらぬらさせるよりはましだと自分を納得させた。

「何だ、小食だな」と石井。

「最近運動してませんからね。少し体重が増えてるんですよ」

「体重を気にするような体型じゃないだろうが」

「気にしてるのは体重じゃなくて体調です。体調を確認するには体重をチェックするのが一番なんですよ。いざっていう時に体が言うことを聞かなかったら洒落になりませんからね」

「ふだんは運動してるのか」

「週に二回か三回はジムに行ってます──事件がない時は」

「結構なことだな」うどんが運ばれて来て、石井が箸を割った。さっそく盛大に音を立てながら啜りこむ。

「石井さんは食べても太らないタイプみたいですね」皿にうず高く積まれたてんぷらを睨みながら訊ねた。

「体質だな」

「羨《うらや》ましいですね」

「そうか」石井が誰かと競争するようにうどんを啜る。うどんは口を火傷《やけど》しそうなほど熱かったのだが、結局十分もしないうちに二人とも食べ終えてしまった。

「一つ、聞いていいですか」

「ああ」煙草に火を点け、立ち上る煙越しに私を見ながら石井が言った。

「間島に対して厳しいですよね」

「そりゃあ、当たり前だ」顔を背けて吐き捨てる。

「間島以外の犯人に対してもですか」

「いや。中には同情したくなる奴もいるさ。そういうのは、お前にも分かるだろう」

「ええ」

「間島は違う。俺は、あいつが吊るされるのを夢に見ることがあるよ」私が顔をしかめたのに気づいたのか、石井が咳払いして声を落とした。「とにかく、あいつには情状酌量の余地はない。そう思わないか」

「そうですね」

「一つ、心配してることがあるんだ。今まであいつは、調べには協力的だったよな。ただ、本心がまったく読めない。裁判になったら急に証言をひっくり返したり、病気のふりをする可能性もあるんじゃないかな。それに、誰かの声を聞いたってずっと言ってるのも気になる。弁護士たちは、当然責任能力の有無を持ち出すだろう」

「俺が弁護士でもそうしますよ。事実関係は争点にならないだろうから、それ以外の方法じゃ戦えないでしょう」

「そうだな。ま、俺たちは俺たちでできることをやるだけだ」右手に煙草を持ったまま、左手を包みこんだ。「とにかくだな、裁判も始まってないのにむざむざあいつを放すようなことはできない」

燃え上がってきた石井の怒りを抑えようと話題を変えた。

「高橋の正体、想像もできないですね」

「何ともありふれた偽名だよな」石井が唇を歪めた。「日本でベストスリーに入るぐらい多い苗字じゃないか」

「ええ。でも、偽名じゃなくて本名かもしれない」

「高橋っていう名前だけじゃ、電話の主を割り出すのは不可能だろうな。とにかく、何とか奴の前に出ないと。実はな、俺は上の連中のことを心配してるんだよ。二回目の爆破事件でも起きてみろ。間島を釈放するなんてことを言い出しかねんぞ」

「まさか」

「いや、よく考えてみろ。このまま爆発が続いて、高橋を捕まえられなければどうなるか。選択肢としては釈放も出てくる」石井が火の点いた煙草の先を私に向けた。

「間島を放すのは不可能ですよ。保釈も裁判が始まらないとどうしようもないし、こういう事件ですから、それも認められないでしょう」

「前例がないってことだな……クソ、行き詰まりか」

「思い切って放して、泳がせてみるのはどうでしょう。尾行すれば、高橋に辿り着けるかもしれない」

「リスクが大き過ぎる。それに俺は、あんな奴が娑婆《しゃば》の空気を吸うのには耐えられん」

「だけど、実際に何百万人も人質になってるみたいなものですよ」

「声がでかい」石井が自分の唇に人差し指を当てた。「秘密厳守は今回の事件の一番の肝だぞ」

そういう自分も相当大きな声で喋っていたのだが、文句を呑みこみ、小さくうなずくだけにした。

「とにかく余計なことは考えるな。確かに繁華街の真ん中でダイナマイトが爆発したら大事《おおごと》になるけど、起こってもいないことを考えても仕方ないだろう……そうだ、明日にでも山梨に行ってくれないか」

「間島の両親ですね。それは俺も考えてました」

「あいつのことをよく知っている人間は、親ぐらいだからな」

「リンチの可能性はどうでしょうね」

「そりゃあ、間島をぶっ殺してやりたいって思ってる人間はいくらでもいるだろう。まず、被害者の遺族だな。大事な子どもを殺されたんだからな、何年もかかる裁判を待つよりも、自分の手で殺してやろうと思っても不思議じゃない。だけど、まだ悲しみが憎しみに転じる時期じゃないだろうな」

「それでも一応、被害者の家族の動向は見ておいた方がいいんじゃないですか」

「そうだな」渋々だったが石井が認めた。「だがな、仮に遺族の誰かが高橋だったとしても、俺には責められんよ」

「石井さん」私はうどんの桶を脇に押しやって彼の顔を覗きこんだ。「間島に対してそこまで厳しいのはどうしてなんですか。石井さんだったら、もっとひどい事件だっていくらでも経験してるでしょう」

石井の喉仏《のどぼとけ》が大きく上下した。目を細め、眼鏡の奥から私を睨みつける。唇は糸のように引き結ばれていたが、やがて意を決したように口を開いた。

「それはな――」

鳴り出した携帯電話の音に話が遮られた。石井が顔をしかめ、ズボンのポケットから電話を引っ張り出す。

「はい、石井。ああ、鳥飼課長。今ですか？　『清水うどん』で飯を食ってますけど。はい、ええ……」携帯電話を握り締める石井の手が強張った。顔からは血の気が引き、唇がぎゅっと引き結ばれる。電話を切ると、財布から千円札を二枚引き抜いてテーブルに叩きつけた。

「どうしたんですか」

「二発目が爆発した」

　今度は車ではなかった。よりによって、署から二キロほどしか離れていない公園で、鉄製のゴミ箱とブランコ、それに公衆電話ボックスが爆破されたのだ。車から降り立った時には、まだ薄く火薬の臭いが漂っていた。ブランコは強い熱と爆風で一気に破壊されたのだろう、飴《あめ》のように捻じ曲がっている。ゴミ箱も奇妙なオブジェのように潰れ、十メートルほど離れたフェンスまで吹き飛ばされていた。電話ボックスはガラスが砕け散って骨組みだけになっている。鑑識の連中が、雨に濡れた地面に這《は》いつくばるようにして調査を進めていた。先に到着した制服組が現場を封鎖していたが、ビニールカバーを被せることができないので、変わり果てたブランコや電話ボックスは野次馬の目に晒《さら》されていた。例によって、携帯電話で現場の様子を撮影している馬鹿者がいる。カメラつきの携帯が普及してから、どこの事件現場でも見るようになった光景だが、この連中は撮った写真をどうしているのだろう。後で眺めて楽しむのか、誰かにメールで送るのか、それとも新聞社にでも提供するのか。パトカーと消防車、救急車の赤色灯が、雨でモノクロになった夜景を血の色に染め上げる。

「クソ」思わず悪態をつくと、石井に肩を叩かれた。振り向くと、彼の目にも怒りの色が浮かんでいる。それを見てふっと気持ちが静まり、意識して低い声で説明した。

「すぐ側に小学校があります。東隣にはマンション……壁を見て下さい」三角形に黒くすすけている。爆破されたブランコからは二十メートルほど離れているのだが、爆風はそこまで届いたのだ。マンションと公園を隔てるフェンスは大きく凹み、植えこみも何本かなぎ倒されて、千切れた葉が辺りに散っていた。

「怪我人はいないようです」聡子の報告に、私はようやく胸を撫で下ろした。高橋。正体は分からないが、そのやり口は間島とはまた別の悪質なものである。間島は自分だけの基準に従って犯行を積み重ね、子を持つ親を恐怖に陥れた。一方高橋がやっていることは、一歩間違えれば無差別殺人になる。世間に与える衝撃はどちらも大きい。

「とにかく、聞き込みだ」石井が指示する。「そんなに遅い時間じゃないし、目撃者がいるかもしれない」

ほかの刑事たちはまだ到着していなかったので、三人で手分けして聞き込みを進めることにする。私は最初に、公園の西隣にあるクリーニング屋に足を運んだ。ランニングにジャージ姿、アルコールの臭いを薄く漂わせている中年の店主が愛想よく応対してくれたが、話は頼りないものだった。

「ちょうど店を閉めた後でね。五分か、十分経ってたかな？　いきなりものすごい爆発音がしたから慌てて飛び出して……交通事故かと思ったんですけど、たまげたね。煙が漂ってて、何か花火みたいな臭いがしましたよ」その臭いを振り払おうとするように、顔の前で手を振った。

「お宅は被害はなかったんですか」

「何とかね。反対側のマンションの方がひどそうじゃない」

「誰か怪しい人間を見ませんでしたか？　あるいは車とか」

「うーん」店主が腕組みをした。「家の中に引っこんでたからねえ。何も見てませんよ。この辺、夜になると急に人通りが少なくなるしね。しかし、昼間じゃなくてよかったよ。あそこ、子どもたちの遊び場だから。あ、もっとも昼間堂々と爆弾を仕掛けるのはいくら何でも無理か」

クリーニング店を辞去して聞き込みを続けたが、同じような証言が続くだけだった。一時間後、現場で石井や聡子と落ち合った時には刑事たちの数も増えていた。鑑識の連中と制服組が、大きなイチョウの木を利用してようやく爆発現場に青いビニールシートをかけたので、その中に全員が集合した。まだ残る火薬の臭いが鼻を突く。

「一件だけ、手がかりがあったぞ」石井の報告に、刑事たちの視線が一斉に集まる。

「爆発の直前に、濃紺のセダンが急発進するのを目撃した人間がいる。ナンバーは、最後の一桁《ひとけた》が2、ということしか分からん」

一斉に溜息が漏れた。これだけではどうしようもない。濃紺のセダンで末尾が2のナンバーの車は日本中に何台あるだろう。

「とにかく、手分けして聞き込みを続けてくれ。今のところ手がかりになりそうなのはこの車ぐらいだが、当てにはできない。他にも目撃者がいないか、探してくれ」

刑事たちが散って行った。石井が私に声をかける。

「賭けるか」

「何をですか」

「今夜、高橋から電話がかかってくるかどうか」

「賭けになりませんね。石井さんもかかってくると思ってるんでしょう」私は肩をすくめた。

「そういうことだ。どうやら、今日も泊まりこみだな。奴の電話は絶対に逃せない」

高橋の真の狙いが何かは分からないが、一つだけはっきりしていた。この男は私たちをげっそりさせ、体力を奪うことに成功しかけている。

十一時、全員を署に引き上げさせて溝口が捜査会議を招集した。焦点になったのは、やはり末尾が「2」の紺色の小型セダンである。聞き込みに回った刑事たちが次々と立ち上がり、成果を報告した。

「下二桁が52、その前は8か3という証言があります」

「車種はマツダのアクセラらしいという証言がありますが、確証はありません」

「アクセラをすぐに見分けられる人間がいるのか？　あまり走ってないだろう」石井が質問を飛ばす。

「証人は車の修理工場に勤めています。ただし、夜目なのではっきり断言はできない、と」

「誰か、アクセラのボディカラーを調べてくれ」

鳥飼の指示に、所轄の刑事が一人、会議室を飛び出していった。石井が掌を広げて額をマッサージし、首をぐるぐる回す。身を乗り出して、さらに突っこんだ質問を誰にともなく投げかけた。

「で、その車に乗ってたのは誰だ？　そっちの目撃証言はないのか」

沈黙が部屋を支配した。答を促すように、石井が指先でテーブルを叩く。が、すぐに溜息をついて「仕方ない」と諦めた。

「明日、この車の線で捜査を進めよう」溝口が指示を出す。「今のところ、唯一の手がかりと言っていいからな。最初が肝心だ。所轄の皆さんは間島事件の続きでお疲れだと思うが、よろしく頼むぞ」

ざわざわとしたノイズが流れ、部屋の空気が弛緩《しかん》した。長い一日がようやく終わろうとしている。

「道場に布団を用意してありますから、帰れない人はどうぞ、そちらに」鳥飼が申し出る。「帰れる人間は帰ってくれ。溝口係長、明日の集合は？」

「八時」溝口が自分の腕時計を人差し指で叩いた。「一度、全員ここに顔を出してくれ。今晩中にも動きがあるかもしれないから、泊まる連中は待機のつもりでいてくれ。鳥飼課長、一課と機捜には話を通してありますけど、署の泊まり勤務の連中にも一言声をかけて下さい。万が一の時は現場に急行してもらいます」

緩み始めた雰囲気が、再びぴしりと引き締まった。石井が私に目配せする。うなずき返した。今夜は電話を待って、二人で刑事課で仮眠することにしている。

「分かりました」車のボディカラーを調べに行った刑事が戻って来た。「ストラトブルーマイカという濃紺に近いボディカラーがあります」

「よし。明日の朝から、車種の絞りこみを進める」溝口がその場を締めて立ち上がった。

刑事たちも次々に立ち上がる。誰かが会議室の隅にあるテレビのスウィッチを入れた。ちょうどニュースの時間で、チャンネルを替えていくと、先ほどまで私たちがいた現場が映し出されていた。まだ野次馬が群がっている時間帯に取材されたものらしい。記者がマイクを手に、レポートをまとめるところだった。会議室を出かけた刑事たちも戻ってきてテレビを取り囲む。

「――警視庁では、先日の中央道における自動車の爆破事件との関連も調べています」

「おいおい」誰かが頭から突き抜けるような非難の声を上げた。石井は腕組みをしたまま画面を睨みつけている。

　チャンネルを替え続けてニュースを確認したが、どの局も昨日の爆発との絡みを示唆していた。誰かがテレビを消し、刑事たちが疲れた足取りで部屋を出て行く。最後に残った私は、腕組みしたまま廊下を歩き始めた石井に話しかけた。

「今のニュース、かなり際どいところまで触ってますね」

「上の連中は、まだ事態が分かってないのかもしれん」石井が立ち止まった。背中を壁に預け、くしゃくしゃになった煙草のパッケージを胸ポケットから取り出して弄《もてあそ》ぶ。背中を壁に押しつけたまま、両足を少し前に出した。体がわずかに沈みこむ。「だがな、ふだん記者連中と接触がある一課長や理事官がどこまで喋るかは、俺たちにはコントロールできないんだ。突っこまれれば答えざるを得ないこともあるだろうし、だいたい、今の課長はふだんから少し喋り過ぎるからな」

「犯人、本気ですよね」

「ああ、それだけは間違いない」石井の喉仏がゆっくり上下する。

「間島の釈放、真面目に考えた方がいいかもしれませんよ」

「それとこれとは別問題だ」石井が私を見上げて鋭い視線を投げた。

「コインの表と裏みたいなものでしょう」

「それは違う――」声をわずかに高くして話し始めたが、すぐに首を振って「今夜はやめようや。気の利いたことは言えそうにないよ」と弱気に言った。

「すいません。こんなことを言ってる場合じゃないですよね」

「そういうことだ。お前さんも疲れてるだろう。少しでも寝ておこうぜ」

日常の活動である睡眠でさえ、高望みであるような口調だった。眠れないことは分かっている。体はくたくたなのに、目は妙に冴えているのだ。刑事課に戻り、ネクタイを外す。指先で両の瞼を強く押し、引き出しに目薬は入っていなかっただろうか、と考えた。

石井は、打ち上げで残った酒を調達してきていた。

「お前は呑まないんだったな」

「ええ。気にしないで呑んで下さい」

「悪いな」

「人が呑むのを見てる分には酔っ払いませんから」

石井が二人がけのソファに陣取り、一升瓶から湯呑み茶碗に酒を注いだ。しばらく両の掌に包みこんで眺めていたが、やがて意を決したように口をつけ、頭を思い切り後ろに反《そ》らして一気に呑み干す。ああ、という溜息が消えぬ間に二杯目を注ぎ、今度はちびちびと舐めるように呑み始めた。ネクタイを引っ張って解《ほど》くと、ソファの上でだらしなく姿勢が崩れる。私は自分のデスクで、私用のパソコンの電源を入れ、携帯電話を接続した。優美たちがアメリカに行くことが決まってから、慌ててB5サイズのノートパソコンを買って、携帯電話も通信速度の速いものに替えた。これならどこでもメールのチェックができる。携帯電話のメールでもいいのだが、私の指で小さなボタンを押すのは、米粒に般若心経を書く行為にも等しい。

「何だ、まだ仕事か」石井の口調には早くも酔いが回り始めていた。

「いえ、ちょっとメールのチェックを」

「彼女か」

「そんなところです」

「ふうん」石井は湯呑みをテーブルに置き、ソファに横になっていた。靴も脱いでいない。両手を頭の後ろにあてがい、天井を見上げたまま話す。「結婚するのか」

「さあ、どうでしょう」

「家族ってのは面倒だぞ。一人で暮らしてる方がよほど楽だ」

「家族一緒だから楽しいこともあるでしょう」

「プラスマイナスの計算をしたらどうなるかね」

沈黙が流れる。石井は家族と上手くいっていないのだろうか。そう言えば、三か月ほどずっと一緒に仕事をしながら、私はこの男のことをほとんど何も知らない。彼が自分の周囲に薄い壁を張りめぐらせているのは感じていたし、私も他人の私生活に首を突っこむ趣味はなかったが、今夜は思い切って訊ねてみることにした。

「石井さん、ご家族は」

返事がない。立ち上がって見ると、彼は目を閉じて、もう軽い寝息をたてていた。疲労が一気に全身を包みこんだ感じである。音を立てないよう、そっと椅子に腰を下ろし、メールのチェックを始める。

優美からメールが二通届いていた。彼女とメールの交換を始めたのは、日本とアメリカに離れて住むようになってからだが、常に長いメールを書いてくる。

『ずっと忙しかったと思うけど、落ち着きましたか？　体の方は大丈夫だと思うけど、トレーニングできなくてストレスが溜まってるでしょうね。せめてちゃんと食事をして、栄養だけは取って下さい。

　勇樹の方は順調です。こっちの生活にもすっかり慣れたみたいで、今は毎日ボイストレーニングとダンスのレッスンに通っています。なかなか筋がいいみたいです。学校の方も大丈夫みたい。日本にいる時より積極性が出てきたようです。昼間は事務所のマネージャーさんが面倒を見てくれているので、私は比較的時間に余裕があります。

　実は余裕があり過ぎて、ちょっと考えていることがあります。改めて勉強し直したいという気持ちが強くなってきて、大学へ通うことを真面目に考えています。具体的には法律の勉強をしたいのだけど……日本でボランティア活動をしていて、限界を感じることも多いのです。センターのスタッフに法律の知識を持った人間がいれば、何かと役に立つのではないかと思って。でも、時間がかかりそうだし、どうしようかと迷っています。どうかな。考えを聞かせて下さい』

　また、ややこしいことを。思わず眉根を揉んだ。ニューヨークで弁護士の資格でも取るつもりなのだろうか。別れた中国系アメリカ人の夫と同じ職業を選ぶ気になっているとしたら、解せない。私はその男を直接は知らないが、散々彼女を虐待し、簡単には消せない傷を負わせたのだから。それがきっかけで両親の故郷である日本へ来た優美は、家庭内暴力に苦しむ女性を助けるＮＰＯ「青山家庭相談センター」でボランティアをしている。

しかし、アメリカで弁護士資格を取るのにどれだけ時間がかかるだろう。これでは日本が遠くなるばかりではないか。

今年の春、勇樹がアメリカのテレビ番組のオーディションに合格し——優美の学生時代の友人からの誘いだった——九月からの番組出演が決まった。ニューヨークのブルックリンを舞台に、白人やアフリカ系アメリカ人などの家族の交流を描く「ファミリー・アフェア」。全米で放映されている人気のホーム・コメディで、勇樹は新クールからメンバーに加わる。収録は二月までの予定で、二人はそれまで拘束されることになる。しかも、それが終わっても日本に帰ってくるという保証はない。評判がよければ、また次期シーズンの出演依頼もくるだろう。アメリカのテレビ番組は、視聴率が稼げる限りは延々と続く。となると、ずっとアメリカにいることになるのか、それとも日米を往復するような暮らしになるのか……どちらにしても、優美は勇樹にくっついていなければならない。彼女はアメリカに腰を据える決心をしたのだろうか。「考えを聞かせて下さい」

とは言っていても、彼女自身の考えはすでに決まっているのかもしれない。そういうことはしばしばある。

どう返事をするか。腕組みをしてパソコンの画面を眺めたが、もう一通のメールに目を通してから考えることにした。

がらりと調子が変わっていた。

『インターネットでニュースを見ました。爆発事故があって東多摩署の署員も巻きこまれたっていう話だけど、まさかあなたじゃないでしょうね。すぐに返事を下さい』

メールの時間を見ると、一時間前だった。もしかしたらと接続を切り、携帯の着信履歴をチェックしてみると、この一時間で彼女から五回かかってきていた。電話で話して安心させてやりたかったが、石井に聞かれるかもしれないと思ってメールで返信することにした。

『高速道路を走っている時にいきなり爆発があって、巻きこまれました。頭を少し怪我したけど、大したことはありません。入院もしなかったし。

その件で、これからまた忙しくなりそうです。暇を見つけて電話するけど、とりあえず安心して下さい』

送信。十分待って再びメールをチェックすると、彼女から返信があった。

『どうしていつも面倒なことに巻きこまれるの？　少しは注意して下さい。本当に怪我は大丈夫なの？　お願いだから心配させないでね。すぐには会えないんだから』

パソコンの画面から彼女の怒りが立ち上がるようだった。そんなに責められても答えられない。好きで面倒に巻きこまれているわけではないのだから。特に今回は、まるで出会い頭の交通事故である。注意して避けようと思っても避けられるものではないのだ。

『とにかく気をつけます。心配してくれてありがとう。本当に怪我は大したことはないから』

返信してからパソコンの電源を切った。やはり、できるだけ早く直接話した方がいいだろう。考えてみれば、私は優美の前では弱い自分を何度も晒している。彼女が心配するのも当然だろう。

石井の寝息が軽い鼾《いびき》になった。私は隣の椅子を引いて両足を乗せ、腹の上に両手を置いて目を閉じた。こんな格好で眠れるわけがないのだが、少しでも寝る真似をしたかった。明日の朝、刑事課にもう一つソファを入れるよう、鳥飼に交渉しよう。いつこういうことがあるか分からないのだから。鳥飼が渋い表情で「無理だ」と言う様を想像しているうちに、意識が薄れてきた。

だが、私と石井が乗らなかった賭けの答はすぐに出た。耳元で鳴り始めた電話の音が、私を現実に引き戻す。

6

「高橋さん」自分の言葉が終わらないうちに、電話にセットした録音装置のスウィッチに手を伸ばす。

「ああ。その声は鳴沢さんですね」高橋が、天気のことでも話題にするように軽い調子で切り出した。壁の時計に目をやると、一時半。しかし彼は昼間のように元気だった。石井が気づいて起き出す。すぐに一番近い電話に飛びつき、送話口を手で覆い隠してごそごそと話した。電話会社にはもう話をつけてある。逆探知に時間はかからないはずだ。

「ずいぶん遅い時間の電話ですね」

「今夜は、あなたたちは徹夜でしょうね」嘲《あざけ》るわけではなく、きつい勤務を労《いた》わるような柔らかい言い方だった。

「今日はとんでもないことをしてくれたな」

「私を責めるんですか」心外だ、とでも言いたそうだった。

「住宅地の真ん中でダイナマイトを爆発させるような人間は許せない」

「なるほど、あなたは正義感の強い人のようだ」

「茶化すのはやめろ」受話器をきつく握り締めた。傍らにあったミネラルウォーターのボトルを引き寄せ——いつの水だろう——粘つく喉を潤す。

「では、真面目な話にしましょう。間島を釈放する準備はできましたか」

「そんなことはできない」

「これでもまだ遠慮してるんですがね。いつでも、どこでもやれるんですよ」

「そうはさせない」

「鳴沢さん、強がっちゃ駄目ですよ。東京中の警察官を集めても、私たちを見張ることはできません。神奈川や大阪から応援を貰っても同じことです。それぐらいは当然お分かりかと思いますが」

「私たち、ね」複数か。高橋がそれを認めたのは初めてのはずだ。「何人いるんだ」

「さあ、どうでしょう」

「いつまでも誤魔化せると思うなよ」

「立場はそちらの方が弱いんですよ。それをお忘れなく」

「間島をどうするつもりなんだ」

「それはあなたたちには関係ないことです。釈放すれば、その後のことは私たちの問題ですから」

「いつまで続けられると思ってるんだ」

「当然、あなたたちが間島を釈放するまでです」

「それはできない」

「だったら、これが続くだけの話ですよ」

「おい」堂々巡りになり始めた会話に、頭痛を覚えてきた。

「何でしょう」

「本気で間島を釈放できると思ってるのか？」

「そちらにはいろいろと法律の問題があるんでしょうね。でもこの際、超法規的措置ということも考えてみたらどうですか」

「ハイジャック事件と一緒にするのか」

「人命がかかっている。そういうことですよ」高橋の短い沈黙が、明確な脅迫となって私の胸に染みこむ。やがて出てきた言葉には、急に重みが加わっていた。「もう少しだけ猶予を差し上げましょう。ただ、永遠にというわけにはいかない。そろそろトップの人間も含めて真面目に議論してもらわないと……そうそう、当然逆探知してるでしょうが、私は今ＪＲの青梅《おうめ》駅の近くにいます。この時間だと、この辺りは本当に静かですね。

墓場みたいですよ」

電話が切れた。石井が椅子を蹴飛ばすように立ち上がり「青梅駅前の公衆電話だ」と怒鳴る。私が反応しないのを見て、握り締めた受話器を突き出し、「青梅駅前だよ！」と怒気をこめて繰り返した。

「奴が言ってましたよ」

「何だと」眉が吊り上がる。

「高橋が、青梅駅の近くにいるって自分で言ってました。俺たちの手間を省いてくれるつもりみたいですよ」

石井の手から受話器が滑り落ちた。顔は蒼くなり、唇が震えている。デスクの脚を蹴飛ばすと、鈍い金属音が部屋の空気を静かに震わせた。

十分後、青梅市を管轄している西多摩署から電話が入った。石井が私から受話器を引ったくり、歯を食いしばって相手の言うことに耳を傾ける。無言のうちに受話器を叩きつけようとして思い止まり、もう一度耳に押し当ててから「ご苦労さん」と疲れた声で言った。肩を大きく上下させて呼吸を整え、拳をデスクに打ちつける。私を見て何か言おうと口を開いたが、表情がひび割れ、そこから不安と怒りが漏れ出るだけだった。

「駄目でしたか」

「ああ」

「ふざけた話です」

「それは、一々お前に教えてもらわなくても分かってる」

「石井さん、落ち着きましょう」

「落ち着いてる」そう言う石井の目は充血し、視線は落ち着きなく部屋の中を彷徨っていた。

「上で寝てる連中、起こしますか」

「やめておこう」一瞬躊躇った後、石井が首を振った。「いや、一応、二人だけ起こそうか。こっちでも青梅の現場を見ておかないと」

「俺が行きますよ」

「いや、お前はここにいてくれ。どうも高橋はお前がお気に入りみたいだからな。また電話がかかってくるかもしれん」

「ありがたくない話ですね」中腰になっていたが、彼の言葉に押されるように腰を下ろす。どっと疲れが襲ってきた上に、鈍い頭痛も依然として張りついていた。石井が、脚を引きずるように刑事課の部屋を出て行く。私は仕事用のパソコンを立ち上げ、今録音された電話の内容を文書に落とし始めた。目がかすみ、タイプミスが多くなる。五分ほどして石井が戻って来た時も、まだ半分も書き終えていなかった。

「二人、行ってもらった」言ってから石井が大欠伸をした。思い切り背伸びをして、体操をするように両肩をぐるぐると回す。「この時間、青梅までどれぐらいかかる？」

「サイレンを鳴らせば四十分」

「何もないと思うけど報告を待とう。お前、寝てていいぞ」

「一応、今の電話の内容を報告書に落としますから。石井さんこそ寝て下さい」

「寝る気になれんよ」言いながらまた大きな欠伸をする。私はうつむいて欠伸を噛み殺した。酒でも呑めれば、とつい考えてしまう。酔っ払って、何も考えずに眠れたらどれほど楽だろう。

石井が音を立ててソファに腰を下ろした。先ほどまで酒が入っていた湯呑みに視線を落とし、右手で取り上げる。

「刑事課で酒を呑んでちゃいかんな。ところでお前、本当に全然呑まないのか」

「昔は呑んでましたよ。大学の時はラグビー部にいましたから、体育会系の滅茶苦茶な呑み方をしてました。アメリカに留学してる時も、ビールが水代わりだったし」

「何だかアルコール中毒だったみたいに聞こえるぞ」

「そういうわけじゃないですけど、刑事になった時にやめました」

「刑事には酔っ払ってる暇もないってわけか？　そういう話ならやめてくれよ。説教されたい気分じゃないんだ」石井が顔をしかめ、湯呑みをぐっと握り締める。

「説教じゃありません。俺は、呑んだら仕事にならないと思ったからやめただけです」

「強制はしない、か」

「いくら呑んでも平気な人もいますからね。仕事さえできればいいんですよ」

小さく溜息をつき、石井が湯呑みをそっと置いた。沈黙が流れ、私がキーボードを叩く音だけが耳障りに響く。集中しろ。さっさとテープ起こしを終わらせて、少しでも寝ておかないと。寝るのも仕事のうちなのだ――そう自分に言い聞かせても、この瞬間にも高橋がどこかに爆発物を仕掛けているのではないかという疑念は消えない。今度はどこを狙うのだろう。自分の力を誇示する目的なら、都心部を標的にするかもしれない。大手町《おおてまち》や霞《かすみ》が関《せき》辺りは、この時間だと人はほとんどいないだろう。大きな音とともに爆発が起こり、ビルの窓ぐらいは吹き飛ぶかもしれないが怪我人は出ないわけだ。それでも十分、恐怖は広まるだろう。

「本気だな、高橋は」突然石井がぼそりと言った。

「今まで疑ってたんですか」

「一パーセントぐらいはな。冗談であって欲しいっていう願望も含めてだ」

「上に相談しろって言ってましたよ。どうしますか」

「あんな奴に指示されたくないよ」顔を歪めて吐き捨てたが、声には力がなかった。

「本庁では、間島の身柄について具体的に検討してるんですか。高橋は、超法規的措置なんて言ってましたけど」

「超法規的措置——ああ、ハイジャックの時のあれか」

「あれは、結果的にどう評価すればいいんでしょうね。誰も死なずに済んだけど、そのほかの影響も大きかった。実際、まだ尾を引いてるわけですから」

「俺に聞いても分からんよ。あの頃は俺だってまだガキだったんだし、今だって専門外の話だからな。ただ、当時も世論はそれほど厳しくなかったみたいだぞ。それこそ『仕方ない』ってことだったんじゃないか」

「人命には代えられない」

「そういうことだ。特にあの時は、誰の目にも分かる形で人質の命が危険に晒されていたからな。ハイジャックした奴は、そうやって世間にアピールする目的もあったんだろうし、そういう意味では成功だったじゃないか。ただ、高橋は違う。もっと大袈裟にアピールしたいんなら、今頃はマスコミに犯行声明を送ってるはずだ」

「つまり、自分たちの要求を知られたくないわけですね」

「訳が分からん……分かってるのは、間島が今、日本で一番の悪人であるってことだけだ。そんな人間を釈放しろって要求する人間は、やっぱり悪人になるのかね」

「自分たちの手で間島を懲らしめる、なんて考えてるとしたら許せませんよ」

「それはこっちの仕事だからな。まったく、肩が凝る」乱暴に言って石井が立ち上がり、また伸びをした。壁に両手をつき、右足を引いて両肩の重心を下に下げる。背中がぐっと反り返った。顔を真っ赤にして振り返ると、決然とした調子で言い放つ。

「俺は、こういうのが大嫌いなんだ」

「こういうのって？」

「無駄話」

「無駄とは思えませんけどね。話しているうちに事件のヒントが見つかるかもしれないじゃないですか」

「いや、ヒントは脚で見つけるもんだ。だいたい、刑事があれこれ無駄話をしてるのは、捜査が行き詰まってる証拠なんだよ」

「行き詰まってるなんて言うのは早いですよ。勝負はまだこれからなんだから」

「鳴沢」石井が恨めしそうに私を見た。「どうしたらそんなに前向きになれるのか、教えてくれないか？　俺は頭がどうにかなりそうだ」

青梅の現場に急行した刑事たちから連絡が入ったのは午前三時過ぎだった。疲れた声で、電話は特定できたが指紋は採取できなかった、という短い報告を聞くと、私にも彼らの疲労が乗り移った。石井が撤収を命じ、二人が帰ってくるまでの時間を何もせずにじりじりと潰す。午前四時、疲れきった男四人が顔を合わせ、かすれた声で「お疲れ様」を言い交わすと、さすがにエネルギーが切れた。石井は無言でソファに横になり、すぐに寝息をたて始める。私はしばらく電話を見詰めていたが、ほどなく力尽きた。優美に連絡しようとも考えたのだが、携帯電話やパソコンに触るのさえ面倒だった。捜査本部事件は幾つも経験してきたが、これほど神経が疲れるのは初めてかもしれない。

浅く短い眠りから私を引きずり出したのはコーヒーの香りだった。それと、かすかな熱。ゆっくりと目を開けると、ブラインドから射しこむ朝日の中、目の前にコーヒーカップが浮かんでいるのが見えた。

「しゃきっとしなさいよ、鳴沢」聡子だった。慎重に椅子から脚を下ろす。体全体が強張り、一気に数十歳も年を取ってしまった感じだった。両手足を伸ばすと、体の芯から鈍い痛みが湧き上がる。カップを受け取り、一口飲むと舌を火傷した。

「今、何時ですか」

「七時半」

「ずいぶん早いですね」

「集合時間より三十分早いだけよ。パン買ってきたけど、食べる？」

食欲はない。だが、食べられる時に食べておくべきだと思い直し、聡子がテーブルに置いた紙袋を開けた。焼きたてのパンの香りがふわりと広がり、食欲を刺激する。チーズの入ったどっしりと重いドイツパンを取り出し、二つに割ってかぶりついた。顎が疲れ、嚙む度に頭の傷がしくしくと痛む。コーヒーで流しこんでから、昨夜の電話の内容を起こしたメモを聡子に渡した。目を細めて読み始めた聡子の顔がいきなり暗くなる。

「やっぱり電話があったんだ」

「現場に二人行きましたよ。空振りでしたけどね」

「お疲れだったわね」

「俺は大丈夫です。ここで待機してただけですから」パンを半分残したまま立ち上がり、柔軟体操の真似事をした。石井がもぞもぞと動いて起き出す。一つくしゃみをして体を震わせると背広を羽織った。

「石井さん、パンがありますよ」聡子が勧めたが、石井は首を振るとかすれた声で断った。

「悪いけど、食欲がない。コーヒーは？」

「淹れたてです」

「それでいいや――ああ、自分でやるよ」膝に手を当てて立ち上がり、昨日使った湯呑みにコーヒーを入れた。音を立てて啜ると、ああ、と短く漏らして首を振る。それで急に目が覚めたようで、突然まくし立て始めた。

「さて、昨日の今日だ。やることがたくさんできたな。俺は、午前中本庁に行ってくる。上の方を少し揺さぶってみるよ」

「まさか、釈放させるつもりですか」私は目を剝いた。

「幹部連中がどういう考えか、とりあえず聞いてくる。俺はあくまで反対だけどな」

「そういうのは、溝口さんに任せておけばいいんじゃないですか」

「この件に関しては、面倒臭いことは一切抜きだ。間に人が入るほど情報の流れが遅くなるし、決断も先延ばしになる」怒ったように言って、石井がコーヒーを一気に飲み干す。「たぶん、最後は時間との勝負になるだろうな。今は様子見のつもりかもしれないが、高橋はそのうち時間制限をしてくると思う。そうなった時に、ぐだぐだ会議をやって策を練る暇はない。早い段階で方針を固めておかないと、対応できなくなるぞ。朝の捜査会議が終わったらすぐ出かける」

彼の言うことは百パーセント正しい。官僚主義も縦割り組織も、この事件では邪魔になるだけだ。だが、あまりにもがむしゃらなその態度に、私は言いようのない不安を感じていた。

暴風のような勢いで鳥飼が入ってきた。ドアの近くの掲示板に張った紙がひらひらとめくれ上がる。髪は乱れ、額には薄らと汗が浮かんでいた。

「えらいことだ」

「課長、コーヒーでも――」

「それどころじゃない」聡子の勧めをぴしゃりと断り、鳥飼が背広の内ポケットから折り畳んだ紙を取り出し、頭上で振り回した。「もう流れてるぞ」

「新聞ですか」私は彼に詰め寄った。クソ、誰か本庁の上の人間が喋ったのか。

「新聞じゃない。インターネットだ」充血した目をぎょろりと見開き、鳥飼が私を睨みつけた。鳥飼が全員の顔を眺め渡し、折り畳んだ紙を広げる。すでに何度も読み返したのか、細かい皺が寄っていた。「今朝、インターネットの掲示板をチェックしてみた。もう、脅迫の件が書きこんであるんだよ」

「どこから漏れたんですか」と私。

「知るか」乱暴に吐き捨て、鳥飼が私の胸にメモを押しつけた。自分のデスクの後ろに回りこみ、椅子を壊さんばかりの勢いで座りこむと、額に手を当て、そのまま首を後ろにがっくりと倒す。

『Re：知ってる？　投稿者：ハナさん　投稿日：6月15日（木）02時30分54秒
¥＞例の爆弾事件で、間島って奴を釈放するように要求がきてるよ
これって、連続小学生殺人犯の間島のことですか？　ええ、マジ？

Re：知ってる？　投稿者：宴さん　投稿日：6月15日（木）02時46分02秒
¥＞例の爆弾事件で、間島って奴を釈放するように要求がきてるよ
¥＞ハナさん
間島は小学生三人を殺したクソったれですよ。ちょっと検索すればどんな馬鹿野郎かすぐにわかります。だけど、釈放って何？

Re：知ってる？　投稿者：ハナさん　投稿日：6月15日（木）03時36分12秒
¥＞だけど、釈放って何？

¥>宴さん
もう消されちゃったみたいだけど、爆発事件が二件あったでしょう？　高速道路と調布かどこかの公園で。それで、間島を釈放しないとまたどこかで爆発させるっていう脅迫がきたみたい。

マジ？　投稿者：宴さん　投稿日：6月15日（木）04時06分18秒
もしかしたら、脅迫って警察に？　そりゃスゲエや。どうすんだろう。釈放なんて簡単にできないっしょ。だったらまたどこかで爆弾事件が起きるわけ？　やばいよ、これ、マジで。

Re：マジ？　投稿者：爆弾男さん　投稿日：6月15日（木）04時17分25秒
うわ、すげえ話。これ、マジだったらすごいよ。まあ、うちの近くで爆発がなければ別にいいけど（笑）。だけど、何で間島みたいなのを釈放させたい人間がいるわけ？　お友だちじゃないよね（笑）。お友だちいるわけないし。

Re：マジ？　投稿者：ハナさん　投稿日：6月15日（木）04時18分31秒

￥>爆弾男さん
ハンドル、洒落になってないですよ。

Re：マジ？　投稿者：爆弾男改め木曜日さん　投稿日：6月15日（木）04時22分03秒
￥>ハナさん
失礼しました。ハンドル変えました。この件、表に出てないよね。さっきからずっとニュースとかチェックしてるんだけど、見当たんない。あ、警察も隠してるとしたら出てこないのは当たり前だよね。でも、マジで爆発が続いたらどうするつもりなんだろう。間島を釈放するのかな。いやあ、これは難問ですよ。警視庁さん、お手並み拝見ですな。

Re：マジ？　投稿者：通りすがりさん　投稿日：6月15日（木）04時30分09秒
間島ねえ。これ、あれじゃないの、リンチっていうか義勇軍っていうか。義勇軍は変か（笑）。どうせこいつ、裁判で精神鑑定になれば「責任能力なし」ってことで病院に閉じこめられるんじゃないの？　だったら自分でやっちまうかなんて考える奴が出てきてもおかしくないよね。爆弾っていっても、ちょっと怪我人が出ただけでしょう？　何だか応援したくなるよね、義勇軍（笑）。おっと、不規則発言でした』

あやうく破り捨てそうになるのを堪《こら》えて、石井と聡子に回す。読んでいる間に、二人の眉間の皺が見る間に深くなった。

「課長、朝からこんなものをチェックしてるんですか」

私の質問に、鳥飼が力なくうなずく。

「念のためだよ。最近は、何か目立つ事件があるとインターネットにも情報がすぐに流れるから。情報管理の点でいえば大問題なんだぞ。面白がって、話を膨らませたり嘘っぱちを書く人間がいるからな。しかし、今回みたいに人の命がかかってる時に、何てことをしてくれるのかね……今日はこいつの対策もしなけりゃならん」

「出所は、警察か高橋本人ですね」石井が冷めた声で言った。ナイフのきらめきを感じさせるような冷たさだった。「脅迫の件を知ってるのは、犯人か、この捜査本部周辺の人間だけです」

「内輪から漏れたって言うのか」鳥飼が目を細くして石井を睨みつけた。

「こういう情報漏洩については、まず内部の人間を疑った方がいいですよ。だいたい、高橋は自分のやってることを公表する気はないんだ。その気があるなら、とっくにマスコミに喋ってるでしょう。奴の狙いはあくまで間島を釈放させることであって、世間を騒がせるつもりはないんじゃないかな」

「冗談じゃないぞ。内部の人間を調べるなんて……」デスクの天板を忙しなく指で叩きながら、鳥飼が椅子に背中を預ける。古びた椅子がかすかな悲鳴を上げた。

「いや、そんな暇はないでしょう」石井があっさり否定し、手に持った紙の上から下へざっと視線を走らせる。「これを読んでると、最初の書きこみはもう削除されてるようですけど、サーバにはログが残ってるでしょう。そこから書きこんだ人間が割り出せるかもしれない。課長、それを調べるのに何人か割《さ》いてもらえませんかね」

「分かった」まだ石井に厳しい視線を送りながらも、鳥飼がうなずいた。「となると、もう少し人手が必要だな。とりあえず、地域課と防犯の連中にも手を貸してもらおう」

「そうですね。それよりこの件、インターネットに流れたってことは、今日の昼のニュースや夕刊にも出るかもしれませんよ。マスコミの連中も、最近はこういう掲示板をチェックしてるでしょう」

「ああ」石井の指摘に力なく答えて、鳥飼が椅子にだらしなく座りこんだ。彼の頭の中で何が蠢いているのかは容易に想像できる。新聞が書き立てる。テレビがトップニュースで流す。それで不安が広がり、世間の攻撃の矛先は警察に集中する。同時に、これで要求が通らなくなったと考えた高橋が、各地で無差別に爆発事件を起こす——知られてしまったからといって手を引くとは考えにくかった。高橋の声には、確固たる自信と信念が感じられる。狂信者のそれであるかもしれないが、逆にそれ故に彼の考えを簡単に変えることができるとは思えなかった。

手がないわけではない。

「報道協定っていうのはどうでしょう」

三人の目が一斉に私の方を向いた。

「誘拐じゃないですけど、人命がかかってるという点では同じです。誘拐と同じような扱いで、マスコミの連中に報道協定を申しこむことはできないんでしょうか」

「しかし、もう現実にインターネットに流れてるんだぞ」鳥飼が反論した。

「それは仕方ないでしょう。インターネットはマスコミじゃないんだし。でも、このうえ新聞やテレビで流れたら、情報が権威づけされて騒ぎが大きくなりますよ。それが防げるとしたら、できることは何でもやってみた方がいいんじゃないですか」

「分かった」石井がパンの袋に手を伸ばす。チーズをトッピングしたフランスパンを時間をかけて嚙んだ。自分を納得させる時間を稼ごうとするように。「とにかく上に話してみよう。それが最善の策とは思えないし、マスコミの連中が受ける保証もないが……とにかくやってみよう。何も手を打たないで、噂だけが広がるのは一番困る」

「仕方ないな」依然として渋い顔をしていたが、鳥飼がうなずいた。石井もうなずき返し、パンを掌で押しこむように口に詰めこんだ。

「食える時に食っておかないとな」石井が私の顔を見てもごもごと言った。「今日も長い一日になりそうだ」


朝の捜査会議は十分で終わった。掲示板への書きこみを調べるのに二人。昨日の爆発現場での聞き込みと盗難車の捜査に八人。間島事件の被害者と間島の両親への聞き込みに六人が割り当てられた。石井は本庁へ向かい、鳥飼と溝口が本部に残る。私と聡子は間島の両親への聞き込みに回ることになった。

運転は自分がすると聡子が言い張ったので、任せることにした。さすがに今日はハンドルを握る気になれない。

「萩尾さん、ちゃんと寝たんですか」

「少しはね。あんたはろくに寝てないんでしょう？　山梨までしばらくかかるから、寝てていいわよ」

「ええ」

中央道の単調な風景は眠気を誘ったが、都境を過ぎると高速カーブが多くなり、体が揺れて目が冴えてしまった。だいたい、聡子は同乗者に気遣うような運転をしない。ちらりと目を開けて横を見ると、真っ直ぐ前方を見据え、何かを決意したように固くハンドルを握り締めている。思い切りアクセルを踏みこむとシフトダウンのショックが伝わり、横に並んだトレーラー車があっという間に遠ざかった。

「間島の両親、山中湖《やまなかこ》の近くにいるんでしたよね」

「あら、起きてたの」

「萩尾さんの運転じゃ眠れませんよ」

「案外神経質なんだ」

「そういうことじゃなくてですね……お願いですから、子どもさんを乗せて運転しないで下さいよ」

「大きなお世話」

両目を擦り、一つ溜息をつく。

「喋ってもらえますかね」

「どうかな。簡単にはいかないでしょう。捜査には協力的だったらしいけど、いろいろ考えるところはあるでしょうね」

「立ち直ってない、とか」

「無理だと思うわ。これから一生、息子のしでかしたことの責任を背負いながら生きていかなくちゃいけないんだから。親は悪くないのにね」

「あんな化け物を育ててしまったのは親ですよ」

「あまり責めないの。あんたが責めなくても、向こうは十分自覚してるんだから」

「責めてるわけじゃありませんよ」言い訳しながら、親としての聡子の気持ちを不用意に傷つけてしまったことに気づいた。

「それより、間島の両親ってあの辺りの出身なのね。旅館やホテルしかないと思ってたけど」

「そうですね」私は手帳を繰った。「でも、民家がないわけじゃないでしょう」

グラブボックスから、関東広域圏の地図を引っ張り出す。住所と照らし合わせると、山中湖のすぐ東側になるようだった。

「東富士五湖道路《ひがしふじごこ》を山中湖インターチェンジで降りて、山中湖をぐるっと回って下さい。それが一番早そうです」

「了解」聡子がまたぐっとアクセルを踏みこんだ。中央道の大月《おおつき》ジャンクションが迫っている。ここからだとあと一時間もかからないだろう。いや、聡子の運転だと三十分か。

東富士五湖道路に入ると、曇り空の隙間《すきま》から富士山が見えてくる。山中湖インターチエンジを降り、一三八号線に入って山中湖に突き当たると、聡子は湖の北側を回るコースを選んだ。湖面に近い位置にある道路を走っていると、船に乗っているような気分になる。私は地図と睨めっこをしながら訊ねた。

「北回りの方が近いんですか」

「南の方は平日でもたまに渋滞するのよ。遊ぶ場所はそっちの方が多いから」

「何だ、この辺りのこと、よく知ってるじゃないですか」

「家族で何回か来たことがあるから」

会話が途切れる。聡子は拳を固めて、曲がった人差し指の関節を唇に押し当てていた。この聞き込みに乗り気ではないのは見ただけで分かる。私も同じだった。実際、誰かが間島を助け出そうとしているとは考えられない。あの男を憎んでいる人間が、自分たちで決着をつけようとしているとしか思えなかった。ということは、世間の噂と非難から逃れ、故郷に引っこんでしまった両親から聴く話はまったく無駄になる可能性が高い。

十分ほど走ったところで、聡子が「この辺かな」と漏らした。

「そうですね。一度停めて下さい」聡子が車を路肩に寄せる。突然、背後からサイレンが聞こえ、パトカーが私たちの車を追い越して行った。聡子と顔を見合わせる。首筋を逆撫でされたようにぞくりとしたが、聡子はパトカーのテールランプを黙って見送るだけだった。唇はきつく引き結ばれている。

聡子が車を出す。一分ほど走ると、先ほど私たちを追い越して行ったパトカーが一軒の民家――ほとんど廃屋のように見えた――の庭先に停まっているのが見えた。救急車も。さらに、今度は覆面パトカーが強引に私たちの車を追い越した。前に停まっているパトカーのバンパーにくっつきそうになりながら停まると、中からスーツ姿の刑事が二人、出て来た。慌てている様子はなく、その顔には厄介ごとを背負いこんだ人間に特有の重苦しい表情が浮かんでいるだけだった。

「もしかしたら、あの家？」聡子が路肩に車を停め、ハンドルを指先で叩く。

「そう……ですね」

間違いない。ドアに白いペンキで落書きがあった。「豚野郎」「早く死ね」「責任取れ」。悪意はどこまでも追いかけてくる。

一分ほど、私たちは車の中で座っていた。降りることは大変な苦役である。だが、避けては通れないことは二人とも理解していた。壁を押すような無力感を感じながらドアを押し開ける。雨が降り出していた。一分後、私たちはこの世の憂いをすべて呑みこんだような顔つきをした地元署の刑事たちから、間島の両親が自殺したことを知らされた。

第二部　黒い鎖

1

植山《うえやま》と名乗った所轄署の刑事が、開口一番「参ったね」と零《こぼ》して顔を両手で擦《こす》る。雨粒が、薄いグレイのスーツの肩にたちまち黒い染みを作った。ひょいと首をすくめ、「今年の梅雨はよく降るな」とぼやいて私たちを覆面パトカーに誘った。自分は助手席に座って体を捻《ひね》り、後部座席に座った私たちに向かって話しかける。がっしりした顎《あご》に角刈りの頭は、人を信頼させるよりは怖がらせる類《たぐい》のものだった。

「一応、注意はしてたんだけどね」言い訳がましく言い、煙草に火を点《つ》ける。聡子《さとこ》が素早く窓を二センチほど開けた。

「こっちへ来たのは一週間ぐらい前でしたよね。何か問題でもあったんですか」

私が訊ねると、植山は答える代わりに煙草を深く吸った。細く長く煙を吐《は》き出すと、低い声で話し始める。

「あれだけの事件の犯人の親だぜ。いるだけで地元の人間が苛々《いらいら》するのも当然だろう」

「何かトラブルでも？」

「ドアの落書き、見たか？」

「ええ」

「あんなこと書かれると、近所の人たちだって嫌な気分になるだろうが。『何とかしてくれ』って言われてたけど、四六時中見張ってるわけにもいかんしな。時々パトカーを巡回させるのが精一杯だった」

「責任がどうこう言ってるわけじゃありませんよ」私が指摘すると、目を細めて睨《にら》みつけてくる。

「責めてるみたいに聞こえるぜ。だいたい、東京の事件のケツをこっちに押しつけられても困る」

「二人が事件を起こしたわけじゃないでしょう。どうしようもなくなって、ここへ逃げて来ただけですよ」

「二人とも、ここには知り合いがたくさんいる」植山が煙草の煙を吹き上げた。「息子があの間島《まじま》だってことは誰でも知ってるわけだ。そういうところに帰ってくれば、あれこれ噂《うわさ》されたり、嫌がらせされたりするぐらいのことは分かるはずだ。東京にいられなくなってひっそり暮らしたかったら、知り合いが一人もいない街へ行けばよかったんだよ」

「死んだ人間の悪口を言うのはあまり上品じゃないですよ」

「何だと」植山の目がすっと細くなる。

「鳴沢《なるさわ》」聡子が鋭い声を飛ばして割って入った。顔の前で手を振って煙草の煙を払いながら訊ねる。「遺書はあったんですか」

植山の胸がゆっくり膨《ふく》らみ、萎《しぼ》んだ。

「今、調べてる。搬送する前に仏さんにお目にかかるかね」

「そうします」聡子が先にドアを開けて外へ出た。車の中にいたわずかな時間に雨粒は大きくなっており、濃いベージュ色のスーツは、瞬く間に色が変わり始めた。後から車を降りた植山が聡子を追い越し、一瞬振り返って険しい表情を浮かべる。

「自殺には間違いないんですか」聡子が訊ねる。

「山梨県警はそんなことさえ見誤るとでも思ってるのかね」頭に両手を載せて雨を避けながら植山が難詰した。

「いいえ」聡子が低い声で否定する。彼女が何を考えているかは想像がついた。間島を殺そうとしている人間が、先にその両親を毒牙にかけたのではないか——県警の見立て通りに自殺であって欲しい、と私は切に願った。これ以上話がややこしくなったら収拾がつかなくなる。

家は廃屋一歩手前の平屋だった。玄関のドアを開け閉めする度《たび》に嫌な音が耳を刺し、家の中には黴《かび》の臭いがこもっている。同時に、かすかなアンモニア臭も漂っていた。植山は玄関を入ってすぐ左にある部屋に入った。六畳の和室で、家具の類は何もない。部屋の真ん中に二人の遺体が並べて寝かせてある。私と聡子は手袋をはめ、二人の前に跪《ひざまず》いて目を閉じた。あらゆる宗教の枠を超えた、死者への追悼。前に七海《ななみ》も同じようなことを言っていた。多民族・多宗教の国アメリカでは、被害者の宗教がすぐには分からないことも多い。だから現場では黙って目を閉じ、頭を垂れるだけにすることが多い——と。

父親は薄いグレイのスーツ姿、母親はベージュのパンツに白いブラウス一枚という格好だった。二人とも、股のところに大きな染みができている。聡子が埃臭《ほこりくさ》い畳の上に膝《ひざ》をつき、這《は》いつくばるようにして父親の顔をそっと動かした。

「おいおい、勝手にいじるなよ」植山が忠告を飛ばすと、聡子はすぐに立ち上がり、自分の喉《のど》を掌《てのひら》でさすった。

「傷は前だけね」

ロープで人を殺そうとする場合、無意識のうちに一周以上首に回すことが多い。首にロープを引っかけ、相手を背負うような格好で絞め殺すやり方もあるが、これは極めて特殊だ。自分の背中の上で相手が死んでも平然としていられるような、いわばプロの手口である。事例としては知っているが、少なくとも私は一度も見たことがない。

「あんたらに心配してもらわなくても結構だよ」憤然と言い放って、植山が上の方を指差した。太い鴨居に二か所、擦れた跡がある。どちらも横にぶれたような形跡があった。宙吊りになった二人が苦しんだ結果であろうことは簡単に見て取れる。どちらかが先に相手に手を貸して、その後で自分も首を吊ったのかもしれないが、私たちにとって細かい経緯はどうでもいいことだった。山梨県警とは立場が違う。

「そこに踏み台があるだろう」植山の目が、二人の足元にある木製の踏み台を追った。横倒しになっているが、高さは五十センチほどある。「ロープはえらく短かった。このお父さん、昔は建築設計の仕事をしてたらしいな。そういうところ、ちゃんと計算したんじゃないか」

張り倒してやりたくなる物言いだったが、植山の指摘は的を射ていた。膝をついた状態で、首にロープを巻いて体重を前にかけるだけでも窒息して死ねるものだが、自殺を企《くわだ》てるたいていの人はそうは考えない。念を押す意味なのか、両脚が完全に宙に浮くような姿勢を選ぶことが多いのだ。

「通報者は？」

私が訊ねると、植山が思い切り顔をしかめた。質問に答えることすら面倒だという態度が前面に出てきている。

「隣の人」

「二人の知り合いですか」

「ダンナの中学校までの同級生。一週間前に帰ってきてからずっと家にこもりきりだったから、ちょっと顔を見ようと思ってドアを開けたら、現場に出くわしたそうだ。嘘をついてる様子はないな。さて、そろそろ仏さんを運ばせてもらうよ。あんたらも、出た、出た」

一層強くなった雨の中に追い立てられた。自分たちの車に戻り、シートを被《かぶ》せられた遺体が家から運び出されるのを見守る。

「最悪ですね」私が溜息《ためいき》を漏《も》らすと、聡子が即座に否定した。

「どんなに悪いと思っていても、必ずもっと悪いことがあるのよ」

「萩尾《はぎお》さんがそんな悲観論者だとは思いませんでしたよ」

「あの二人は気の毒ね」

ちらりと見ると、いつも笑顔を絶やさない彼女の顔にはっきりと暗い影が射していた。目は薄《うっす》らと曇っている。

「報告、入れておきますか」

「遺書があるかどうか確認できてからにしましょう」

「じゃあ、ちょっと急《せ》かしてきます」ドアに手をかけると、聡子が鋭い声を飛ばした。

「喧嘩《けんか》しないでよ。山梨県警に迷惑はかけられないから」

「分かってます。喧嘩する時は相手を選びますよ」

「やっと常識が分かってきたの？」

「いや、まともな相手じゃないと喧嘩しがいがない」

聡子が眉《まゆ》をひそめたが、苦言は飛び出してこなかった。それすらも面倒に感じているのかもしれない。

車を出て、むっつりと唇を結んだまま覆面パトカーに向かう植山を捕まえる。彼は「まだいたのか」と言って嫌そうな表情を隠そうともしなかったが、私を車に入れるだけの常識は失っていなかった。二人並んで後部座席に座ると、煙草に火を点ける。狭い車内はすぐに白く煙った。

「どうもねえ、僻《ひが》みっぽくなっていかんわ」それまでと打って変わった弱気な口調だった。「山梨は東京のゴミの処分場だと思ってるワルが多いようでね。間島の一件だって遺体の遺棄場所になってたわけだし、その上今度はこれだ。もういい加減、引っ掻《か》き回されたくないよ」

「私が引っ掻き回してるわけじゃありませんよ」

「分かってるって。だけど、誰かに文句の一つも言いたくなるのは分かるだろう」植山が面倒臭そうに顔の前で手を振った。煙幕のように漂っていた煙草の煙がふわりと揺れ、唇を噛《か》み締めて弱気を押し潰そうと努力している顔が垣間見えた。

「遺書はどうですか」

「今のところは見つかってない。もう少し探してみるけど、たぶん出てこないだろうな。あの二人、東京から身の周りのものだけを持ってこっちに来たみたいだけど、少ない荷物もほとんど開けてないんだ。遺書ってのはふつう、誰かに見つかるように用意するもんだし、うちの刑事たちが探して何も出てこないんだから書いてないんだろう」急に体を捻って、私の顔をじっと覗《のぞ》きこむ。「死ぬこたあないのにな。あんたもそう思わないか」

「親の責任、ですかね」

「そうかもしれんが、こういうのは日本独特の習慣らしいよ」植山が腹の上で手を組み、背中をシートに預けた。唇の端で、火の点いた煙草がぶらぶらと揺れる。「外国じゃ、子どもが何かしでかしたって親が責任を取るようなことはないそうじゃないか。だいたい、間島ってのは何歳だよ。三十超えたいい大人だろうが。何をやったにしても自己責任ってやつだ。それを、親が自殺なんかしなくてもいいだろうに」

「周りから責められたら、やっぱり責任は感じるんじゃないですか」

「噂話をする奴とか、面白おかしく書く奴はいるからな。それも責め苦になるんだろう」植山が言葉を切り、窓を開けて煙草を外へ弾き飛ばした。「もしも遺書が出てきたら連絡するよ――然《しか》るべきルートを通してね。あんたと直取り引きはしない」

「殺しだとは考えられませんか」

「しつこいね、あんたも。それはありえない」植山が厳しい調子で断言した。「警視庁にいるあんたと山梨県警の俺と、どっちが現場を多く踏んでるかは分からんが、誰が調べたって見立てが分かれるような一件じゃねえよ。それともあんた、殺しだと思うような材料でも持ってるのか？」

「自殺を否定できるだけの材料はないですね」

「じゃ、そういうことにしよう。ところで、どうしてこんなところに来たんだ」

「補足捜査です。両親に話を聴こうと思ってたんですが」

「とんだ無駄足だったね。じゃあ、間島によろしく言ってやってくれ。あんたがこの件を伝えるんだろう?」

嫌なことをさらりと指摘する。考えてみれば、間島の事件では誰も幸せになることはない。私たちはこうやって貧乏くじを引くことになったし、殺された子どもたちの家族も、犯人が捕まっただけで溜飲《りゅういん》が下がることはないだろう。多少は癒されるかもしれないが、それはあくまでマイナス地点から出発しているからであり、予想もしない事件で子どもを奪われた親の気持ちは、どんなものをもってしても埋《う》めることはできないはずだ。

予想通り、鳥飼《とりかい》は溜息をついた。だがそれは絶望の溜息ではなく、「やはりそうか」という諦《あきら》めに聞こえた。

「遺書は出てないんだな」

「今のところは。何か見つかれば、山梨県警が連絡してくれる段取りになっています」

「少しは期待してたんだがね。もしかしたら、間島の両親のところにも高橋から連絡が行っていたかもしれない」

「どうでしょう。二人は携帯電話も持ってなかったですし、家には電話も引いてありませんでした。手紙の類も見つかっていません。高橋が直接誰かに顔を見せるような危険を冒すとは考えにくいですしね」

「偽装自殺ってことはないだろうな」

「今のところ、そういう線は出てません」

「この件、間島に伝えなくちゃいかんな」植山と同じ心配をしている。

「俺がやりますよ。直接現場を見たのは俺なんだから。それに、一度間島とじっくり話をしてみたい」

「そうか」今度は安堵《あんど》の溜息が漏れた。「じゃあ、とりあえずこっちに戻って来い」

「もう向かってます。一時間か、一時間半ぐらいで着きます」

「分かった。それとな、お前さんの意見を採用して報道協定のようなものが成立した」

「のようなもの？」

「正式の協定じゃないが、事案の特殊性を鑑《かんが》みてそれに準じるってやつだ」

「インターネットの方は？」

「掲示板の管理会社を調べた。今までの書きこみは削除させたが、話がどこまで広がってるかは分からん」

「最初に書きこみした人間は特定できたんですか」

「インターネット・カフェからだった。店は分かったが、書きこんだ人間を特定するのは難しいな」

「仕方ないですね」

「ああ。ところでお前が電話してるということは、運転してるのは萩尾ママだな？」

「ええ」

「あまり飛ばさないように言ってくれ。このうえ事故でも起こされたらたまらんからな。だいたい、お前らと一緒にいると俺は胃薬が手放せない――」

「だったら、もっと胃袋を鍛えて下さい」彼の愚痴《ぐち》を断ち切って電話を切ると、聡子が真っ直ぐ前を見据えたまま訊ねた。

「課長、何だって」

「あまり飛ばすなって言ってました」

「そうじゃなくて」聡子が思い切りアクセルを踏みこんだ。高速カーブで体が横に振られ、私は思わずシートの端を摑《つか》んだ。「捜査の話よ」

聞いたことを余さず伝える。聡子は難しい顔をして聞いていたが、私が話し終えると

「報道協定ねえ」と不満そうにつぶやいた。

「この件じゃ、協定もあまり役に立たないでしょうね」

「何言ってるの。そもそもあんたのアイディアじゃない」

「でも、実際に知っている人間は、もうかなりいると考えた方がいいですよ」

「そうね。とにかく、パニックになる前に何とかしないと」

　実際には、情報の流れを抑えることは不可能だろう。いくら出口を塞《ふさ》いだつもりでも、どこかに必ず穴がある。中には、家に帰って家族につい話してしまう刑事もいるだろう。そこから話が漏れて——いや、それは昔の話だ。インターネットは噂話の規模を広げ、伝播《でんぱ》のスピードを格段に速めた。インターネット上の噂話とマスコミの報道、どちらが影響力が大きいかは分からないが、いずれにせよ、すでにこの一件に関する情報は少なくない人間の間に流布しているだろう。

「間島と話すのは気が重いわね」

「まあ、そうですね」

「気にならない？」

「気になりますよ。ただ、一度あの男ときちんと話してみたい」

「無駄だと思うよ」

「どうしてですか」

「世の中には話が通じる相手と通じない相手がいるでしょう」

「通じない相手とも話をするのが俺たちの仕事でしょう」

「それは理想論よ」聡子が鼻を鳴らした。

「理想論をなくしたら、俺たちの仕事なんてただのゴミ漁《あさ》りじゃないですか」

「そう突っ張らないで」聡子が短く笑った。「間島みたいな人間を相手にしている時に、突っ張るだけだと疲れちゃうわよ」

「覚悟してます」

そう、覚悟はある。それは、背中をじっとりと冷たい汗が流れる重苦しい時間になるだろう。


高速道路を降りる直前、聡子の顔が緊張しているのが分かった。間もなく、先日の爆発現場を通ることになる。

「二度はないですよ」言うと、噛みつくように反論してきた。

「何言ってるの。私がそんなこと気にしてると思ってるわけ？」

「気にしてないんですか」

肩が二回大きく上下した。細く息を吐き出し、ハンドルをきつく握り直す。

「気にしてる」

「俺もですよ。でも、気にしても仕方ないですからね」

「そういうことね。お昼、どうする？」

腕を突き出して時計を見ると、十二時半だった。聡子が用意してくれた朝食のパンもろくに食べられなかったので、腹は減っている。だが、今から昼食という気にもなれなかった。

「署に戻りましょう。間島と喋《しゃべ》るのは満腹じゃない時がいい」

「それもそうね」

私の携帯電話が鳴り出した。着信表示に優美《ゆみ》の名前がある。密室状態の車の中で話すのは気が進まなかったが、昨日の今日で放っておくわけにもいかない。ちらりと聡子の顔を見てから、ドアに体を押しつけるようにして電話に出た。

「大丈夫なの？」開口一番、優美が泣きそうな声で切り出した。

「大丈夫だって。生きてるよ」

「そうじゃなくて、怪我《けが》は？」

「こうやって話せるぐらいだから、大したことはない」

「今は？　仕事してるの？」

「もちろん。何でもないんだから」

「それならいいけど……心配したのよ、本当に」鼻を啜《すす》り上げる音が聞こえてきた。こちらも目の奥が痛くなってくる。

「分かってる」

「電話しても出ないし、メールもなかなか返事がないから」

「昨夜は会議中だったんだ。電話があったのに気がつかなかったんだよ」

「じゃ、仕方ないわね」電話の向こうで優美が深呼吸する気配が感じられた。再び話し始めた時は、落ち着きを取り戻し始めていた。「こっちもいろいろあって」

「メールは読んだよ。暇を持て余してるみたいだね」

「だから、いろいろ考えるのよ」

「考えるだけなら自由だからね」

「賛成してくれないの？」

「あれだけじゃ何とも言えないな」

「勇樹《ゆうき》のテレビの話の時もそうだったけど、はっきりしないわね」

「君が、簡単に答えられないことばかり持ち出すからだよ」

「そうか、そうよね……でも大学で勉強することは、本当に真面目に考えてるの」

「だけど、弁護士の資格を取るのはそんなに簡単じゃないんだろう」

「日本よりは簡単かもしれないけど、壁が高いのは間違いないわね。でも、とりあえずやってみようかなって思って」

「何だ、もう結論は出てるんじゃないか」

「うん……でも、不意打ちになっている。不意打ちみたいなことはしたくなかったから」

十分不意打ちになっている。が、その指摘を呑《の》みこみ、眉根をきつく揉んだ。

「どれぐらいかかるんだろう」

「それは分からないわね」急に優美の声が小さくなった。「勇樹の仕事もこれからどうなるかはっきりしないし。テレビなんてシビアな世界でしょう？　いくら今は人気ドラマだって言っても、視聴率が取れなくなればそこで終わりなのよ。そうしたら、あの子がアメリカにいる理由もなくなるわね」

「でも、勇樹の仕事がなくなっても君がアメリカに残るとなると……」

「まだ流動的なのよ。何も決まってないの」優美が認めた。要するに彼女も設計図を書きかけなのだろう。「どうするつもりなのか、何かある度に報告します」

「でも、その時にはもう決まってるんだろうな」

「皮肉はいいから」優美がぴしゃりと言った。「私も、自分の人生を真面目に考えないといけない時期にきてるのよ」

「俺の人生もあるんだぜ」

「それは分かってるけど、一緒に判断するには、今の私たちの生活は違い過ぎるわよね。あなたはあなたで、今の生活は安定してるんでしょう」彼女の指摘の背後に、私は薄い非難を感じ取った。

「忙しいだけの毎日を安定してると言えればだけど」

「でも、生活を変えるのってすごい勇気がいるわよね……あ、これは私たちのことじゃなくて、あくまで一般論だけど」

「分かってる」

　聡子が隣にいなければ、発作的に優美にプロポーズしてしまったかもしれない。彼女が自分の人生の行き先に関して足掻《あが》いている最大の原因は、私がはっきりしないからなのだ。言葉にすれば、また状況も変わるはずである。

「まあ、時間はあるんだ」

「そうなの？」

「俺だって何も考えてないわけじゃないんだぜ」

「考えてるって、何を？」

「話したら面白くなくなる」

「面白い話？　何よ」

「今は話せない。でも、そんなに先のことじゃないよ。俺だって、決めてから報告することもあるからね」

「それって、さっきのお返し？」

「まさか。俺はそんなに意地悪じゃないよ。お楽しみは後回しにした方がいいんじゃないかな。それより、たまには勇樹にも電話させてくれよ。しばらく声を聞いてない」

私の計画を彼女が喜んでくれるかどうか、確信はなかった。私が側にいることで、二人の生活を邪魔してしまう可能性もあったから。だが今の私にはこれが精一杯なのだ。この事件が片づいたら、本格的に計画を進めなければならない。

電話を切って一つ溜息をつき、窓ガラスに頭を押しつけた。ひんやりとした感触が心地良い。分厚い雲が空を覆っている。雲の動きよりも車の方が速いが、西の方から確実に雨が近づいている。

「今の、彼女？」聡子がさりげない調子で切り出した。

「ええ、まあ」

「何だ、やっぱりつき合ってる娘《こ》がいるんじゃない。何かややこしい話？」

「男と女のことで、簡単な話なんか一つもないでしょう」

「そうかな。私の場合は単純極まる話だけど。ダンナとは大学の時からずっとつき合ってて、適当なタイミングだと思ったから結婚した、以上」

　簡潔なまとめに思わず笑ってしまったが、聡子は真面目な口調で続けた。

「いろいろ難しいことがあるかもしれないけど、本当に大変なのは結婚して子どもができてからよ。自分の生活が毎日変わっていくみたいで、なかなか対応できないから。安定するまでには何年もかかるわね」

「萩尾さんはどれぐらいでした？」

「落ち着いたのは、下の子が小学校に上がってからね。いくらおじいちゃんやおばあちゃんが近くにいて助けてくれても、小さいうちは親がいないと駄目なのよ。今は落ち着いてるけど、あの頃のことを思い出すとぞっとするわ」

「旦那さんが頑張ったんでしょう」

「そうね、それは否定できない。考えてみれば、うちは私の方がいつも好き勝手してたから。ダンナは比較的時間に余裕のある仕事をしてるから、子どもの面倒もよく見てくれたし。二人とも仕事が忙しかったら、絶対にどこかでパンクしてたわね」

「やっぱり、どっちかに負担が行くんでしょうね」

「あんたもそういう問題で悩んでるわけ？」

「そうじゃないですけど」考えてみれば、私たちはそれぞれ自分の人生を歩いているだけだ。時折、自分が乗っている列車の窓から顔を出して言葉を交わすが、基本的には別のレールの上の違う人生を歩んでいる。同じ列車に乗ることは永遠にないのではないか、と不安になることもある。

「まあ、いろいろあるけど、結婚っていいものよ」

「それは、萩尾さんが幸せな結婚をしてるから言えることでしょう」

「そうかもしれないけど、相手の顔色を見てばかりで思い切って一歩を踏み出さないのは馬鹿みたいよ。うじうじしてたら、傷つくことはないかもしれないけど、幸せにもなれない」

　いきなり私と優美の関係の核心を衝《つ》かれ、黙りこまざるを得なかった。その丸い穏やかな顔に騙《だま》されがちだが、彼女は時に最短距離で核心に切りこんでくる。

　捜査本部に戻ると、暗い表情に出迎えられた。鳥飼と溝口《みぞぐち》が同時に私たちの方を向いて、同じように唇の端に皺《しわ》を作った。鳥飼が先に口を開く。

「危うく第一発見者になるところだったんじゃないか」

「課長、その冗談は不謹慎です」聡子が指摘すると、鳥飼がへの字に唇を引き結んだ。

「山梨県警は自殺と見てるんだな」溝口が念押しをした。今日も上着を脱いでワイシャツの袖《そで》を二の腕が見えるまで捲《まく》り上げている。

「今のところは」私が答えた。

「まあ、あの二人から決定的な手がかりが出てきたとは思えんからな……仕方ない。ご苦労さんだった」

二人の正面のテーブルに着くと、鳥飼が身を乗り出して、私の顔を覗きこむ。

「間島と話すか」

「そのつもりです」

「間もなく石井《いしい》が帰ってくるはずだ。一緒にやれ」

「俺一人でも大丈夫ですよ」

「念のためだ」

信用できないのか、と突っこもうとして言葉を呑みこんだ。こんなところで言い争いをしても始まらない。

「分かりました」

「石井はあと三十分ぐらいで戻ると思う。飯は食ったか？　警務の連中が持ってきてくれた弁当が余ってるけど、どうだ」

「遠慮します」

「そうだな。満腹で間島と顔を合わせたくはないよな」鳥飼が顔をしかめ、胃の辺りをさすった。傍《かたわ》らに置いた胃薬の瓶を引き寄せ、錠剤を二つ、水なしで口に放りこむ。

「暴れることはないけど、注意してやれよ」

そんなことは十分理解しているつもりだった。だが間島は、私の想像が及ばない反応を見せることになる。


無関心、だった。日本とは関係ない、アフリカの小国で起きたテロ事件を知らされたとしても、これほど無反応ではいられないだろう。

「はあ？」

私が回りくどい言い方で両親の死を伝え、辛うじて聞こえる程度の小声でお悔やみを言った後の第一声がそれである。椅子《いす》の背に右手を引っかけ、体を傾《かし》がせただらしない格好だった。

「お悔やみ申し上げる、と言ったんだ」

「別に、こっちには関係ないし」

「お前の両親だぞ」

「俺にとって大事なのは、俺に声をかけてくれるあの人だけなの。まあ、ある日あの男があの女の上に乗っかって、それで俺がここにいる事実は認めるけど、だから、何？」

「何とも思わないのか」

「思ったってしょうがないでしょう。あの二人も後悔したんじゃないの？　あの日セックスしてなければ、俺みたいな人間は生まれてなかったんだから」

こめかみの奥で、何かがぴしぴしと音を立てた。目の奥が赤くなり、間島の顔がかすむ。私を現実に引き戻したのは、間島の悲鳴にも似た声だった。

「ちょっと、ちょっと駄目だよ」

目の焦点が合う。間島は体を捻るようにして私との距離を置き、顔を二の腕で隠していた。腕の隙間《すきま》から覗く目は、デスクの上に置かれた私の拳《こぶし》に吸い寄せられている。握力検査をするように固く握り締められた私の拳を。細く、ゆっくりと息を吐き出し、拳を広げると、間島が顔の前から腕を降ろした。何なんだ、この男は。確かに私は、日本人としては体も大きい。何でもない時でも、優美によく「怖い顔しないで」と注意されるぐらいで、意識せずとも相手に威圧感を与えてしまうのも事実だ。だが、今の間島の怯《おび》えようはあまりにも唐突で極端ではないか。まるで握り締めた私の拳から、破壊的な一撃が飛び出してくるのではないかと恐れるように。

「で、あの二人、どんな風に死んでたの」また元の口調に戻っている。変わり身の速さは、掌を返す以上だった。

「それは説明できない」

「写真でも撮っておいてくれればよかったのに。あ、地元の警察にはあるんじゃないの？　どうせなら、それも持ってくれればよかったんだよ。証拠になるじゃない」

気取《けど》られないよう小さく溜息をつき、デスクの上で両手を握り合わせた。指がきつく絡み合い、右手の骨折跡に鈍い痛みが走る。

「あの家は知ってるのか」

「ガキの頃は、毎年夏になると必ず連れて行かれたんだよね。その頃もボロ家だったけど、今なんかもっとひどいんだろうな。まったく、何で里帰りなんかするんだろう。クソみたいな田舎《いなか》に行ったたって面白くも何ともないのに。二年ぐらい前まではバアサンが住んでたはずなんだけど、死んでからは空き家になってたんじゃないかな」

「話はこれだけだ」今はこれ以上聴くことはない。両親の死に動揺すれば、何か聴き出すことができたかもしれないが、スポンジを相手にしていてはまともな話はできない。

やはり、何か適当な材料をぶつけないと駄目だ。椅子を引いて立ち上がろうとすると、間島が恨めしそうに目を細めて私を見上げる。

「あれ、ロープを盗んだ件はいいの？　俺、逮捕されたんだよね。ちゃんと調べなきゃまずいでしょう」

「それは別の人間が担当する」

「ふうん」間島が分厚い唇に人差し指を這わせた。まるで何かの感触を思い出そうとするように。

それが何だったか知りたくもなかった。少なくともこの男の口から直接聞きたくはなかった。


取調室に入ってから刑事課に戻るまで、石井は一言も口をきかなかった。音を立ててソファに腰を下ろすと、煙草を咥《くわ》える。ぐるりと首を巡らせて「禁煙」の張り紙をじっと見詰め、露骨に舌打ちして煙草をパッケージに戻した。

「ちょっと外の空気でも吸いますか」提案は、彼のためだけでなく自分のためでもあった。たとえ雨で湿っていようと、今は外気が必要だった。

「ああ、そうだな」重労働で生じた痛みを堪《こら》えるように、石井が呻《うめ》き声を上げながらのろのろと立ち上がる。

駐車場の出入り口まで降りて行った。喫煙者用に、ペンキの缶の上部を切り取ったものが置いてある。石井が傘を広げ、煙草に火を点けると、雨空を恨めしそうに見上げた。

「実際に間島と面と向かって話してみて、どうだった」

「悪い夢でも見た感じですね」

「調べを担当した江戸《えど》は大したもんだよ。あいつじゃなかったら、こう上手くいかなかったかもしれない。俺は、奴が怒ったのを見たことがないんだ。あれほど感情の起伏が乏しい人間は珍しいね。間島みたいな人間を冷静に調べられるのは江戸ぐらいじゃないか」

「ええ」

「あいつな、高校生の時に日本海中部地震に遭ってるんだ」

「そうなんですか」

確か一九八三年。死者も百人を超えたはずだ。私はまだ子どもで新潟にいたが、同じ日本海側の秋田県で大きな被害が出たということで鮮明に記憶に残っている。

「あいつ、小学生が津波に巻きこまれた海岸にいたんだよ。で、子どもが何人も津波に呑みこまれるのを目の前で目撃して、自分も溺《おぼ》れかけたらしい。地震っていうと家が崩壊したり火事が出たりっていう印象が強いけど、津波の被害もあるんだよな。前に聞いたことがあるけど、それで何も怖いものがなくなったって言ってた」

「そうかもしれません。でも、災害に巻きこまれるのと、間島みたいな人間の調べをするのは別の種類の辛《つら》さでしょう」

「でも、実際に江戸は、人から話を引き出すのが上手いんだ。あいつは心理学者にでもなった方がよかったかもしれないな……でも間島の場合、話を引き出す努力はほとんどいらなかったらしい。事件のことになると、勝手にべらべら喋ったからな。少しリードしてやるだけで、完璧《かんぺき》な調書が取れたみたいだぜ」

「間島にすれば、自慢してるようなものかもしれませんね」

「そうかもな」雨粒が石井の煙草に落ち、火が消えた。顔をしかめ、まだ長い煙草を空き缶に放り捨てて、新しい煙草に火を点ける。「自分がどんなに上手く人を殺したか……そういうことを自慢したがる人間もいるわけだ」

「理解できませんね」

「理解しろよ」石井が私の目を真っ直ぐ見た。「確かに一課事件の九十九パーセントには、俺たちがすんなり理解できる動機がある。要するに、金か名誉かセックスだ。残り一パーセントが、快楽のために人を殺したり切り刻んだりする人間じゃないかね。俺たちは、そういう人間の精神状態も理解しなくちゃいけない」

「例えば、普通にセックスしたり運動したりする時に感じる快感を、人を殺すことで得るっていうことですか？　そういう奴がいるのは分かるけど、俺には絶対に理解できませんよ」

石井がゆっくり首を振り、煙草を長く吸いこんだ。顔を背《そむ》けて、雨の中に煙を吐き出す。傘から垂れた水滴が、彼の革靴の爪先に染みこんだ。

「理解不能。みんなそう言うよな。心の闇とかさ。でも、それで片づけちまっていいのか？　徹底的に心の中に入っていけば、何か見えるものがあるんじゃないか。ただ単に調べて、書類を作って終わりじゃ、単なる事務作業だよ。それじゃ、被害者も浮かばれないんじゃないか……いかん、いかん」急に石井が照れ笑いを浮かべて後頭部を掻く。「俺が熱くなったってどうしようもないな。さあ、戻ろう。やることはいくらでもあるぞ」

「まずは飯ですかね」石井が手首を突き出して腕時計を見た。渋い顔で私を見やる。

「間島と面と向かって、それから飯を食う気になる人間は、江戸ぐらいかと思ってたよ。お前、見た目と同じでタフだな」

そうではない。食事をする――その行為を通じて日常を取り戻したいだけなのだ。

2

三時過ぎ、本庁から石井に電話がかかってきた。わずかに相槌《あいづち》を打つだけでほとんど黙って聞いていたが、電話を切った時、その顔には薄らと安堵の表情が浮かんでいた。

「とりあえず、各紙の夕刊には脅迫絡みの記事は何も載っていないそうです」

鳥飼と溝口が同時にほう、と溜息を漏らす。だが、石井に釘を刺されるとまた難しい表情を浮かべた。

「ただ、いつまで抑えておけるかは分かりませんよ」

「それは分かってる」渋々同意した鳥飼の目の前の電話が鳴った。「はい、鳥飼……おお、ご苦労さん。で、どうした。うん……ははあ、なるほど。よし、がっちり押さえてもう一度話を聴いてくれ。そっちの感じでは、まだ話を聴けそうな人がいるのか？ 分かった。鳴沢と萩尾ママをそっちに出すから合流してくれ」

受話器を勢いよく置くと、両手を打ち合わせてから揉み手をした。

「昨日の公園の現場で新しい目撃者が出たらしい。向こうで陣内《じんない》たちと合流してくれ」

「分かりました」私は上着を引っ摑んで、小走りに会議室を出た。すぐに聡子が後を追ってくる。

「目撃者って、車の関係なの？」

「しまった、肝心なことを聞き忘れてた」

「行く途中で陣内に確認しよう」

「そうしましょう」

陣内たちが見つけたのは、問題の車に乗りこむ人間を見た目撃者だった。これは大きな進展である。もしかしたら、一気に犯人につながるかもしれない。泥のように沈みこんだ疲労が少しだけ薄まるのを意識した。

公園の前で陣内と落ち合った。私より三歳年長の東多摩《ひがしたま》署の同僚で、頰《ほお》の薄い顔にいつも難しい表情を浮かべているのだが、この日は顔つきもわずかに緩んでいた。傘を寄せ合うように集まると、前置き抜きで説明を始める。

「そこのマンションなんだけどな、五階に住んでるバアサンが、爆発の直前に例の紺色の車に駆けこんだ男を見てたんだ」

「五階から見てはっきり分かったんですか」私が疑問をぶつけると、陣内が自信ありげな笑みを浮かべて首を振った。

「眼鏡をかけて矯正視力は一・二だそうだ。車は街灯の下に停まってたそうだから、顔ぐらい見えたんだろう。他《ほか》にもその男を見ている人間がいるかもしれない。今、他の連中は公園の南側を回ってるから、鳴沢たちは北側を当たってくれ」

北側は道路を挟んで住宅地になる。斜め向かいのアパートのベランダが、ちょうど公園に面していた。

「あのアパートから行きます」

「よし」陣内が分厚い両手を叩《たた》き合わせた。「こんな事件はすぐに解決するさ。何か分かったら集合場所はここだ」

「陣内さん」声をかけられ、陣内が振り返る。所轄の若手の刑事、新開《しんかい》が水を撥《は》ね飛ばしながら走り寄ってきた。今年の春、機動隊から異動してきて刑事になったばかりで、刑事課で私より年下なのは彼だけだ。グレイのスーツはすっかり濡《ぬ》れそぼっていたが、その顔は真夏の太陽を浴びたように輝いている。

「ナンバー、四桁《よんけた》が割れました」

「何だと」陣内が一歩前に出る。その場の空気が二度ほど上昇したようだった。捜査には、時々こういう瞬間がある。複数の証拠や証言が一気に出揃って前進する瞬間が。

「目撃者が出まして、ナンバーを四桁覚えてました。多摩ナンバーということも分かってます」

「よしよし、でかしたぞ」陣内が新開に傘を差しかけた。「予定変更だ。ナンバーを照会した方が早いな。新開、署に電話して確認してくれ。割れるまで待機だ」

私と聡子は車に戻った。ドアを閉めると、聡子が苦笑を漏らす。

「無駄足だったわね」

「だけど、大きな手がかりが見つかったんだからそれでいいじゃないですか」

「本当に手がかりだといいけど」

「ああ」希望が萎む。聡子の懸念も当然だ。昨日の車が本当に犯人に直接つながるという保証はないのだから。「だけど、今のところは唯一の材料ですよ」

「そうね」聡子がサイドブレーキに手を置いた。「どうも、何でも後ろ向きに考える癖がついちゃって嫌になるわね」

「いや、後ろ向きじゃなくて疑ってるだけでしょう。それが商売ですから」

「考えてみたら、それもすごく嫌なことだけど」

自分が目にしたもの、触れたものさえ疑いながら、一センチずつ進んでいくことこそがこの仕事の醍醐味だ。なのに今は、いつもの胸が沸き立つ感覚がない。

夕方、私たちは八王子の東の外れにある一軒の民家の前にいた。カマボコ型の車庫は空である。だが、車の持ち主がすぐ近くのスーパーに勤めていて、六時に仕事を終えることは突き止めていた。細い雨が降る中、私と聡子は家から二十メートルほど離れた路上に車を停め、家を見守っていた。聡子が手帳をぱらぱらとめくる。

「坂崎雄二《さかざきゆうじ》、三十二歳で奥さんと二人暮らし。前科、なし。間島事件の被害者との関係はなさそうね、今のところは」

「スーパーの店員が間島の釈放を要求して爆弾事件、ですか」私はハンドルを抱えこんで目を凝らした。「リアリティがないな」

「スーパーの店員だから犯罪に縁がないっていうのは、あんたの先入観でしょう。捕まえてみて、『あんな人が』っていうパターンは多いのよ」

「そうですかね」坂崎について調べたのはほんの短い時間だったが、それでもこんな事件を起こす人間とは思えなかった。とはいえ、聡子が指摘するように「あんな人が」というケースが多いのも事実である。

「そもそも、どこでダイナマイトを調達してきたんでしょう」

「坂崎が犯人だとすれば、当然、仲間がいるでしょう。今回みたいなことは一人じゃできないわよ」

無線から声が流れた。

「間もなく家の前」スーパーの前からは陣内たちが尾行している。

「行きましょう」聡子がドアを押し開ける。雨がさあっと車内に入りこんだ。傘なしで我慢できるぎりぎりの雨脚《あまあし》である。前方の交差点を左折してきた車が、家の前で停まった。バックでかまぼこ型のガレージに入って行く。毎日同じことを繰り返しているせいだろう、雨で視界が悪いにも拘《かかわ》らず、一発で収まった。ひょろりと背の高い男が車から出て来て、両手を頭上に翳《かざ》して雨を避けながら玄関に向かう。そこで私と聡子の網にかかったのだが、その瞬間、私は自分たちが見こみ違いをしていたことを悟った。坂崎の顔に浮かんでいたのは恐怖でも諦めでもなく、純粋な戸惑いだったのだ。


「昨日は仕事はなかったのか」

「午後八時頃どこにいた」

「そこには車で行ったのか」

「急発進したのはどうしてだ」

「昨夜は何時頃家に帰った」

次々と浴びせかけられる質問に対し、坂崎はおどおどしながらも完璧な答を打ち返してきた。

仕事は休みで、八時頃は調布《ちょうふ》にある友人の家にいた。その後で別の友人のところへ寄ることになっていたが、約束の時間に遅れていたし、駐車禁止の場所に車を停めたままにしておいたので、慌てて車を出した。家に帰ったのは十一時頃――。

私たちは確認に走った。まず坂崎が勤めるスーパーに電話を入れて、昨日は勤めが休みだったことを確認する。次いで彼が告げた友人二人を摑まえ、昨日のアリバイを確かめた。二時間後、彼の供述はすべて裏づけられた。

坂崎が帰った後、捜査本部には淀んだ空気が漂った。石井は肘《ひじ》をテーブルについて両手で顔を覆ったまま、微動だにしない。聡子はぼんやりと爪を眺めていた。鳥飼は、熊のように巨大な手の甲に生えた毛をしきりに引っ張っている。私は窓辺に立ち、次第に強くなっていく雨をぼんやりと眺めた。時折窓ガラスに当たる雨音が耳を突き、冷たさがひりひりと頰に伝わる。言葉は消えていた。

「外にいる連中を呼び戻せ」

沈黙を切り裂くように溝口が命じ、勢いよくシャツの袖を引っ張り上げた。鳥飼がぼんやりとした顔つきで受話器を取り上げ、何人かに電話をかけた後は、再び分厚い沈黙の幕が下りる。私は離れたデスクに一人で座り、一度頭の中を空っぽにしようと努めた。だが、次々と想いが入りこんでくる。死んだ間島の両親。間島に子どもを殺された親たち。わいせつな手でまさぐるように私の心を汚した間島の態度。無駄に過ぎ去った午後。

目の前の電話が鳴り出した。反射的に受話器をひったくるように取る。

「もしもし」

「おや、鳴沢さん」

一気に意識がはっきりし、椅子を蹴飛ばすように立ち上がった。視線が集まってくる。真っ先に反応したのは石井だった。傍らにいた聡子に「逆探知」と告げると、椅子やテーブルに体をぶつけながらダッシュして私の横に座る。うなずき、送話口をきつく掌で押さえて「高橋です」と告げる。石井は隣のテーブルに移り、別の電話の受話器を取った。耳元でかちり、と小さな音が響く。

「今日はこの電話を何人で聞いてるんですか」

「一人ですよ」

「まあまあ、何人でもいい。逆探知の準備はできましたか」

「それは言う必要はない」

「ごもっともですね」高橋の声に嘲笑が忍びこんだ。「さて、今日は大事なお話があります。私が思うに、あなたたちは真面目に考えてくれていないようだ。こういう場合、こちらが取るべき方法は一つしかない」

「ふざけてるのか？」

「そちらこそ、ご冗談を。こちらはいつも真面目に話しているんです。どれだけ真面目かは、今までのことで十分に分かっていただいてるはずなんですがね。分かっていないとしたら、こちらとしては今までの路線を推し進めるしかない。それも、より強く。どういう意味かは分かりますよね」

「そんなことができると思ってるのか」唾《つば》が粘つき、頭痛が忍び寄ってきた。

「そちらが要求を呑むまでは続けますよ。これは戦争なんです」

聡子が受話器を置いた。すぐに数人の刑事たちが飛び出して行く。石井が顔を上げ、私の方を向いてぎりぎりと歯を食いしばった。鳥飼と溝口は私の方に歩いてくる。

「こっちは戦争をやってるつもりはない」

「それが、真面目に考えていないということなんですよ」

「今度は何をするつもりなんだ」

「少しはご自分で考えたらいい。夜は長いですからね、悩む時間はいくらでもあるでしょう」嘲《あざけ》るように高橋が言った。「こちらからの条件提示は、明日にはそちらに着く予定です。郵便物を入念にチェックして下さい」

「次はどこを爆破するつもりなんだ」

「それを言ったら何にもならない。明日のお楽しみということにしておきましょう。そうそう、当然逆探知はしてるでしょうが、今日は私は府中《ふちゅう》にいますよ。ただ、甲州街道が事故で渋滞してましてね、そちらからだと三十分はかかるんじゃないかな……それでは、明日までお待ち下さい」

電話が切れた。石井が受話器を叩きつけようとして思い止まり、不必要に思えるほどゆっくりと置く。私は、心配そうに見詰める鳥飼に向かってうなずきかけ、拳で目を擦った。

「府中にいるそうです。間に合わないのが分かって言ってやがる」

「逆探知の結果も同じ。府中駅前の公衆電話ね」聡子が離れた席からメモ用紙を振って見せた。「間に合うかしら」

「高橋の交通情報によると、事故で甲州街道が渋滞してるそうです」

「そんなふざけたこと言ってるの？」聡子がメモ用紙を握り潰す。

「府中の所轄の連中にも行ってもらえ」溝口の指示が終わらないうちに、聡子が受話器を取り上げた。

「高橋の声に聞き覚えはないか」

「いえ」

「どこかで会ってるかもしれない」

「いや、人の声は忘れない方ですから」

「そうか」石井が拳で軽くテーブルを叩き、パイプ椅子に力なく腰を下ろす。ずり落ちそうな格好で天井を見上げた。

「とりあえず、現場に行った連中の連絡を待とう」鳥飼が自分に言い聞かせるように言った。会議室の一番前に置いたホワイトボードに歩み寄り、そこに貼りつけた多摩地区の地図を眺め回す。指先ほどの大きさのマグネットがいくつか、地図上に貼ってある。赤いものは爆発事件が起きた場所を、白いものは高橋が電話をかけてきた場所を示している。

「こいつは、多摩に土地勘がある人間なのかね」独り言のように鳥飼がつぶやいた。私は彼の横に立ち、地図上のポイントを目で追った。

「考えてみれば、爆発が起きた二か所も距離的には近いんですよね。高速道路と公園という違いはあるけど、直線距離にしたら何キロも離れていない」

「まあ、車があればどこにでも仕掛けられるだろうけどな」

「電話は全部公衆電話からで……」東から順に追っていく。「石神井台《しゃくじいだい》、調布、府中、青梅《おうめ》ですか。関連性は何もないですね」

「そうだな。とにかく、奴が自由に動き回ってるのは間違いない。やっぱり車を使ってるんだろう」

「必ずしもそうとは限らないんじゃないですか。公衆電話は全部駅前です。電話をかける役目の人間は、電車を使って移動しているのかもしれない。その方が、逃げるには便利なんじゃないかな」

「ああ、その可能性はあるな」髭《ひげ》の浮き始めた顎を撫《な》でながら鳥飼が認めた。「だが、あくまで可能性だ。昨夜、いや今日か、電話があったのは、もう電車がない時間だっただろう」

一向に手がかりにつながらない会話だ。またじりじりと時間が過ぎる。六月だというのに捜査本部の空気は冬さながらに凍りついており、私はいつの間にか壁際で足踏みをしていた。手先が冷え、右手の骨折跡が痺《しび》れるように痛む。そっとさすり、壁の時計と睨めっこを始めた。

この苛立たしさは何だろう。高橋は時限爆弾を埋めこむのに成功した。それは私たちの心を蝕《むしば》み、消耗させ、いつかは粉微塵《こなみじん》にしてしまう。

世の中に悪人はいくらでもいる。だがこれは、一番性質《たち》の悪いタイプではないだろうか。

府中に飛んだ刑事たちからは空振りの報告が入った。予期していたことではあったが、薄い疲労の膜がさらにもう一枚私たちを覆ったのは事実である。電話がかかってきてから一時間後、府中に行っていた刑事たち、その他の場所で聞き込みに回っていた刑事たちが戻って来る。ほぼ同時に本庁の捜査一課長が捜査本部を訪れ、その日の締めくくりの会議が始まった。

一課長の水城《みずき》は機動捜査隊、鑑識、捜査三課と刑事部の主要な部署を渡り歩いてきたベテランの捜査官である。一課一筋ではないが、その分視野が広い、というのが評判だった。小柄な男だが胸板は厚く、太い眉毛が意志の強さを窺《うかが》わせる。ホワイトボードの前の席に陣取ると、上着を脱いで立ち上がり、体の割にはよく通る太い声で話し始めた。

「今回の事件が非常に難しいことは理解している。私も警視庁に奉職して三十年になるが、こんな事件は今まで経験したことがない。必然的に難しい捜査になると思うが、そこは諸君らの力に期待したい。最新の電話の情報は聞いたが、おそらく明日届く郵便では、また爆破予告があると思う。この件では、関係する各セクションに全面的な協力をお願いした。機捜、警備部、鉄道警察隊、各所轄がすぐに動けるように待機している。バックアップ態勢は万全だから、それを忘れずに思い切って進めて欲しい」

応援を依頼された部署で、事態の重要性を完全に把握している人間がどれだけいるだろう。警察は完全な縦割りの組織だから、命令は一瞬にしてトップから末端の交番勤務の警察官にまで届く。だが、命令の重大さをすぐに把握して、自分の気持ちと動きをトップギアに持っていける警察官ばかりではないのだ。それに高橋は、どこでも狙《ねら》うことができる。そういう前提だと、「自分のところで事件があるかもしれない」と危機感を抱くよりも「まさか自分のところでは何もないだろう」と考えがちだ。

水城の指示は続いた。

「明日も引き続き盗難車の捜査と、調布の現場付近の聞き込みを続行する。それと、間島事件の被害者への事情聴取も進めたい。あらかじめ言っておくが、今夜から特殊班と機捜、それに各所轄の刑事たちが、手分けして被害者の親を監視し始めている」

上層部が、間島に対する恨みの線を強く意識しているのは間違いない。だが、もっとはっきり確認しておきたかった。

「課長、ちょっといいですか」私は立ち上がり、背筋を伸ばした。

「君は？」水城が鋭い視線を飛ばす。

「東多摩署の鳴沢です」

「ああ」それですべてが分かったとでも言うように水城がうなずく。私の評判は——悪評というべきだろう——当然、彼の耳にも入っているはずだ。だがそんなことはどうでもいい。真っ直ぐ目を見据えたまま質問をぶつける。

「誰かが間島に罰を与えようとしていると考えていいんでしょうか」

「何が言いたい」水城の目が細くなった。

「間島を釈放させて、自分たちで殺してやろうと考えている人間がいるんじゃないですか。高橋の要求は、そういうことを前提に動けという意味ですよね」

「そうは言ってない」強く否定したが、すぐに水城の言葉は揺らいだ。「そうは言ってないが、今のところほかの可能性が考えられないのも事実だ。ここにいる人間は皆、間島のことをよく知っていると思う。間島は社会的なつながりの極めて少ない男だ。友人らしい友人もいないし、仕事でのつき合いもない。そして今日、両親が自殺した。間島のことを心配する人間が、実質的に一人もいなくなったわけだ」

「……分かりました」

「問題が一つだけある」水城が人差し指を真っ直ぐ天井に向けた。「チャンスがあれば間島を殺してもいいと思っている人間は、今の日本に百万人ぐらいいるんじゃないかということだ」

百万人は大袈裟《おおげさ》かもしれないが、小学生の女の子ばかりを襲った卑劣な犯行に激しい憤りを感じるのは、人間として普通の感情だ。しかし、実際に警察に無茶な要求をし、ダイナマイトを爆発させるに至る道のりは遠い。もっともこの一件では、犯人の動機について思い悩む必要だけはなくなりそうだった。

鏡の中に傷ついた男がいた。冷たい水で顔を洗い、頬を二回張ってから頭の包帯を取った。四針縫った傷は耳の上五センチ辺りにあり、周囲の髪は刈りこんである。傷そのものは塞がっているので、そのままにしておくことにした。

シャワーを浴び、恐る恐る傷口をお湯で濡らしてみる。一瞬だけ鋭い痛みが走ったが、それはすぐに鈍痛に変わり、体を洗っているうちに気にならなくなった。慎重に傷口を避けて頭を洗い、ようやく人心地つく。風呂を出てミネラルウォーターで喉を潤し、音を立ててソファに腰を下ろした。テレビ……見るだけで目が疲れる。優美にメール……ややこしいことを考えられるほど脳細胞は活発に動いていない。

携帯電話が鳴り出す。また何かあったのか――慌てて液晶画面を確認すると、七海の名前が浮かんでいた。

「もしもし」

「何だよ、怖い声で」いきなり笑い出す。「もしかしたら入院中か？」

「いや……あの件、聞いたのか？」

「ああ、優美が慌ててたよ。お前、ひどいじゃないか。この前話した時は何も言ってなかったのに」

「大したことはないからね」

「お祓《はら》いでもした方がいいんじゃないか」

今度は私が声を上げて笑った。

「お祓いなんて言葉、よく知ってるな」

「馬鹿にするなよ。これでも毎日日本語は勉強してるんだ」

「何のために？」

「ほぼ、お前と話すためだけ。放っておくとどんどん忘れるしな」

両親は日本人だが、七海はアメリカで生まれ育った。家では日本語を話していたし、私とルームメイトだった学生時代には本格的に日本語を勉強していた。

「怪我、本当に大丈夫なのか」

「四針縫った。放っておけば治るよ」

七海が乾いた笑い声をたてる。

「なるほどね。確かにその程度じゃ、怪我のうちに入らない。だけど、本当に何かあるのかね。何だかお前にだけいろんなことが降りかかってるような気がする」

「事件の方で俺を呼んでるんだ。俺だって好きでこんな目に遭ってるわけじゃない」

「いや、お前はトラブルが好きなんだよ。決まりきった毎日には耐えられないだろうな。トラブルこそ我が人生ってやつか？　そういう人間のところには、自然にトラブルが寄ってくるんだよ」

「冗談じゃない。そんなことじゃ、命が幾つあっても足りないよ」言ってから、背筋を寒気が這い上がった。今回は本当に紙一重の差だったと思う。あと何秒か爆発が遅れていたら、直撃を受けていたはずだ。高速道路で爆風を受けたら、車をコントロールすることは不可能である。

「日本も物騒になったもんだな。こっちの方がよほど安全だぜ」

「また『破れ窓理論』か」

「そういうこと。ビルの窓が一か所破れてれば、そこはどんどん治安が悪くなる。だから俺たちが窓を塞いで回ってるのさ。優美も久しぶりにニューヨークに戻って、ずいぶん安全になったって驚いてたよ」

「お前、彼女が弁護士の資格を取りたいって言ってるの、知ってたのか」

「ああ、そうだね」言い淀んだ。兄妹で示し合わせて私に隠していたに違いない。「まあ、聞いてたよ」

「どうなんだよ。言うのは簡単だけど、実際に弁護士の資格を取るのは大変なんじゃないのか」

「ロースクールを出て、州ごとにやる試験に合格しないとな。ただ、ニューヨークだと試験は年に二回あるはずだから、日本よりもチャンスは大きいんじゃないか」

「日本だと、弁護士の資格を取るのは本当に大変なんだぜ。何年も試験を受け続けてる人も珍しくない」

「そりゃあ、確かに大変だ。でも、妹だから言うわけじゃないけど、あいつは優秀なんだぜ。本腰を入れてやれば、そんなに遠い夢じゃないと思うよ」

「そうかもしれないけど」ペットボトルを額に当てる。目の前で水がゆらゆらと揺れた。

「そうすると彼女は、もう日本に戻って来ないかもしれないな。勇樹のこともあるし」

「まあねえ」七海が盛大な溜息をついた。大リーグのスカウトも群がった大学時代、「大型内野手」と評されていただけあって、動作から何からすべてが大袈裟な男である。

「勇樹がこれからどうなるのかは、俺にも全然分からない。テレビに出演したからって、それでずっと生きていけるっていう保証はないしな。日本で普通に学校を出て堅実に生きていくか、アメリカで一攫《いっかく》千金のチャンスに賭けるか。あいつ自身だって、まだ決められないだろうよ。子どもなんだぜ」

「だから、今は俺たちがあれこれ言っても無駄だよ」

「親ならあれこれ言う権利もあると思うけどね。子どもに進むべき方向を探してやるのは親の義務だぜ」

七海の言葉がちくちくと私を刺激した。それに関してはあれこれ言い訳を重ねることもできたが、今は何も言わないことにした。

「まあ、何とかするよ」

「何とかって、何か計画でもあるのかよ。相変わらずはっきりしない奴だな」

「悪かったな」

「それより、サイコ野郎の一件は無事に終わったのか」

「終わったような、終わってないような」

「おいおい、お前、仕事に関しては何でもずばっと言う人間だろうが」

「言えないこともあるさ」

「ああ」七海が言葉を呑みこんだ。海の向こうにいようが、刑事と話していて楽なのは、はっきり喋らなくても内容を察してもらえることである。「俺な、今、ものすごく嫌な想像をした」

「どんな？」

「言わない方がいいんじゃないかな。俺はすぐにとんでもないことを想像する癖があるんだ。それがまた、よく当たるんだよな。でも、今回は当たってないことを祈るよ。もしも俺の想像が当たってたら、お前たちはとんでもないジレンマに陥るぞ」

「もう陥ってる」

「まあ、聞けって。二年前にこういう事件があったんだ。スーパーに立てこもったラティーノの馬鹿野郎がいてな。そいつは生まれ故郷のカリブ海の島へ帰りたくて仕方がなかったんだよ。客を二人殺して、店員を人質に取って、チャーター機を要求しやがった。映画の見過ぎじゃないかと思ったけど、仕方なくこっちはまず車を用意したよ。で、そいつが車に乗りこむ時に、一瞬人質から離れたのを見て、ＳＷＡＴの連中が一発で仕留めた。一発っていうのは正確じゃないな、五発ぶちこんだから」

　私は唾を呑んだ。七海の想像はそれほど外れたものではないだろう。アメリカ流に行けば、血を見ずに解決することはできないはずだ。

「おい、そこにいるか？」

「ああ、聞いてる」

「とにかくな、躊躇しないことだ。どんな方法を取るにしろ、迷ったら負ける」

「勝ち負けじゃないんだぜ」

「いや」短い言葉の中に、七海が己の信念のすべてを詰めこんだ。「お前が相手をしている奴が誰かは知らない。だけど、基本は勝つか負けるかだ。殺《や》るか殺られるかだ。それを忘れるなよ」

3

間島という男の特異性は、その残虐性と奇妙な自己顕示欲にある。残虐性については、殺した子どもの首を切り落とした行為だけを見ても十分に証明できるが、それ以上に残された家族をパニックに陥《おとしい》れることを楽しみにしていた節がある。殺した子どもの髪の毛を送りつけたのが何よりの証拠ではないか。それも、「何本か」というレベルではない。発見された遺体の頭部からは、ごっそりと髪が切り取られていた。ある日突然送りつけられた封筒の中に、子どもの髪の毛が大量に入っていたら。行方《ゆくえ》知れずになった子どもの身を案じる親の心を一気に砕くには、十分過ぎるやり方である。

どうしてこんなことをやったのか。間島の供述調書には「いつまでも心配してると体に悪いから」という一節がある。「ちゃんと教えてやらなくちゃいけないっていう命令があったから」ともあった。

命令を下した何かの名前を間島は一切喋っていない。

被害に遭った三家族は、それぞれに地獄を見た。六人の親のうち一人は体調を崩して入院し、未《いま》だに退院していない。一人は暴れ回って、事情聴取をしていた刑事を殴《なぐ》り倒した。一組は東京の家を引き払い、北海道の親類のところに身を寄せている。結婚十年、不妊治療の末にようやく授かった子どもだと聞いている。もちろん間島はそういう事情を知って狙ったわけではないのだが、後でそのことを聞き「あの人も喜んでいる」と満面の笑みを浮かべたらしい。

三家族のうち、北海道に引っこんだ一組は所在が確認され、現在は一応薄いバツ印がついている。妻が入院した夫婦は、夫が会社と病院を往復しながら懸命の看病をしており、こんなことをする余力はなさそうだった。私たちは残る一家族、刑事へ暴行した男に目をつけ、動向の監視を始めた。

日野《ひの》にある家を徹夜で見張っていた刑事たちと交替したのは、朝の八時五分前だった。今朝の相棒は、間島の取り調べを担当していた江戸。フロントガラスが瞬く間に曇ってくる。運転席に座った私は手を伸ばしてガラスを拭《ぬぐ》い、直径二十センチほどの覗き窓を確保した。江戸はじっと腕組みをしたまま動かない。小柄だが筋肉質な男で、スーツの肩の辺りは今にも弾けてしまいそうなほど張り切っている。唇をすぼめたままじっと前を見ているが、その顔つきからは、何を考えているか読み取れない。

目の前のアパートの二階が、問題の末吉通夫《すえよしみちお》の家だ。本人は働いておらず、妻がフルタイムでスーパーに勤めて家計を支えている。張り込みを始めてから五分後、末吉の妻が慌てて家から飛び出してきた。勢いよく傘を広げ、かつかつと甲高い音を立てながら階段を駆け降りる。手首を裏返して腕時計を確認すると、小走りに大通りの方に向かった。

動きが止まった。私は五分置きにフロントガラスの曇りを拭い、江戸は一言も発しないまま心持ちシートに寝そべるようにして二階を見上げ続ける。午前十一時、ドアが開いて末吉が姿を見せた。首を捻って鬱陶《うっとう》しそうに雨空を見上げ、透明なビニール傘を広げる。チンピラだった。金色で、背中に派手なトラの刺繍を施したジャンパーに紫色のズボンという格好である。削り落としたように頬がこけているせいか、巨大な帽子のようなパンチパーマの髪型とバランスが取れていない。不健康に痩せた体型で、遠目にも顔が蒼白《あおじろ》いのが分かった。

「あんな典型的なチンピラファッション、今でも着てる奴がいるんですね」

「二十歳の時にシャブで挙げられてるそうだ」私の皮肉を無視して江戸がぼそりと言っ

た。「暴走族に入ってた頃の話だが」

「その後はマル暴ですか」

「いや、半端者だな。マル暴の周りをうろついてたことはあるけど、正式に構成員だった事実はない。そこまでの根性もない奴なんだろう」

常に冷静だという彼の口から批判めいた言葉が飛び出したので驚いた。それに気づいたのか、江戸がゆっくりと私の顔を見る。

「何か変か」

「江戸さんは、捜査本部の中で一番冷静な人だって聞いてますが」

「俺にだって、人並みの感情がないわけじゃないさ。こんな事件をやってれば悩むし、悲しくもなる。それが表に出ないだけだ。感情がないのと無表情なのは全然違うだろう。みんな勘違いしてるんだよ」

「それにしても、あの末吉っていうのは感情移入しにくいタイプですね」

「それを言うな」江戸がかすかに肩をすくめた。「暴走族上がりで、シャブの前科があって、自分はぶらぶらしてるだけで嫁に食わせてもらってる男に同情するのは難しいよ。それにしても、嫁さんは立派なもんじゃないか。子どもを殺されたショックは残ってるだろうに、仕事を休んでたら食えないから、ちゃんと働いている」

「女性の方が強いですね」

煙草に火を点けながら、末吉がアパートの前の駐車場に停めた軽自動車に乗りこんだ。周りを気にする様子もなく走り始めたので、そのまま尾行に移る。

「どこへ行くんですかね」

「パチンコだろう。本人はパチプロのつもりでいるらしいが、すってる金の方が多いんじゃないか」

江戸の推測通りだった。末吉は車で五分ほど走ったところにあるパチンコ店の駐車場に車を停めると、いそいそと店内に消えていった。私がパチンコ店の向かいに車を停めると、江戸がすぐに助手席のドアを開けて外に出る。首をすくめるように雨の中を走り、店に入って五分ほどで戻ってきた。ドアに手をかけようとはせずにウィンドウを叩いたので、そちらを開けてやる。

「今、打ち始めたから、しばらく中にいるだろう。俺は今のうちに昼飯を仕入れてくるから、お前は車を駐車場に入れておいてくれ」

「そんなに近づいて目立ちませんかね」

「気づかれて困るもんでもないだろう、今の段階では」

「飯なら俺が買ってきますよ」

「いいから」ひらひらと手を振り、江戸が駆け出していった。腰の軽さと、終始仮面を被ったように変化しない無表情はバランスが取れていない。

江戸は十五分後に戻ってきた。コンビニエンスストアの袋を後部座席に置いて、素早く助手席に落ち着く。体を捻ってズボンのポケットからハンカチを取り出し、肩についた水滴を拭い取った。

「とりあえず、ここで奴が出てくるのを待ってればいい」

「公衆電話を調べてたんですね」

「ご名答」江戸が素早くうなずく。「今まで、高橋の電話は全部公衆電話からだった。それを今になって変える理由はないだろう。このパチンコ屋の周辺にも店の中にも公衆電話は見当たらないから、ここで奴が出てくるのを待てばいい」

「あいつがやったんですかね」

「どうかな。かっとなりやすいタイプであるのは間違いないけど」末吉の車の方を見ながら、誰かに聞かれるのを恐れるように小声で言った。「ただな、今回の犯人は頭は悪くない。俺たちに尻尾《しっぽ》を摑ませないんだから、相当なもんだぞ。こういうやり方は、末吉にはちょっと荷が重過ぎるんじゃないか」

「当然、仲間がいるでしょう。それこそ、三家族が裏で手をつないで――」

「鳴沢、寝不足か」江戸が両目を大きく見開いた。「想像と推測は違うんだぞ。それに、想像にしても冴えてない」

「そりゃあ、頭も冴えませんよ」両手で頰を張る。頭の傷に鈍い痛みが走った。

「目だけはしっかり開けておけよ。それに、かっかするな」

「江戸さんは冷静ですね」

「一度死にかけてるからな。俺が溺れ死にそうになった話、知ってるか」

「ええ」

「あれで自分の気持ちがコントロールできるようになった。実際、あの時よりひどい目に遭ったことはないからな。どんなにひどいと思っても、一歩引いて考えれば、焦っても怒ってもどうにもならないことが分かるんだよ。そういう時に足掻いても仕方ないだろう」

「そんなものですか」

「そんなものだ」

　死にかけた経験があるのは私も一緒だ。耳のすぐ上の傷跡に手をやる。数年前に年長の友人に撃たれた跡で、あと数センチずれていたら私は頭を撃ち抜かれていただろう。ただそれは、一瞬の熱さに過ぎなかった。溺れかけたという江戸はある程度の時間苦しみ、死を覚悟したはずである。その経験が、彼の精神状態を永遠に変えてしまったのだろう。

一時間が過ぎた。江戸が体を捻ってコンビニエンスストアの袋を後部座席から拾い上げ、中から自分の分のパンを取り出してから袋を私に渡す。缶コーヒーが入っていたが遠慮して、いつも持ち歩いているミネラルウォーターのボトルを開けた。

「コーヒー、嫌いだったか」江戸がちらりとこちらを見ながら言った。

「そういうわけじゃないですけど、張り込み中は遠慮してます。小便が近くなるんですよ」

「カフェインに利尿効果があるとかいう話か？　よく言われるけど、あれ、本当かね」缶コーヒーのプルタブを引き上げながら江戸が言った。「俺はコーヒーがないと張り込みができない性質だけど、小便で困ったことは一度もないぞ」

「江戸さんが特異体質なんですよ」

「言ってくれるね」江戸の声にわずかに笑いが混じったが、視界の片隅に入る彼の顔はやはり無表情だった。

しばらく無言で昼食を取った。時間を惜しんで押しこむような食事であり、絶対に体にはよくない。最近、自分の体を放ったらかしにしていることを強く意識する。いくら

「ふだんから体調を整えておくのが刑事の義務だ」と突っ張っても、事件に追われると、体のことは二の次になる。

「江戸さん、石井さんとは親しいんですか」突然思い出して訊ねてみた。

「昔はな」

「昔って……何かあったんですか」

「今の石井さんは、つき合いやすい人とは言えないだろう」背中を伸ばしながら江戸が言った。「あんな風に自分で殻を作ってたら、話しかけづらいよな。俺も、最近は仕事以外で話はしてない」

「何があったんですか」

「お前、知らないのか」驚きの声が零れる。横を見ると、肉親の死でも知らされたかのように大きく目を見開いている。初めて感情らしきものが顔に浮き上がった。

「ええ」

「結構有名な話なんだが」

「知りません」

江戸がふっと溜息を漏らし、食べかけのパンを袋に戻して膝に置いた。食べながらでは話もできないとでもいうように。

「石井さん、娘さんを殺されたんだよ。六年ほど前になるかな。通り魔事件でね。犯人はすぐに捕まったんだけど、精神鑑定で措置入院になった。今も出てきてないはずだ」

言葉が出なかった。私がまだ新潟県警にいた頃だが、警察官の娘が通り魔に殺された事件は、はっきり覚えている。ただ、石井の名前までは記憶に残っていなかった。

「六年前のいつですか」自分の声がかすれているのに気づいた。

「五月だったかな。そうそう、五月十五日に事件が起きて、犯人が逮捕されたのは確か十日後だった」

頭の中で古いカレンダーをめくった。六年前の五月といえば……私は新潟県警の捜査一課で、ちょうど誘拐事件の捜査で走り回っていた。人質の幼稚園児は無事に保護され、犯人も逮捕されたのだが、夜も昼もない忙しさだった。重要な事件なら、固有名詞も含めてほとんど頭に叩きこむようにしているのだが、あの頃のことは、自分が取り組んでいた事件以外はすっぽり抜け落ちている。

「娘さんはその時……」

「五歳だった。可愛い盛りだよな。石井さんは本当に子煩悩でね。定期入れに娘さんの写真を何枚も入れてたんだ。俺も見せてもらったことがあるけど、可愛い子だったよ。

『男ができて家に連れて来たら、腕立て伏せと腹筋を二百回ずつやらせる。それができないような奴なら叩き出してやる』なんて言ってたけど、あれは冗談じゃなくて本気だったと思うよ」

「石井さんがそんなことを?」自分の声が腹の底深くに沈みこむのを感じた。

「石井さんはもともと、明るくて冗談もよく言う人だったんだよ。だけど、あんな事件に遭ったらどんな人間だって変わるさ。酒に溺れて、奥さんとの仲も険悪になってね。結局、事件から一年も経たないうちに離婚した。それからはあまり家にも帰らないで仕事に打ちこむようになったんだけど、見てて辛いよ。仕事で体をすり減らさないと気持ちが折れちまうと思ってるのかもしれないけど、あれは緩慢な自殺じゃないかね」

「そうだったんですか」間島に対する石井の激烈な怒りが、ようやく理解できた。同じ立場の被害者、同じ立場の家族。感情移入などという穏やかなものではなく、これは感情転移だ。被害者の親の気持ちを石井ほど理解できる刑事はいないだろう。

「それにしてもお前、知らなかったのか?　こいつは有名な話だぜ」

「事件のことは覚えてますけど、その頃はまだ警視庁にいませんでしたから、詳しいことは知りません」

「なるほどね。でも、これは警視庁の伝説の一つなんだぜ」

「噂話には興味がないんです」

「そうか。お前は一人でやりたいタイプか」うなずき、江戸がパンを取り上げる。口元まで運んで手を止め、前を見たまま低い声で言った。「だけど、一人になるのは大変なんだぜ」

それは分かっている。本当に一人になるために必要なのは情報なのだ。人から適当な距離を置いておくためには、誰が自分を嫌ってるか、陥れようとしているかが分かっていないといけない。さもないと、暗闇でいきなり後ろから刺されることになる。警視庁での仕事に慣れてくるに連れ、私はそれを強く意識するようになった。もっとも、そもそも突っ張って孤独を押し通す必要があるのか、最近は疑問を感じてもいる。

「別に一人になりたいわけじゃありませんよ」

「ああ」江戸がパンに齧《かじ》りつく。はっきりしない口調で「それならいいが」と言ってうつむいた。中途で言葉を押し出す力を失ってしまったようで、彼の口から発せられなかった台詞《せりふ》は、ピンポン球を含んだように膨らんだ頰の中に居残っているように見えた。

一時過ぎ、末吉が駐車場にふらふらと出て来た。煙草を横咥えし、降り止《や》まない雨にいちゃもんをつけるように、あちこちに険しい視線を飛ばす。サングラスをかけると車に乗りこみ、タイヤを鳴らして駐車場から出て行った。

「今日は負けたようだな」末吉を追うために道路に出たところで江戸がつぶやいた。

「よくパチンコなんかする気になれますね」

「ああ」

「子どもを亡くした悲しみは、パチンコなんかしても忘れられないでしょう」

「何もしないよりはましかもしれないよ」諭すように言って、江戸が腹の上で両手を組む。「さて、今度はどこへ行くかね」

末吉は雨の中、制限速度を無視して車を走らせ、家とは反対方向にあるＪＲ日野駅の方に向かった。三分ほど走ると、ウィンカーも出さずにハンドルを左に切り、スーパーの駐車場に車を乗り入れる。

「奥さんが働いてるスーパーですね」

「金の無心かな……おっと、車は中に入れるな。Ｕターンして駐車場の向かいに停めようぜ」

車の流れは途切れず、すぐにはＵターンできなかった。次の交差点で左折し、コンビニエンスストアの駐車場を利用して交差点に戻り、右折してスーパーの駐車場を見渡せる位置に車を停める。末吉は車の中にいた。雨のせいではっきりとは見えないが、携帯電話で誰かと話しているようだ。電話を切ってしばらくすると、駐車場に面したスーパーの通用口から女性が出てくる。半袖の薄い緑色の制服。くたびれたスニーカーが水溜りを蹴飛ばす。傘も差さず、首をすくめるようにして小走りに末吉の車に駆けこんだ。髪をきつく後ろで縛っているせいか、目が吊り上がって怒っているように見える。

「奥さんだ」江戸がぼそりと指摘する。

「ええ」

車の中で二人がどんなやり取りをしているかは分からなかったが、一分ほどして彼女が出て来たのを見た時には、話の内容は大体想像がついた。ドアを閉めようとして半開きになると、一度開けてから靴底で思い切り蹴りつけて閉める。さらに、中腰になって財布で何度も窓を叩いた。体を一、二度震わせて鼻を大きく膨らませると、大股で去って行く。

「やっぱり金の無心ですね」

「そのようだな。ほら、奴《やっこ》さんは用事が終わったらさっさとお出かけだよ」

だが、末吉の昼間の外出はそれで終わったようで、真っ直ぐ家に戻った。薄ら笑いを浮かべながら階段を上がり、ドアを開けようとした途端、視線を足元に落として一瞬だけ泣きそうな表情を見せる。

末吉が家に入ってから五分待ち、私は車を出た。

「おい、目立つぞ」

江戸の忠告を無視し、音を立てないように注意しながら階段を登る。だが、塗装がほとんどはがれた階段は、踏み出す度に耳障りな金属音を立てた。二階の廊下が目の高さにくるまで登る。末吉の部屋の前に、子ども用の小さな自転車があった。アパート全体が今にも傾《かし》ぎそうなのに、自転車だけは新品で、シートにはまだビニールのカバーがかかっている。新しく見えるだけでなく、毎日きちんと磨き上げているようだった。

車に戻った瞬間、部屋のドアが開く。ボロ布を手に出てきた末吉は、しゃがみこんで自転車を丁寧に磨き始めた。

「何やってるんだい、あいつは」

「自転車を磨いてるんですよ。娘さんのかもしれない」

「そうか」江戸の声がかすれる。「確か、誘拐された一週間後が娘さんの誕生日だったんだ」

「殺されたのが分かった後で買ったんですかね」

「そうじゃないかな。無駄だってことは分かってたんだろうけど」

「いや」私も声がかすれるのを意識した。「あの男の中では、まだ娘さんは死んでないんじゃないですかね」

「そうかもしれない」江戸が深く頭を垂れた。さながら、その辺りに漂っている末吉の娘の霊に祈りを捧げるように。

深い沈黙は、私の携帯電話の呼び出し音で妨げられた。緊迫した聡子の声が耳に飛びこんでくる。

「脅迫状」

「来ましたか」

私の声に、江戸が背中を真っ直ぐ伸ばして座り直した。

「消印は渋谷《しぶや》ね。昨日投函されてるわ」

「内容は？」

「首都高の橋脚を爆破するって」

思わず唾を呑んだ。今までとは悪質さのレベルが違う。私の脳裏には、阪神大震災で横倒しになった高速道路の映像が浮かんでいた。江戸に聞こえるように復唱する。

「首都高の橋脚を爆破、ですね。場所はどこか、書いてありますか？」

「ないわ。ただ、もう時間がないの。今日の午後と書いてあるわ」

「文面を全部読んで下さい」

「ああ、そうね」聡子が小さく深呼吸をした。「いい？　『要求を真面目に検討していないようなので、明日午後、首都高の橋脚を爆破する。この後には、そちらにはもう一度しかチャンスがない。十八日の二十四時に間島を釈放しろ。指示は追って伝える』。これで全部よ」

「もう一度しかチャンスがないっていうのは、もう一回は爆破をやるとも読めますよね。最後は、もっと大きい――」

「分かってるわよ」苛ついた口調で聡子が遮《さえぎ》った。「今、こっちはてんてこ舞いになってるわ。首都高を通行止めにできるかどうか、首都高側と交通部が協議してる。機動隊も出て、爆弾を探し始めたわ。とりあえず、主だったポイントを探してる」

「主だったポイントって、首都高は全部が大事ですよ。橋脚が崩れでもしたら……」

「とにかく、こっちに戻って。末吉の件は後回し」

「了解」イグニッションスウィッチを捻り、エンジンに火を入れる。

「一つだけ、手がかりが出てきたわ」

「何ですか」

「指紋よ、指紋」

「分かるような指紋が出てきたんですか？」奇跡だ。一通の郵便物に幾つの指紋がついているか――ある個人の指紋を特定するのはほとんど不可能である。

「糊代《のりしろ》のところ。テープをはがすと糊がついてる封筒があるじゃない？　あそこに指の先が触れたみたいなの。不鮮明だし、十分じゃないけど、とにかく封をした人間のものなのは間違いないでしょう」

「上手く特定できるといいんですが」

「今、鑑識が必死にやってるわ——ちょっと待って」送話口をざらざらと擦る音が聞こえ、次いで複数の人間の怒声が私の耳にも飛びこんできた。

「萩尾さん？」呼びかけにも返事がない。たっぷり十秒ほど待たされた後に戻ってきた声は、戦場や大災害の現場に出くわした人間のそれのように、感情が抜けたものに変わっていた。

「遅かった」

「爆発したんですか？」

「三分前。場所は三号線の池尻《いけじり》の近く。今、日野よね？　現場に行ってくれる？」

「了解」

一気にアクセルを床まで踏みこむ。江戸が無言でサイレンのスウィッチを入れた。雨が銃弾のようにフロントガラスを打ちすえ、私は自分が戦場の最前線にいるような気分に陥っていた。

これと似たような映像をテレビで見たことがある。日本ではない。コソボだったかイラクだったか、いずれにせよ紛争地帯だ。現場はパイロンと黄色い規制線で封鎖され、いつも渋滞している二四六号線は、細長い駐車場のように車で埋まっている。車や歩行者の被害がなかったのは奇跡的だ。所轄の制服警官たちが必死で交通整理をしているが、車の流れは一向にスムーズにならない。いわゆる事故渋滞というやつだ。爆破現場を通り過ぎる瞬間、どの車もほとんど止まりそうになるまでスピードを落とす。窓を開け、携帯電話を突き出して写真を撮っている人間もいた。私は、その連中に向かって中指を突き立ててやりたいという衝動と戦いながら、最後尾のパトカーの後ろに車を停めた。大量のパトカーと消防車、救急車、それに警察官と消防の人間で現場は埋め尽くされており、本当の爆発現場は二百メートルも先にあった。

硝煙の臭いが強く漂う。目がしばしばして、薄い涙の膜が張った。江戸がハンカチを口に押し当てながら走り出す。私もそれに倣《なら》い、後に続いた。

首都高の橋脚は崩壊寸前に見えた。直径二メートルほどの大きさに抉《えぐ》れ、鉄骨が剝《む》き出しになっている。大小のコンクリート塊が崩れ落ち、橋脚に開いた穴の下の方を隠していた。幸いなことに、通行車両や建物、通行人の被害はなかったようだ。そのすぐ近くでは、警視の階級章をつけた制服の警察官と、グレイの作業服を着てヘルメットを被った男が身振りを交えながら喧嘩腰で怒鳴り合っている。警察官は所轄の交通課長、作業服の男は首都高速道路株式会社の人間だろう。首都高は通行止めになっているが、橋脚を修理しないまま通行を再開できるかどうかを話し合っているに違いない。

「ひどいな、これは」江戸がぼそりとつぶやいた。

「一歩間違ったら、首都高が崩れてましたね」腹の底に固く熱いものが生じるのを感じた。そうなったら、上を走っていた車はどうなっていただろう。三号線の交通量は首都高の中でも上位に入るし、爆発があった時刻は雨の午後で渋滞していたはずである。大量の車がどこへも逃げられずに、下の二四六号線に転落する、あるいは勢い余って首都高に張りつくように立ち並んでいるビルに突っこむ——犯人は、無差別大量殺人の一歩手前までできたのだ。

「一つ、はっきりしてる」江戸の声には冷静さが戻ってきた。「厄介な人間を相手にしちまったな」

「ええ。それは認めざるを得ませんね」

「工事現場の経験がある人間かもしれない。ダイナマイト——今回もダイナマイトだとしたら、相当扱いに慣れてる人間だぞ」

「ぎりぎりの線で最悪の事態を避けてる感じですね。もしも首都高が崩れ落ちてたら、この程度じゃ済みません」

言いながら、江戸の言葉の意味を考えた。「扱いに慣れてる人間」。これまで三回の爆発があったが、どれも非常に慎重なやり方だったのは間違いない。ダイナマイトの威力を計算し、死者が出ないような仕かけ方ばかりではないか。それでも一見した感じではひどく派手な事件だ。狙われたのは真昼の高速道路、夜の住宅街、交通量の多い国道。人的被害を最小限に抑えながら、世間には強烈にアピールする。

「自分の怪我を忘れるな」江戸が私の頭をちらりと見た。「立派に傷害だ——いや、殺人未遂でもいいな。ダイナマイトを使ってるんだぞ？　周りの人間が死ぬ可能性は分かってるはずだから、未必の故意が成立するだろう」

そんなことはどうでもいい。罪状など、後でいくらでもくっつけることができる。問題は、今どうやって高橋を止めるかなのだ。手がかりはないでもない。封筒に残っていた指紋が、犯人に結びつく材料になるかもしれない。だが、それができなかったら——高橋が提示した条件が、にわかに現実味を帯びたものに思えてくる。

間島を釈放する——選択肢の一つとしてそれもあるのではないか。法的には問題外だが、今は非常時だ。それに、あの男がリンチで殺されれば快哉を叫ぶ人間も少なくないだろう。むしろ私もそれを望んでいるのではないか。

まさか。高橋の要求に屈することは、刑事としての負けを意味する。捜査機関としての警察は負けるし、私を支える原則が傷つく。

ふざけるな。高橋が何を考えているにせよ、あの男の思うままにさせるわけにはいかない。絶対に要求に屈してはいけないのだ。

「鳴沢」声をかけられ、我に返った。石井が小走りに駆け寄ってくる。右目の下が煤《すす》で黒くなっていた。息が荒い。何日も寝ていないように顔色が悪く、目は充血していた。そういえばここ数日、背広もネクタイも替えていない。ワイシャツだけは皺一つない新品のようだったが、これはどこかのコンビニエンスストアで仕入れたのだろう。サイズが合っておらず、襟はネクタイに締めつけられて一センチほど重なり合っているのに、なお首とワイシャツの間には隙間ができていた。

「やられたな」言って、右の拳を左の掌に叩きつける。甲高い音が、現場の騒音を一瞬だけ切り裂いた。

「現場はここ一か所なんですか」

「今のところは、な」

「今なければ、他はないでしょう」

「どうして」

「高橋は一人じゃないと思います。自分の力を見せつけるつもりなら、同時に何か所かで爆破を起こすでしょう。もしかしたら沖縄で爆発事件があって、俺たちがまだ知らないだけかもしれませんけどね」

「嫌なことを言うなよ」石井がたしなめたが、私の不吉な想像は萎まなかった。日本各地で同時多発的に爆発事件が起きたらどうなるか。もはや警察の手には負えない。

気を取り直したように、石井が表情を引き締める――これ以上引き締めると、緊張で顔面が崩壊してしまいそうだった。

「それより、この現場で手がかりが出るかもしれない。鑑識の連中の手柄だ」

「遺留品ですか」

「まだよく分からないんだが、布の切れ端だ。ダイナマイトをあそこに置くのに使ったのかもしれない」

「手紙からは指紋も出たそうですね」

「ああ」顎に力を入れて石井がうなずく。「どうも、奴のやり方にも綻《ほころ》びが出てきたようじゃないか。今までブツを残していなかったのに、急におかしくなってきただろう」

「つながるといいんですが」

「そうだな。間島をもう少し絞ってみるか。何か隠してるかもしれん」石井がふっと視線を逸《そ》らした。答を探しあぐねて、誰かに助けを求めているようだった。

「石井さん、あまりあいつを追い詰めても――」

「おい」江戸の鋭い声が私の言葉を断ち切った。目が糸のように細くなっている。

「分かってるよ、鳴沢」歩み去ろうとして一瞬立ち止まり、石井が私の肩に手を置いた。ぐっと力をこめ、目が合うと小さくうなずきかける。何か言いたそうに唇が薄く開いたが、結局一言も発しないまま現場を離れて行った。

「お前、少しは気を遣えよ」冷静だが小さな怒りをこめて江戸が忠告した。「何も石井さんを刺激するようなことを言わなくてもいいじゃないか」

「分かってますけど……」

私の反論は、鳴り出した江戸の携帯電話に遮られた。

「はい、江戸。はい……ええ。そうですか。それなら仕方ないですね」あっさり電話を切って、数メートル先でカーテンのように視界を遮断する雨を眺める。私たちは首都高の真下にいるので、それが屋根代わりになっているのだ。

「どうしました」

「例の報道協定な、アウトだ」

止めた。

「どういうことですか」思わず詰め寄ると、江戸が両手を胸の前に突き出して私を押し止めた。

「よせよ。お前、無駄にでかいんだから」

「どういうことですか」

質問を繰り返すと、江戸がゆっくりと唇を舐《な》めた。説明するのに、くっついてしまった唇に湿り気を与えて引きはがさなくてはならないとでも言うように。

「この現場がきっかけだよ」壊れた橋脚に向けて顎をしゃくる。「これ以上抑えておくと、噂ばかり広がってかえって恐怖心を煽《あお》ることになる。事前にある程度説明して、パニックを抑えようって理屈だな」

「そんな話を聞いただけでパニックになる人もいますよ」

「上が決めたことなんだから、俺たちにはどうしようもないだろうが。そんなに怖い顔をするな」江戸が背伸びするようにして私の頬を二度、軽く叩いた。「あれからまた、別のインターネットの掲示板でも情報が流れてるらしい。こういうのは、一度流れ始めたら止まらないんだよ。新聞やテレビを止めておけるのは時間の問題だと思ってたよ、俺は。とりあえず、マスコミの連中は放っておくしかないんじゃないかな。いくら何でも、上の連中も無制限にべらべら喋らないだろう。必要最小限の情報を流すだけだと思うよ」

「高橋も、自分の要求を世間に知られたくないようですからね」

「いっそ、あいつが自分で新聞社に電話をかければよかったと思うよ、俺は」足元に転がったコンクリートの破片を蹴飛ばしながら江戸が言った。「それなら、劇場型犯罪ってことで理解できる。だけど今は、あの男の本音《ほんね》が読めない」

刑事としての常識。それはどうしても過去の経験によって形を成すものだ。それ故刑事は誰でも、自分が今取り組んでいる事件の解決法を過去の例に求めようとする。私も江戸と同じ気持ちでいた。殺人犯を釈放させたい、そのためには街中でダイナマイトを爆破させることを躊躇しない——こんな事件は、過去に一度もなかったはずだ。

重い沈黙が漂う。誰かの怒声が、のろのろと走る車の騒音が、その沈黙に流れこみ、思考能力さえも奪ってしまいそうだった。軽い笑い声が聞こえる。顔を上げると、黒いミニバンの窓が開き、まだ十代にしか見えない若者が笑顔を見せていた。偶然芸能人を見つけたか、友だちにでも出くわしたように屈託のない笑顔だったが、現場の混乱に興奮し、それを楽しんでいるのは明らかだった。

これで本当にパニックになる人間がいるのだろうか。たとえこのニュースが伝えられても、自分にだけは絶対に不幸は降りかからないと軽く考える人が大多数ではないだろうか。だがすぐに、その方がましなのだと気づいた。千二百万人の東京都民が一斉に逃げ出したらどうなるか。あるいは外から東京へ来る人や物の流れが途絶えたら。

「おい」呼び声に顔を上げると、怒ったような顔つきで石井が私たちを手招きしていた。私たちが行くのを待ちきれずに、こちらへ向かって歩き出す。

「目撃者がいた」声が弾む。

「何の目撃者ですか」訊ねると、石井が拳を固めて軽く私の右肩を小突く。

「犯人だよ。クソ、いつまでも後手に回ってたまるか。摑んだら絶対にこっちに引き寄せてやる」

4

最近では極めて異例のことだが、目撃者は自分から名乗り出てきたのだった。現場近くの洋菓子店の店主で城田《しろた》晶《あきら》、六十二歳。パトカーの後部座席左側に座り、右に私、助手席に石井、運転席には制服の警察官が陣取った。警察官に囲まれて緊張したのか、その口は重い。横に座った私が質問を切り出した。

「ご自宅は、現場のすぐ前なんですね」

「ええ」ちらりと私の顔を見る。店で着ているらしい白い制服と合わせたように髪と眉毛が白い。たっぷりのバターと砂糖を扱いながら暮らしているせいでもないだろうが、丸い赤ら顔はてらてらと光っていた。

手帳を広げ、現場の図を描いた。爆発が起きたのは、Uターンする車のために中央分離帯が切れているところで、首都高の橋脚は低い鉄製のフェンスで囲まれている。ダイナマイトはそのフェンスの内側で爆発していた。そこにバツ印をつける。

「ここが爆発場所なんですが」

「そうですね。車がUターンする時に一瞬そこに止まって、後部座席から誰かが何かを捨てたんですよ」

「捨てた?」

「そう、これぐらいの大きさの袋を窓から投げたんです」城田が、両手でバレーボールほどの大きさの円を作った。

「どんなものだったか分かりますか」

「布製の袋……バッグみたいなものでしょうかね。黒か紺色か、とにかく濃い色です」

鑑識が発見したという布切れと一致する。

「車はどうですか? ナンバーは?」

「それはよく覚えてないんですよ。ワンボックスカーだったのは確かですけど」

「何人乗っていたか、分かりましたか」

「いえ、それもちょっと。とにかく、窓からいきなり何かを投げたんで、ゴミでも捨てたのかな、と思ったんですよ。マナーの悪い奴がいるなって」

「爆発はそれからどれぐらい経ってからですか」

「一分……二分は経ってないと思いますけど。ドーンってものすごい音がして、うちの店まで震動が伝わってきましてね。慌てて飛び出したらすごい煙が上がってたんです。最初は交通事故かと思ったんですが」城田が身を震わせる。

　高橋もずいぶん際どい選択をしたものだ。Uターン用の道路の切れ目は、よく詰まる。それに二四六号線のこの辺りは常に渋滞しているから、自分が逃げ遅れて爆発に巻きこまれる可能性もあったはずだ。

　城田の証言では、それ以上詳しいことは分からなかった。だがこんな街中、それも明るい時間帯の犯行である。しかも道路沿いに商店街が広がり、人出も多い場所だ。まだ目撃者はいるだろうという希望的な空気を残して事情聴取は終わった。

　刑事たちが散った。石井が現場の司令塔になり、情報を一元化する。二時間後、暗くなり始める頃にはかなり具体的な情報が集まっていた。車のナンバーは四桁が特定されたが、照会したところ、最初の一件と同じように盗難車であることが判明した。窓からダイナマイトを投げた男の人相も曖昧《あいまい》だが分かってきた。もっとも、大きなサングラスをかけていたので、判明したのは顔の下半分だけである。分厚い唇と濃い髭、それに頬が引き攣《つ》っていたという証言が得られた。大きな傷跡かもしれない。

「一度東多摩署に引き上げるぞ」六時過ぎ、石井が刑事たちを集めて宣言した。協力してくれた、捜査本部とは直接関係のない所轄の刑事たちに丁寧に礼を言う。雨は降り続け、傘を持っていた刑事たちもじっとりと濡れそぼっている。爆発の瞬間に居合わせたわけではないのに、爆風に吹き飛ばされたように全員が疲れ切っていた。

石井と江戸を車に乗せて、私がハンドルを握った。助手席の石井が両手で顔を擦る。車の流れはようやくスムーズになっていた。首を捻って現場を一瞥《いちべつ》してから石井が煙草に火を点け、窓を細く開けた。ちらりと横を見ると、まだ長い煙草を指先に挟み、赤く燃える先端をじっと見詰めていた。窓をさらに大きく開け、咳払《せきばら》いをしてから煙草を道路に弾き飛ばす。手を広げてこめかみを揉むと、携帯電話を取り出して耳に当てた。

「ああ、石井です。六時のニュースはどんな感じで？　そう……最初にね。何か余計なことは？」無言で相手の説明に耳を傾ける。やがて「ああ、それなら仕方ない」と言って電話を切った。うつむいたまま、ぼそぼそと説明を始める。

「ＮＨＫは、六時のニュースのトップで取り上げたそうだ。内容は今回の爆破事件と、間島の釈放を要求する脅迫状が届いたことで、必要最低限って感じだな。脅迫状の内容については曖昧にぼかしている。一課の上の方も、正確には教えなかったんだろう。どっちにしても、一度こうやってニュースが流れたら完全にご破算だな」

「今まで、幹部連中はちゃんとやってくれたんですかね」

私の質問に対して、石井は不機嫌に「何を心配してるんだ」と訊ねた。

「準報道協定って言っても、いい加減なことはできないでしょう。定期的に記者会見して、状況を細大漏らさず伝えるのが筋じゃないんですか」

「準報道協定ね。正しいかどうか分からんが、そいつは上手い言い方だ」

「どうなんですか」

「準はあくまで準で、正式じゃない。だとしたら、こっちが持ってる情報すべてを伝える必要なんかないだろう。脅迫状の内容は説明するにしても、文面全部を教える必要はない。全部教えて『この部分は伏せておいてくれ』って頼むよりも、必要な部分だけ小出しにする方が安全じゃないか？　それなら嘘をついていることにはならないわけだし」

「それで上手くいくんですか」

「上手くいくも何も、それでやるしかないんだよ。マスコミだって、昔とは変わってきてるんだ。昔は話せば分かってくれる感じだったけど、最近はそういう信頼関係も薄くなってるからな。何でもかんでも書いちまうから、こっちだって用心するさ」

たった一人の知り合いの記者の顔を思い浮かべた。あの男だったらこの事件にどう取り組むか——いや、たぶん「面倒臭いですね」と言って耳を塞いでしまうだろう。記者らしいがつがつしたところがない男なのだ。

「今、何時だ」ダッシュボードに時計があるにも拘らず、石井が私に訊ねる。左腕を前に突き出して腕時計を覗いた。

「六時二十五分です」

「脅迫状の内容が変わってきたのが気になるな」自分に確認するように石井が言った。「時間を切ってきただろう。明後日の真夜中……ということは、あと五十三時間三十五分だ。時間がないな。飛ばせ、鳴沢」

「了解」

アクセルを踏みこむ。景色が流れ始めたが、それに反比例するように意識は一か所に留まり続けた。間島をどうする。それを決めるより先に、私たちは高橋に辿り着けるのだろうか。

　東京の帰宅ラッシュはだらだらと長く続く。雨が降り続いているせいもあり、裏道を選んで走り続けたのにあちこちで渋滞に引っかかり、東多摩署に辿り着いた時には八時近くになっていた。

「いかん」石井がつぶやく。彼の言葉の意味はすぐに分かった。署の前の甲州街道に、黒塗りのハイヤーや巨大なアンテナを立てた中継車が列を作り、玄関先にはテレビ局の連中が陣取っている。大小の脚立が、植えこみの前に乱雑に並んでいた。ライトに照らされながらレポートしている記者、濡れたアスファルトの上にテレビカメラを置き、手持ち無沙汰に周囲を見渡しているカメラマン。その数三十人ぐらいだろうか。

「これは確かに、協定解除だな」石井がぼそりと言って下を向いた。私は心持ち強くアクセルを踏みこみ、署の裏手にある駐車場に車を入れた。蜘蛛《くも》の巣を寸前で回避する虫の気分を味わいながら。

　捜査本部に入っていくと、ちょうど電話を終えた鳥飼が音を立てて両手を打ち合わせたところだった。その顔には、この事件が始まってから初めてと言ってもいい明るい表情が浮かんでいる。笑顔とまではいかないが、軽い冗談を楽しんでいるようにも見えた。手招きして私たちを呼び寄せる。彼の横では、溝口がコピー用紙らしいＡ４判の紙に太い油性ペンで殴り書きをしていた。書き飛ばした紙が右側に散らばり、新しい紙は彼に汚されるのを待って左側に積み重ねてある。よし、と気合を入れるように言って立ち上がると、散らばっていた紙をまとめた。

「いい線が出てきたんだ」溝口が告げる横で、鳥飼が顎を引き締めながらうなずく。美味しい話は本庁の係長に譲ったようだ。「現場で目撃されたワンボックスカー」

「盗難車ですよね」と私。

「今日盗まれたばかりだった」

「今日？　ずいぶん急ですね。前の時は、盗まれてから爆発が起きるまでタイムラグがありましたよ」

「今回、車が盗まれたのは爆発の二時間ほど前だ。被害者が車からちょっと離れた十一時半頃だな」溝口が私の鼻先に油性ペンを突きつける。

「場所はどこなんですか」

「目黒《めぐろ》だ」新しい地図をばさばさと広げ、マグネットでホワイトボードに貼りつける。一歩離れて眺めると、少し傾いたのを直して私たちの方に振り向いた。「爆発現場がここ」人差し指を地図に押しつける。「車を盗まれた家はここだ」手首を捻って親指でその場所を指し示した。二本の指の間はわずかしか開いていない。

「すぐ近くじゃないですか」言いながら、私はホワイトボードに歩み寄って確認した。直線距離で三キロというところである。

「そういうことだ」溝口が地図から手を離した。「まるで泥縄だ。とりあえず車を盗んで、急いで現場に行った感じだな」

「そうですね」私は、髭が浮き始めた顎をざらりと撫でた。高橋は、犯行用の車ぐらい、あらかじめ何台も用意した上で行動に移りそうな男だと思っていたのだが。

「少し待ちますか」石井がわざとらしくのんびりした口調で言った。ゆっくりと部屋の片隅に脚を運び、誰かが用意してくれたコーヒーマシンを一瞥する。ポットの底に二センチほど残っていたコーヒーを湯呑み茶碗に注いで啜り、顔をしかめた。

「ひでえな、これは。鳴沢、コーヒーを淹《い》れ直さないか」

「いいですよ」この部屋の中で自分が最年少だということに気づき、立ち上がった。昼間は警務の連中が雑務を引き受けてくれるのだが、この時間になると自分の面倒は自分で見なくてはならなくなる。

空になったポットと、コーヒー豆の出がらしが入ったフィルター部分を外し、廊下に出る。給湯室でコーヒーの滓《かす》を始末し、ポットを洗っていると、後ろから声をかけられた。聡子だった。疲労に勝負を挑むように何とか笑みを浮かべようとして失敗し、奇妙な仏頂面が浮かんでいる。弁当が入ったビニール袋を両手にぶら下げているが、重みで腕が伸びているようだった。手を伸ばして無言で弁当を受け取り、流し台に置く。重みから——さほど重くはなかったが——解放されて、聡子が両肩を二度上下させた。

「ちょっとついていけない感じ」

「ずいぶん弱気ですね」

「こんな事件、初めてだから。今日はずっと本部に詰めてたけど、情報があちこちへ飛んで、訳が分からない」

「本部にいた萩尾さんが分からないなら、俺にはもっと分かりませんよ」

「現場にいる方が気が楽じゃない」

「そりゃあそうです。自分の目の前のことだけ見てればいいんですから」

「それが煩《わずら》わしいこともあるんだけどね」聡子が組み合わせた両手に目を落とす。「全体がどんな動きになっているか分からないと、自分が今調べてることに意味があるかどうかも分からなくなってくるじゃない。誰かに電話して『どうなんですか』って確認することもできないし……でも、とりあえず目の前にやることがあって、自分が何をすべきか分かってれば、迷うことはないわよね。だけど本部ときたら……ところであんた、ご飯食べたの？」

「いえ。池尻の現場から帰ってきたばかりです」

「その弁当、警務の連中に言って調達してきたの。食べなさいよ」

「そうですね」まだ雨の中で聞き込みをしている刑事たちもいる。だが、そういうことを一々気にしてはいけないのだ。同僚の動きを気にしてばかりいたらへばってしまう。特に食事に関しては、「食える時に食っておけ」という絶対的な原則があるのだ。

「だけど、ちょっと光が見えてきたみたいじゃない」

「俺は心配ですよ」

「どうして」聡子が不満を押し潰すように腕組みをした。気持ちは分からないでもない。どんなことでもいいからすがりたい、希望の光を消して欲しくない。

「時間がない」

「ああ」自分でも認めたくない欠点を指摘されたように顔をそむけ、聡子が髪を掻き上げる。「あと何時間？」

「五十二時間です」即座に答えた。いつの間にか私の中で、勝手にタイマーが動き始めている。

「そうか」聡子が手首を裏返して時計を確認した。「やだ、止まってる」

「時間を見るだけなら、携帯があるでしょう」

「まあね。でも、時計が止まるのは……嫌なことの前触れなのよ。この前時計が止まった時は、亭主が胃潰瘍で入院して大変だったから」

「そんなことなら自分でコントロールできますよ。クオーツ時計でしょう？　電池は二年か三年で切れるんだから、忘れないように電池交換をすればいいだけです」

「理屈は分かるけど、それを忘れちゃうから困るのよ」

「だったら手巻きにすればいいんですよ」就職祝いにと祖父から譲られたオメガは、もう何十年も前のものだが、今でも一日に十秒ほどしか狂わない。三年に一度メンテナンスに出す以外は、毎日私の手首の上できちんと時を刻んでいる。

「あんたって、どんなことにも答を用意してるタイプなの？」

「とんでもない」首を振った。「だいたい、この事件の答はどこにあるんですか」

「その質問は反則じゃないかな」ぷいと顔をそむけて、聡子が足早に廊下を去って行く。私は、コーヒーの道具一式と弁当をどうやって一度に運ぶかという問題とともに給湯室に取り残された。

　弁当は味気なく冷めていたが、誰も文句を言わずに黙々と食べ続ける。部外者が見たら奇妙な光景かもしれない。広い会議室に数人の男がばらばらに散り、会話を交わすこともなくひたすら箸を動かし続けているのだ。

食べ終えると、私はコーヒーでなくお茶にした。すっかり出がらしになっていたが、その薄さが逆に胃には優しい。湯呑みを持って窓辺に寄り、指でブラインドを下げて外の様子を見た。テレビ局の連中はまだ玄関前に張りついている。記者室でもあればそこに閉じこめておけるのだが、確か記者室のある署は各方面に一つしかない。

一課長の水城が足音高く捜査本部に入ってきた。表情は険しく、動きも硬い。溝口と鳥飼が立ち上がって迎える。水城は二人を部屋の隅に呼んでぼそぼそと話していたが、その間も険しい顔つきは変わらなかった。一分ほど一方的に話を聞いていた溝口が私を手招きする。歩き始めた途端に大声で指示した――それなら呼ぶ必要などないのだが。

「全員、呼び戻してくれ。十時から捜査会議だ」

現場に散っている全員に連絡を取るのに十分ほどかかった。捜査会議が始まるまで一時間以上あったが、雑用に追われているうちに時間はあっという間に過ぎて行く。刑事たちが三々五々戻って来て捜査本部の席が埋まり始める頃、私はトイレに立った。

用を足していると、隣に水城がきた。心ここにあらずといった感じで、視線が宙を彷徨《さまよ》っている。

「課長」

「ああ?」私の存在に初めて気づいたように、水城が甲高い声を上げた。「鳴沢か」

「間島をどうするつもりなんですか」

「まだ分からん。分からんが、間島のことを考えるよりも、まずは高橋を捕まえるのが先決だ」

「正体が分からない相手ですよ。そう簡単には尻尾を掴ませてくれないでしょう」

「今から諦めてどうする」チャックを閉め、手洗いで盛大に水を流し始める。「ぎりぎりまで頑張るんだ。まだ五十時間ある」

「最後の一時間でどうしようもなくなった場合はどうするんですか」

水城が両手を振って水を切り、まじまじと私の顔を見た。言い過ぎたか、と口をつぐみ、顔を逸らして彼の視線を外す。と、水城が突然笑いを爆発させた。

「お前も図々しい男だな。俺が若い頃は、一課長とは簡単に話なんかできなかったもんだがね」

「図々しいのは承知の上です。大事なのは、本当に守らなくちゃいけないのは何かということでしょう。間島なのか、それとも——」右から左へ、さっと手を動かした。「東京に住む人たちなのか」

水城がきゅっと唇を引き結んだ。値踏みするように私の顔を眺め渡す。

「ああ、そうだな」やっと開いた口から出てきた言葉は、辛うじて聞き取れる程度だったが厳然とした調子だった。「分かってる。そういうことは、俺たちがちゃんと考えるべきなんだ。現場の刑事のお前に心配させたらいかんよな。心配するな。目の前のことをきちんとやってくれ」

うつむいたまま、水城がぼそりと言った。

「それより、お前には礼を言っておかんとな」

「礼？」

「例の件だ」

黙って言葉を待った。喉に硬いものが詰まったような感じがする。例の件——数か月前、刑事部の中に巣食った阿呆《あほ》な連中を叩き出したこと。水城が課長になったのはその後で、「後始末のためのワンポイント」とも囁かれているらしい。

「長くこの世界にいると、自分の身の周りのことが見えなくなる。お前が大掃除してくれて、感謝してる連中もいるんだぞ」

「俺は何もやってませんよ」私はマスコミを焚きつけただけだ。その後、一課の理事官を含む数人が様々な容疑で逮捕されたが、私はその捜査に加わっていない。いわばきっかけを作っただけである。

「ま、いい。ただ、刑事部に対して間違ったイメージを持って欲しくないんだ。みんながみんな、ああいう阿呆どもじゃないからな」

そう言って、私の横をすり抜ける時に肩に手を置いた。ハンカチを使っていなかったので、薄いグレンチェックの背広の肩に手の跡がつく。ふだんならぶっ飛ばしてやろうと思うところだが、今夜はそんな気分にはならなかった。少なくともこの一課長なら、間違った判断は下さないのではないか——何が正しくて何が間違っているか分かっていなくても、ぎりぎりで決断を迫られた時に迷うことはないのではないかと思った。正邪の判断を後回しにしても、早く動くことの方が大事な局面もある。

しかし、ぎりぎりの時はまだ迫っていない。捜査会議では重要な話題が次々と飛び出したが、水城はあらゆる結論を先送りにし続けた。

「最後に一つ」報告が終了した後、水城が立ち上がる。すでに十一時近くになっていた。「分かっていると思うが、署にマスコミ連中が詰めかけている。接触は絶対にご法度《はっと》だ。もう君らも知ってると思うが、報道協定は実質的にご破算になったんだが……その時に一悶着あった。かなり険悪なやり取りがあって、本部の方でも抑えるのが難しくなっている。記者連中も相当かりかりしてるから、仮に挑発的なことを言われてもそれに乗らないように注意してくれ」

湿った沈黙が降りる。それを破るように鳥飼の前の電話が鳴り出した。ほっとしたように体の力を抜き、受話器に手を伸ばす。部屋に押しこまれた刑事たちは、さほど実りのない捜査会議の締めくくりに何かよい知らせがきたのではないかと期待するように、無言で鳥飼に視線を注いだ。

「はい、鳥飼。おお、ご苦労さん。それで？　はい」傍らのコピー用紙――溝口が大きな文字で書き殴っていた残りだ――を引き寄せる。無言でボールペンを走らせていたが、電話を切ると、疲れ切っていたはずの体が一回り大きく膨れ上がったように見えた。隣の水城に耳打ちすると、彼の顔にも生気が戻る。水城に促され、鳥飼が立ち上がった。

「指紋が割れた。二つある。ここに送りつけられた封筒の指紋は不鮮明だったが、何とか特定できたようだ。それと、池尻の事件で使われた盗難車の被害現場、そこに残っていた指紋も照会が終わった。二つの指紋は同じものだと思われる」鳥飼が右手の中指をぴんと掲げて見せた。「一致したのはこいつだ。それともう一つ、盗難車の現場のガレージには掌紋に近いものが残っていたが、この犯人は小指が欠損している可能性がある」

捜査本部にざわめきが走った。隣に座っていた聡子が体を寄せるようにして囁く。

「ヤクザ？」

「そうかもしれません」

「ちょっと待て」鳥飼が右手をさっと上げ、ざわめきを抑えた。「照会の結果だ。栗岡《くりおか》正志《まさし》、二十七歳。浜村《はまむら》組の若い奴だな。逮捕歴が二回ある。最初がシャブで、二度目が暴力行為」

「よし」何人かの刑事が同時に声を上げて立ち上がる。だが、今度は石井の声が彼らを押さえつけるように響いた。

「待て、五分くれ」

刑事たちの動きがぴたりと止まった。最前列に座っていた石井がすぐにどこかに携帯電話をかけ、喋りだす。私の座っているところからは内容は聞き取れなかったが、栗岡、という名前は聞こえた。誰かに確認しているのだろう。電話を切ると、腕組みしたまま待つ。私は自分の時計の秒針と睨めっこした。十秒……三十秒……一分十五秒で石井の携帯が鳴った。

「はい」今度は先ほどよりも大きな、はっきりした声で喋りだす。「どうだった？　ああ、それなら間違いないな。分かった。悪いな、遅くに」

電話を切って立ち上がり「栗岡の所在は分からないみたいですね」

「石井、今のは誰だ」水城が詰《なじ》るように訊ねた。

「組織犯罪にも知り合いがいますから」石井が挑むように水城の顔を見詰めた。

「頭ごしに勝手にやるんじゃない」水城が注意したが、その声には力がなかった。

「とにかく間違いないそうです」言い切ると、石井が上着を引っ摑んだ。「鳴沢、来い。栗岡の家に行くぞ」

「ちょっと待て……」呼び止める水城の声が頼りなく消えた。しょうがねえな、という諦めのつぶやきが聞こえる。私はすぐに石井の後を追い、雨の中に走り出した。


車に乗りこむとすぐ、石井は西東京《にしとうきょう》市の住所を指示した。

「それは――」

「栗岡の家だ。聞いた限りじゃ普通のアパートらしい」

「アパート住まいのヤクザですか」

「連中も最近はあまり金回りがよくないんだぜ。特にチンピラ連中はひどいもんだ」石井が親指をきつく嚙んだ。雨がフロントガラスを叩き、対向車のライトが目を眩《くら》ませる。ハンドルを握る手に力が入った。

「この時間に突入するんですか」

「とりあえず様子を見る。専門家も来ることになってるんだ」

「いいんですか、捜査本部を無視して動いて」先ほどの水城の様子を思い出した。基本的に身勝手な行動は許されないが、こと石井に限っては——という諦めが透けて見える。

「鳴沢よ、コネは大事だぞ」

「あまり好きな言葉じゃないですね」

「コネが悪ければ、友だちだ。警察の内部にはできるだけ友だちを作っておいた方がいい。警察の仕事ってのは縦割りで能率が悪いからな。いざという時に電話一本で話を聞ける相手がいれば便利だろう、さっきの俺みたいに」

「そうかもしれませんけど、一課長はお冠《かんむり》だったじゃないですか」

「クビにされるようなことはしてないよ。上を通して一々話をしてる暇がない時もあるだろう。だからお前も、できるだけ仲間を作っておくんだな」

「無理じゃないですかね。俺は嫌われてますから」

「何言ってる。少なくとも俺はいるじゃないか」

「そうなんですか」

「水臭いこと言うなよ」石井が煙草に火を点ける。窓を開けると、湿った冷たい空気が車内を満たした。

友人。中途で警視庁に入ってきて、トラブルにばかり巻きこまれている私に、友人と言える存在がいるだろうか。経済事犯のエキスパートである横山《よこやま》、練馬《ねりま》北署にいる今《こん》ぐらいのものである。二人とも、かつて一緒に仕事をした仲だ。あるいは私にとっては、海の向こうにいる七海が相棒と呼ぶに一番相応《ふさわ》しい存在かもしれない。彼との会話は取り留めのない無駄話に流れることが多いが、事件に取り組む私の神経を常に磨いてくれるのだ。

「ま、これで決まりだろう」煙草を横咥えしたまま、石井が座り直した。「問題は動機だな」

「ヤクザが義俠心に駆られてやったとか」

「まさか」石井が喉の奥で笑った。「そういう連中じゃないよ」

「じゃあ、どうしてでしょう」

「自分で言っておいて何だが、この際動機はひとまず置いておこう。まずは奴を捕まえて締め上げることだな」

武蔵境《むさしさかい》通りをひたすら北上して行くと西東京市に入る。雨は降り続いていたが、さすがにこの時間になると車は少なく、署を出てから三十分で栗岡の家に到着した。三十メートルほど行き過ぎてから車を停め、ライトを消す。

「来てるな」ドアに手をかけながら石井がぼそりとつぶやく。

「誰がですか」

「助っ人」

石井が足早にアパートに近寄るのを追う。アパートの前で、一人の男が電柱の陰に身を隠していた。石井に気づくとすっと姿を現し、私たちが乗ってきた車の方に向けて顎をしゃくる。石井がうなずき返し、私たちは今来たばかりの道を引き返した。

石井が運転席に座り、待っていた男と私は後部座席に落ち着いた。

「組織犯罪対策第三課の井崎《いさき》だ」石井が紹介する。

「どうも」短く言って、井崎が私の顔をちらりと一瞥した。年齢は私と同じぐらいだろうか。細面の顔はつるりとして、こんな遅い時刻なのに、つい先ほど髭を剃《そ》ったように見える。微笑《ほほえ》んでいるように見えたが、薄い唇が奇妙な形に歪《ゆが》んでいるのだということはすぐに分かった。唇の右側に、小さいが深そうな傷がある。短く刈って七三に分けた髪は雨に濡れてぺしゃんこになっていた。薄いグレイのスーツもじっとりと湿っている。

「こいつが鳴沢だ。一番信頼できる奴を連れて来た」

「ああ、なるほど」女性的にも聞こえる細い声で言い、井崎がうなずく。「上の方で話が通ったようですよ。この件は、俺がそのまま担当することになるみたいです」

「面倒かけるな」

「いやいや、これも給料のうちですから」

「で、奴はいないのか」

「ええ、やっぱりしばらく帰ってないみたいですね。郵便受けが一杯ですよ……奴が例の事件の犯人なんですか」

「今のところ、証拠は奴を指してる」石井が低く言った。

「やれやれ、そういうことをやりそうな人間じゃないんだけどな」井崎が盛大に溜息をついた。「奴はただのチンピラですよ。大した男じゃない」

「組の方で、居場所は確認できないんですか」私は訊ねた。

「聴いてみたけど、連中も所在は摑んでいないみたいだな」

「隠してるんじゃないですか」

私の質問に、井崎が鼻を鳴らす。

「いや、間違いない。嘘かどうか一発で見抜けないようじゃ、こっちの仕事はお手上げなんでね」

「井崎、この事件のことは組の連中に話したのか」石井が鋭い声で質問を飛ばす。

「いや、まだです。所在を確認しただけでね。石井さんの許可なしに、そんなことは話せませんよ」おどけたように言って、井崎が肩をすくめる。「どうします？　明日にでも話してみましょうか」

「そうだな。少し揺さぶってみよう」

「そんな呑気《のんき》なこと言ってていいんですか？　相手はヤクザですよ」

「いや、ヤクザだからこそ、だよ」苛つく私の言葉をやんわりと包みこむように井崎が言った。

「どういうことですか」

「奴らはね、組織なの。ある意味警察以上に官僚的なわけだ。組織にとって一番大事なことは何だか分かるか？」

「組織を守ること」

「その通り」井崎が人差し指を立てた。「ということは、組織に害を及ぼしそうな人間はすぐに切らなくちゃいけない。破門、ということだね。我々が入っていって、あれこれ引っ掻き回されるのは避けたいんだ」

どこかで聞いた話だ。以前私が潰した警視庁の派閥の連中が同じようなことを言っていた。

石井に顔を向ける。

「俺も一緒に行っていいですか」

「構わんよ。井崎、いつがいい？」

「後でちょっと上と相談してみますけどね」井崎が首を捻る。石井の知り合いにしては、警察官の枠をはみ出していないようだ。「午後早い時間なら大丈夫だと思いますよ」

「それでいい。鳴沢、明日の午前中に間島と話してみよう」

「あいつが栗岡を知ってるかどうか、確かめるんですね」

「そういうことだ」石井がエンジンをかけた。「井崎、ここにはうちで人をつけて張ることになると思う。そっちは別ルートで情報を仕入れてくれ」

「力仕事ばかり任せて悪いですね」

「お互いの仕事をきちんとやるだけだ」

「了解です。じゃあ」

井崎が私に向かってさっと頭を下げ、車を出て行った。石井がすぐに車を出す。確かに栗岡の存在が割れたのは大きい。だが、事件は広がったと言えないだろうか。石井は自信を持って「これで決まりだ」と言っていたが、私は彼のようには安心できなかった。

5

朝から間島と顔を突き合わせる以上に鬱陶しいことがあるだろうか。道場に並べた布団で短い仮眠を取った後、自己流のストレッチで筋肉を解《ほぐ》してやったのだが、これからやることに対して体が目覚めを拒否している。荒療治が必要だった。道場の脇にあるシャワー室で、震えがくるまで冷たい水を浴びる。体が震えるまで我慢しているうちにやっと目が覚めてきた。

無人の刑事課に下り、コーヒーの用意をしてから取り置きの新しいワイシャツに着替えた。椅子に深く腰かけて思い切り背筋を伸ばし、天井を見上げる。吸えるものなら煙草でも吸いたい気分だった。のろのろと立ち上がり、窓を細く開ける。湿った空気が入りこんで来て体が震えた。ワイシャツのボタンを首まで閉め、両腕で体を抱きしめるようにしても震えは止まらない。コーヒーを飲み始めてしばらくすると、ようやく落ち着いてきた。

七時。コーヒーをあらかた飲み干したところで、石井が新聞の束を抱えて部屋に入って来た。無言で私にうなずきかけると、新聞をデスクに放り出し、カップにコーヒーを注ぐ。音を立てて飲みながら、私の方に近づいて来た。細く開いた窓の隙間から、雨に打たれる駐車場を眺め、ほとんど聞き取れないような声でつぶやく。

「俺な、こういう場所が好きなんだ」

「所轄の刑事課がですか？」

「ああ。特に捜査本部が立ってる時がね。ふだんは、ここは街の安全を預かる最前線だろう？　だけどこういう時は、みんな捜査本部の方に詰めて誰もいなくなる。しんとしてて、だけど魂だけが残ってる」

「刑事の魂」

「そういうことだ」ちらりと私の顔を見て、珍しく照れくさそうな表情を浮かべて鼻の下を擦る。「阿呆らしい。何を感傷的になってるんだろうな、俺は……あと何時間だ」

「四十一時間」時計を見もせずに答えると、石井の顔に冷徹な表情が戻ってきた。

「間島の調べは八時から始めよう。捜査会議の方は、今朝は無視していい。それよりもしっかり朝飯を食っておけよ」

「間島と会う前は、飯は食いたくないんですけどね」

「似合わないこと言ってるんじゃないよ」石井が私の肩を小突く。「お前さん、そんなにデリケートな人間じゃないだろう」

「石井さんが知らないだけです」

「そうか」石井が、両手に包みこんだコーヒーカップを見下ろした。「ま、とにかく食える時に食うのが鉄則だぞ。さて、新聞が何を書いてるかチェックしよう。覚悟はできてるか?」

肩をすぼめ、デスクに置かれた新聞の山から一番上のものを取り上げた。一面に記事はない。社会面を開くと、左肩、連載漫画の横に四段の見出しが立っていた。呑気な漫画の横にあるからと言って、危険な臭いは少しも緩和されていない。

『連続誘拐殺人容疑者の釈放要求　警視庁　爆破との関連調べる』

記事からは細部が抜け落ちていた。あるいは事実がぼかされていた。爆破事件の犯人と、間島の釈放を要求している人間とを同一人物とは断じていない。あくまで関連性があると臭わす程度に抑えている。

「どれどれ」石井が指を舐めながらページをめくった。「こっちも扱いは同じようなもんだな。『誘拐殺人・間島容疑者　釈放を要求　爆弾事件の犯人名乗る人物』。なるほど、書きようだな。『小学生連続誘拐殺人事件の間島重《しげる》容疑者、三十五歳を釈放するよう求める脅迫状が警視庁東多摩署捜査本部に届き、同本部では東京都内で連続して発生している爆破事件との関連を調べている。脅迫状では、間島容疑者を釈放しない場合、さらに爆破事件を起こすとしており、同本部では慎重に調べを進めている』だとさ」最後の方は呆《あき》れたような口調になり、石井が新聞を乱暴に畳んでデスクに放り投げた。「栗岡の名前が出てないだけ、よしとしようか。幹部連中も、さすがに肝心なことは漏らさなかったようだな」

「そうですね」

「それでも、昨日のテレビのニュースと今日の記事で、相当不安が広がってるはずだ」石井がテレビに目をやった。ちょうど各局とも朝の情報番組を流している時間だが、電源を入れて確認しようという声はどちらからも出なかった。石井が溜息をつく。「新聞のニュースを気にしてるだけで疲れる」

「それだけじゃないですよ。テレビは、動きがあればすぐに速報を流すでしょう。インターネットもあるし……」そんなことをしても何にもならないのだが、五紙まとめて持ち上げ、鳥飼のデスクに叩きつけてやった。

「おいおい、課長に当たるなよ」苦笑いしながら、石井が私の頭の辺りをちらりと見る。

「ところでお前、シャワー浴びたのか？」

「ええ」まだ濡れている前髪を引っ張った。そういえば、ずいぶん長く床屋に行っていない。

「道場の横にあるやつか」

「そうです」引き出しを探って、新しいタオルを取り出した。「使って下さい」

「悪いな」石井が首を傾け、肩の辺りの臭いを嗅《か》いで鼻に皺を寄せた。「せめてシャワーでも浴びてすっきりしないとな。そうだ、どこかで朝飯を調達してきてくれないか」

「いいですよ」

石井が尻ポケットから財布を取り出し、千円札を一枚引き抜いた。黙って受け取り、彼が部屋を出て行くのを見送る。

今朝の石井は、昨日までの毒気が抜けたように妙に穏やかだった。何とかまともな生活を取り戻そうと努力しているようにも見える。彼にもそういう時間が必要なのだろう。私たちは、これから何十時間か、非日常的な——刑事の常識から言っても非日常的な世界に巻きこまれていくのだろうから。

朝食に食べたサンドウィッチが胃の中で落ち着かない。かすかな尿意も感じた。取調室に入る前に、もう一度トイレに行っておくべきだったと後悔する。間島には、人を落ち着かなくさせる何かがあるのだ。

間島は椅子にだらしなく腰かけ、しきりに欠伸《あくび》を嚙み殺していた。頭の天辺《てっぺん》から後頭部にかけて、風が吹きつけているように髪が逆立っている。鼻の横を人差し指で熱心に擦ってから、両目を寄せてじっと指先を見詰めた。

石井は壁に向いたデスクに座ったまま、部屋に入ってから一言も喋ろうとしない。この場は私に任せるつもりのようだ。前置きも世間話も抜きで、いきなり切り出す。

「栗岡正志」

「はあ？」

「栗岡正志、だ」

一段強い調子で繰り返したが間島の目は虚ろで、濁った瞳の奥には知性や判断力の欠片《かけら》も感じられなかった。

「浜村組だよ」

「はあ？」頭から抜けるような声。これが多くの人間の神経を逆撫でしてきたであろうことは、容易に想像がつく。

「ヤクザだよ、ヤクザ」

薄く開いていた間島の唇がぴたりと閉じる。目が泳ぎだし、顎に力が入った。

「栗岡正志という男を知らないか」

「さあ」声が一オクターブ低くなり、何か落ちていないかと探すようにデスクに視線を落とした。

「ヤクザの栗岡正志だ」

間島の肩がぴくりと揺れた。知っている。本当に何も知らなかったら、得意の台詞「はあ?」で切り返してくるはずだ。

「知ってるんだな」

間島がデスクの下からのろのろと手を出し、天板に指を這わせた。掃除でもするように、肩の幅でゆっくりと左右に滑らせる。

「何とか言ったらどうだ」こんな台詞しか言えない自分が嫌になる。話は通じているのだ。必ず心を射抜ける言葉があるはずなのに、それに行き当たらない。「お前がはっきり言わないと、誰かが死ぬんだぞ」

「死ぬ? マジで?」急に甲高い声を上げ、間島が顔を上げた。口元に笑みを浮かべて身を乗り出し、マシンガンのように言葉を飛び散らせる。「誰が死ぬの? ええ? どんな風に? 俺が何も言わなけりゃそうなるわけ? それはスゲエや。何とか見られないかな、そういうところ」

「見られるよ」高速道路の橋脚が爆破されて何十台もの車が地面に叩きつけられる。あるいは列車の窓から火が噴き出し、車内にいる乗客が我先に脱出を争って子どもが踏み潰される。そういう現場に間島を連れて行けば——。「ただし、お前も死ぬだろうな」

「俺が死ぬ？」笑みを引っこめ、間島が自分の鼻を指差した。壊れたテープレコーダーのように繰り返す。「俺が死ぬ？　俺が死ぬの？　どうして。どんな風に」

「どんな風に死にたいんだ？　狭いところに閉じこめられて生きたまま焼き殺されるか、車ごと首都高から転落してタルタルステーキになるか。焼け死ぬには時間がかかるだろうな。自分の体が燃える臭いを嗅ぎながら死ぬんだ。どう思う？」

間島という男は、存在するだけで周囲の人間の心を邪悪に染めてしまうのか。こんな台詞で脅しをかけている自分が信じられなかった。

「おお……」喉の奥から搾《しぼ》り出すような、声にならない声。私をまじまじと見詰めるその顔は、汗で光り始めていた。

「落ちてぺしゃんこになれば、お前の死体を掻き集めるのに熊手が必要になるだろうな。誰かが拾ってくれればの話だけど。轢《ひ》かれた猫や犬の死体を見たことがあるか？　あんな風になるんだ」

「おお……」目に薄らと涙の膜が張る。「そんな……」

「どうした」音を立てて平手でデスクを叩くと、間島が今にも飛び上がらんばかりに体を震わせた。「お前は何をやった？　自分がしたことを考えてみろ。人にどれだけ苦しみと痛みを与えたか、分かってるのか。お前はそういうのが好きなんだろう」

「苦しむのはあいつらだ。俺じゃない。俺は痛いのは嫌いだ。大嫌いだ」

「知ってるのか、栗岡正志を」

間島の喉が大きく上下した。顎の辺りで剃り残した髭がひくひくと動く。

「知らない」

「正直に言え」

「そういう名前の男は知らない」

「お前、ヤクザと関係があるのか」

「……ない」答が出てくるまでに二秒ほどかかった。微妙に間合いが長い。

「お前がヤクザじゃないことは分かってる。ああいう連中と一緒にいるのは耐えられないだろうな。奴らは、お前みたいに愚図愚図している人間をすぐに殴る。顔の形が変わるまで殴って、それでも言うことを聞かなければ指を切り落とす。関節のところを上手く狙えば、指なんて簡単に切れるんだよ。それはお前だって知ってるだろう。膝を拳銃で撃ち抜くかもしれないぞ」

間島の全身が小刻みに震えた。口で息を吸いこむ音が、笛の音のように取調室に響く。汗は雨だれのように額を流れ、涙と鼻水に混じった。過呼吸だ。大きく口を開くと、辛うじて搾り出すように言った。

「ヤクザは、嫌いだ。大嫌いだ」

その事実を私に教えるのが世の中の何よりも大事なことであるかのように声を振り絞り、間島が意識を失った。

「頭から水でもぶっかけてやればよかったんだ」石井が吐き捨てる。私は無言で壁に背中を預け、視線を落として廊下を睨み続けた。そんなつもりはなかったのに、間島の喉を摑んで揺さぶったようなものだ。まるで自分の魂まで汚れてしまった感じがする。

取り調べに関して、私は刑事としての先輩でもある父と祖父の中間を行きたいと思っていた。「捜一の鬼」と陰で言われた父は理詰めで相手を追いこみ、矛盾を突き、嘘や言い訳を一切許さないタイプだった。「仏の鳴沢」と呼ばれた祖父は容疑者の情に訴え、感情移入し、時に一緒に泣くこともあった。どちらにもプラス面とマイナス面があり、範とすべき点は多い。ところが今日の私は何だ。単なるサディストではないか。

「気にしてるのか」石井が煙草を一本引き抜き、指先でぶらぶらさせる。鼻の下に持っていって、すっと香りを嗅いだ。

「いえ」まっすぐ背筋を伸ばし、自分を納得させるように言った。

「気にするな。あいつがおかしいんだ」

「分かってます」

「おう、鳴沢」江戸が廊下の向こうからやって来た。昨夜は署に泊まりこみで睡眠不足のはずだが、元気一杯で弾むような足取りだった。相変わらず無表情ではあったが。

「江戸さん」壁から背中を引きはがす。「ちょっといいですか」

「何だ」立ち止まった江戸が、私をじっと見上げた。

「間島のことなんですが」

「お前、あいつを気絶させたんだって?」わずかに江戸の表情が緩む。

「もう聞いてるんですか」顔をしかめ、右耳を引っ張った。

「そういう噂は広がるのが早いんだよ。捜査会議の最中に話が入ってきて、みんな拍手喝采してたぜ」

「冗談はやめて下さい」

「冗談じゃないさ。手を出さないであいつを気絶させるなんて、やるじゃないか――おい、本当に手は出してないんだろうな」江戸が私の二の腕辺りに視線をすえた。

「何もしてませんよ。それより、奴を取り調べていて、今日みたいになったことがありますか」

「いや、一度もないな。俺は別に挑発するようなことは言わなかったし。別にお前を責めてるわけじゃないけどな」

「間島は暴力を怖がってませんか」

「あいつが？」江戸がくいっと眉を上げた。「あいつにとって暴力はお友だちみたいなもんだぜ。しかも、たった一人のな」

「そうじゃなくて、自分が危害を与えられることを怖がってませんか」

「いや」

「椅子を蹴られたり、自分が傷つくような話を聞かされたりしただけで、パニックになるようなんですけど」

「ふうん」江戸が髭を剃ったばかりでつるつるした顎を撫でた。「どうだろう。少なくとも俺は気づかなかったけど」

「そうですか……」

「それが何か？」

「いや、分かりません。ただ、人を殺して楽しんでるような奴が、自分が痛い目に遭うのを怖がるのは、何か矛盾してるんじゃないですかね」

「別に変じゃないさ。それだけ奴は、痛みの本質を知ってるってことだろう」

他人の苦痛は快感になる。だが自分は、痛みに対して過剰な反応を見せる。理解できるような気もするのだが、どこかで何かが捻《ね》じ曲がっている。

「とにかく、奴は栗岡のことを何か知ってると思う」石井が割って入った。「どういう関係があるかは分からんが、あの反応は間違いないな」

「捜査会議ですけどね、とりあえず栗岡を捜すのが最優先事項になりました」江戸が落ち着いた声で報告する。

「間島も揺さぶり続けるぞ」石井が掌の上で煙草を転がす。いきなりきつく握り締め、開くと煙草は粉々になっていた。「ああいう男は、一から作り直さないとまともな話は聴けないかもしれんがね」

「石井さん、その煙草と同じですよ」

私の忠告に、石井はかつて煙草だったものの残骸をじっと見詰めた。

「煙草は一度ぐしゃぐしゃになったら元に戻りません。人間も同じです」

「そうは言ってもな、奴はもうぐしゃぐしゃになってるんだ。叩き直すなら今しかないんだぜ」

石井の言い分は理解できる。だが、トラックに轢かれ、ミキサーにかけられ、その上ガソリンをかけられて火あぶりにされたような間島の心に手を触れ、見られる形に作り直すような勇気のある人間がいるとは思えなかった。

私と石井は、捜査本部で栗岡の顔写真を確認した。

「なるほどね」石井が顎を撫でながら、テーブルに置いた写真を眺め回す。「悪そうな顔してるじゃないか」

「今朝手に入ったんだ」と溝口。

石井が写真を取り上げ、人差し指で写真の鼻の辺りを弾いた。

「大丈夫です。組織犯罪の連中も動き出してますから、必ずこいつには辿り着けますよ」

「それはいいが、何で俺が組織犯罪の連中に頭を下げなきゃいかんのだ」溝口がぶつぶつと文句を漏らしたが、その視線は石井から巧みに外されていた。「お前が勝手に動いたから、向こうの課長もお冠なんだよ。一課長がとりなしてくれたけど、いい加減、引っ掻き回すのはやめろ。これから栗岡を追いこんでいくには、系統だって動き回らないと効率が悪い。時間もたっぷりあるわけじゃないんだから」

ひとしきり文句を言ってから、私に問いかける。

「間島はどうだった。気絶させたそうじゃないか」

「奴は間違いなく何か知ってます」

「栗岡について？」

「栗岡個人について知っているかどうかは分かりませんが、ヤクザという言葉に異常に敏感に反応しました」

「ヤクザを怖がってるのか？」

「ええ。異常に怖がってますね」

「なるほど」溝口が両手を組み合わせ、そこに顎を載せて二度、三度とうなずいた。

「どうなんだ、落とせそうか？」

「何とも言えませんね。気をつけないと、また気絶するかもしれないし」

「間島の生活に、ヤクザは……」

「今のところ、そういう線はまったくないですね」石井が割って入る。「ほとんど家に引きこもって暮らしてたんだ。世間との接点もないに等しい。繁華街に出て行くわけじゃないし、賭博やヤクに手を出したこともない。ただ、あの様子を見ると何かありそうな感じですね」

「分かった。間島の方は時間がかかるかもしれん。とりあえずは、栗岡の所在をつきとめるのが先決だな。二人で、組織犯罪の連中と一緒に動いてくれんか。あいつらがちょっと浜村組を揺さぶってくれるそうだ。何だかんだ言って、組の連中は居場所を掴んでるんじゃないか」

一緒に組の連中に話を聴こうという井崎との約束を溝口は知らない。知ったら「勝手なことをするな」とまた文句を言うだろう。だが、石井を――そして私を止めることはできない。

電話に手を伸ばした石井に、溝口が呼びかける。

「新聞、読んだか」

「ええ」

「記者連中に気をつけろよ。水城課長が上手く対応してそれなりに抑えてくれたんだが、連中だって必死になってるぞ」

「記者連中の必死と俺たちの必死じゃ、覚悟が違いますよ」石井の声に、いつもの皮肉っぽい響きが戻ってきた。電話に齧りつき、無愛想な声で話し始める。相手が井崎だということは、話し振りからすぐに分かった。

聡子が書類を抱えて捜査本部に入ってくる。署に泊まりこんだ私たちよりも、彼女の方が疲労の色が濃い。私たち公務員も含めた日本のサラリーマンがもっともエネルギーを使わされるのは通勤なのだ。溝口の前に書類の束を置いて一言二言報告すると、私を見て顎をしゃくった。早足で廊下に出て行くのを追いかけると、彼女は部屋のすぐ外で、壁に背中を預けて立っていた。手には一枚の写真。それを私の目の前に突きつける。栗岡の顔が大写しになった。丸刈りの頭。細く剃りこんでほとんど鉛筆ですっと描いたほどの太さになった眉。鼻の下に黴のように生えた薄い髭。唇が薄く開き、「何見てやがんだよ」という安っぽい台詞が今にも零れ落ちそうだった。

「栗岡。見た？」

「ええ。典型的なチンピラですね」

「これは、今から五年前に逮捕された時の写真ね」

「今は顔も変わってるかもしれませんね」

「見覚え、ない？」

「え？」

聡子がとっくりと写真を眺めた。大きく目を見開き、上から下までスキャンするように見下ろす。

「自信はないんだけど」

「どこで見たんですか？　萩尾さん、ヤクザ関係の仕事したこと、ありましたっけ」

「ないわよ」

確認するまでもない。警察官としての聡子の本格的なキャリアは、警護の仕事から始まっている。要人警護にも女性警察官が必要だとされ始めた時代のことで、警察に入ってから始めた柔道ですぐに有段者になるほど運動神経が抜群で体格もよかった彼女は、うってつけの人材だったのだ。だがその仕事からは二年で抜け、本来の希望通りに捜査の方に進んでいる。「人の盾になるのって気分よくないのよ」というのが言い分で、それ以来ずっと、一課や三課が主戦場だ。

「だったら、どこで栗岡を見たんですか」

「はっきりしないんだけど、この目ね」聡子が人差し指で写真をそっとなぞる。虚ろな目で、睨み合ってもそこに見えるのは私の顔だけだろう。「嫌な目つきじゃない？」

「涼しい爽やかな目つきをしたヤクザなんかいないでしょう」

「茶化さないで」聡子がこめかみに拳を押し当て、ネジを巻くように動かした。そうすることで、封じこめられていた記憶が飛び出てくるとでもいうように。

「何で俺にそんなことを聞くんですか？　見覚えがあるなら、上に報告すればいいじゃないですか」

「そんな曖昧な話、誰も真面目に聞いてくれないわよ。はっきりさせてからね。とにかく、この男とあんたの顔がワンセットになってるのよ」

「え？」

「何か覚えてない？」

写真を受け取り、まじまじと栗岡の顔を見た。やはり、まったく記憶にない。今度は目を閉じ、記憶の中に糸を垂らしてみる。何か食いつくか……この目つき……おそらく、たった一つの感情——怒り——を噴き出させるために存在している目。

「現場」突然、曖昧な記憶がはっきりとした形を取り始めた。だがそれはまだ雲のようなもので、見る角度によってはどんなものにも姿を変える。

「そうね」聡子が聞き返す。「だけど、何の現場？」

しっかりしろ。記憶力、特に人の顔に関する記憶力は刑事にもっとも必要な能力だ。スリ専門の刑事など、頭の中に常に数百人の顔写真をインプットしている。雑踏の中で一瞬で行われる犯罪を見逃さないためには、そういう能力が必要なのだ……私はスリ専門ではないが、顔に関する記憶力には自信がある。さあ、どこだ。どこで見た。

「間島だ」聡子が突然大きな声を出した。「間島を逮捕した現場」

「そうです」心臓が高鳴り、かすかな吐き気を感じた。「あの時ですよ。奴に手錠をかけて、ワゴン車の後ろに押しこんで——」

「走り出した時、私たちは二台後ろの車に乗っていた——」

「俺が運転していて、萩尾さんは運転席の後ろの席にいました――」

「あの時、道路の反対側に車が一台停まっていて――」

「黒い車」

「黒い車で、運転席の窓が少しだけ開いてたのよ。十センチかそれぐらい」

「道路は狭かったですよね。距離は二十メートルもなかったんじゃないかな」

「私は目はいいのよ。あんたは？」

「両目とも一・五」

テニスのラリーのように交わす言葉が、私の記憶に幾重にも被さっていた薄いベールを一枚ずつはがしていく。

「雨が降ってたわね」

「結構激しい雨でした。間島の奴、傘を持っていっていいか、なんて馬鹿なことを聞いてましたよね」

「それで、車に入る時に頭が濡れたって言って大声でわめいて」

逮捕の様子を思い出す。雪崩《なだれ》のように様々な出来事が押し寄せてきた、二か月前の早朝だった。

間島が犯人だと割れたのは、目撃証言からで、三人目の犠牲者の遺体を遺棄した山梨の現場で車を見られたのが決定的になった。目撃者は一人でバードウォッチングに来ていた東京のサラリーマン。相当山深いところで、人の滅多に来ない場所に車が停まっていたので不審に思い、ナンバーをメモしておいたのだ。直後に二十日間の海外出張に出かけたのでそれきりになっていたのだが、帰国した時になぜか妙に気になり、警察に届け出たのだ。

車のナンバーから、レンタカーを借りた間島がすぐに割り出された。車内を調べると、後部座席に残された髪の毛のDNAが被害者のものと一致し、間島の指紋も検出され、あっという間に逮捕に至った。しかし間島は、まるで逃げることなど考えていないようだった。さあ、さっさと捕まえに来い。もう十分楽しんだから、俺は逃げも隠れもしない。そんなことは一言も言っていないが、自宅で寝ているところを逮捕された間島の態度からはそんな気持ちが透けて見えた。

逮捕につながる重要証言をしたサラリーマンの手柄だったが、彼は警視総監表彰を固辞し続けている。それを見る度に悪夢が蘇りそうだから、という理由で。彼にも小学生の娘がいたのだ。

「雨が降ってるのに車の窓を開けてるから、おかしいと思ったのよ」

「そうでした。朝早かったけど、結構騒ぎになって野次馬もいましたよね。でも、あの車はどう考えても野次馬じゃなかった。ちょっと離れた場所にいたし」

「観察——そう、観察してたみたい」

「目だけが見えたんですよ。この目が」私は栗岡の写真を拳で叩いた。「一瞬だったけど、間違いない」

「そう、絶対こいつ——」聡子の言葉が途中で消えた。再び口を開いた時には、自信なさそうな小声になっていた。「だけどそれが分かっても、栗岡の居場所が割れるわけじゃないけどね」

彼女の愚痴を無視して言った。

「栗岡はずっと間島を観察……いや、狙ってたのかもしれませんよ」

「どういうこと？」

「ヤクザの情報網は馬鹿にできないんじゃないですか。もしかしたら、俺たちより先に間島を割り出していて、何かしようとしていたのかもしれない」

「何かって？」

私は、首のところで掌を水平に動かした。聡子が顔をしかめる。

「リンチとか？　だけど、そんなことをする理由がないでしょう」

「それは栗岡に直接聴いてみないと」

「そう言えば間島、捕まった時に何だかほっとしているように見えたわよね」

「ああ」呆《ほう》けたような笑顔。体の毒気をすべて吐き出そうとするかのような深い溜息。死刑になるのはとうに覚悟しているようで、外界から隔絶されて自由を奪われることを、むしろ歓迎しているようにさえ見えた。その時は、誰かが自分の犯行を止めてくれるのを待っていたのではないかと、あの男にかすかに残った良心のようなものを信じていたのだが、それはあっさりと裏切られた。覗きこんだだけで引きずりこまれそうな沼の底には、誰も到達できていない。

「嫌な予感がする」

「言わないで下さい」栗岡の写真を聡子に突き返した。「言われなくても十分分かってますから」

聡子が写真を受け取るのを拒否する。栗岡の写真はゆらゆらと左右に揺れながら、裏返しに廊下に落ちた。ありがたいことに。

6

井崎はすっかりリラックスした様子で、携帯電話の画面をぼんやりと眺めている。石井は固まったように椅子の上で動かない。私は無意識のうちに周囲に視線を配っていた。JR代々木《よよぎ》駅に近い大きな喫茶店で、テーブルの配置がゆったりした明るい雰囲気《ふんいき》の店だった。ヤクザと待ち合わせるのに相応しいとは思えなかったが、私たちが陣取った一番奥の席の前には、人の背丈ほどもある鉢植えのベンジャミンが置いてあり、他の席からの目隠しになっている。言葉は途切れがちで、待つ間に交わした会話から得られた情報といえば、井崎が私よりも二歳年上だということだけだった。

相手は約束の時間に十分遅れていた。何度目だろうか、腕時計を見下ろした一瞬の隙に滑りこんだように、一人の男が目の前に立っていた。井崎が目配せし、少し椅子をずらしてやる。

「お待たせしましたね」長年煙草とアルコールで痛めつけた、かすれた低い声。背は高くないが、その場にいるだけで薄く威圧感を放っていた。白く太いストライプが目立つ黒のスーツにグレイのシャツ、シルバーのネクタイという地味な格好だが、やはり暴力の臭いは隠せない。四十代半《なか》ばぐらいだろうか。綺麗にオールバックに撫でつけた髪は額の辺りがV字型になり、耳の上には銀色が一筋走っている。口元が笑っているように見えるのは、唇の端が少し欠けているせいだ。武器を持っていないということを示すように、両の掌を広げてテーブルの上に置く。水を持って来たウェイトレスを見もせずにアイスコーヒーを注文し、運ばれて来るまで口を閉ざし続けた。石井の煙草の煙が流れ、薄い煙幕になって私たちを覆う。

「こちら、花井《はない》さんです」井崎が短く紹介した。「こちらが今回の件を仕切ってる石井。こっちが鳴沢」

深くうなずいて、花井が私たちに短く一瞥をくれた。眼鏡を外し、鼻梁《びりょう》を軽くつまんでから目をきつく閉じる。長く溜息を吐き出すと、まず石井に目を据えた。

「うまくないね」

「というと？」石井が目を細め、新しい煙草に火を点ける。

「見つかりませんよ、奴は」

「ほう」石井が顔を背けて煙を吐き出した。窓ガラスに当たって砕けた煙が天井までゆるゆると這い上がる。

「しばらく前に、抜けたいと言い出したらしくてね」

「馬鹿らしさに気づいたのかね」

石井の皮肉に、花井の瞼《まぶた》がぴくりと動いた。テーブルに押しつけた掌に力が入り、手首に血管が浮き上がり、太い金のチェーンがじゃらりと揺れる。細い体が膨れ上がったように見えたが、誰かにスウィッチを切られたように、突然力が抜けた。

「自分で抜けると言ってる人間はどうしようもありませんね」

「おたくらも最近は甘くなったのかね。昔は入るのも抜けるのも大変だったはずだ」

「この世界も、若い連中を集めるのに苦労してましてね。厳しいだけじゃどうにもならない。そちらも同じじゃないですか」

花井の唇から笑みがこぼれる。石井の目尻も下がった。石井が煙草を灰皿に置き、ぐっと身を乗り出す。

「栗岡正志が欲しいんだ、こっちは」

「残念ですが、俺じゃお役にたてそうもないですね」

「出て行った連中のフォローはしてないのか」

花井が肩をすぼめた。

「そんな余裕はないですね」

沈黙が流れ始める。聴かれたこと以外には答えないという意思が、硬い殻になって花井の体を覆っているようだった。石井は逆に、花井が喋り出すまで口を閉ざす作戦に出たらしい。持久戦を決めこんでいるつもりかもしれないが、何を悠長なことをやっているのだろう。井崎も井崎だ。この場を仕切るべきなのは彼ではないか。

思わず言葉が口を突いた。

「栗岡を隠してるんじゃないだろうな」

花井の首がゆっくりと回り、斜め向かいに座る私を見た。

「あいつは出て行った人間だ」

「それを信じていいのか？　だいたい、あの男が何をやったか分かってるのか」

「鳴沢」石井が鋭い声で警告を飛ばしたが、無視する。

「栗岡が何をやろうとしているか、あんたは知らないのか」

「さあ」

「知らないわけがない。どうしてここに呼び出されたかも分かっているはずだ。本当にどこにいるのか知らないなら、捜せ」

「たまげたね、刑事さんが俺たちに頼るのか」花井が喉の奥で笑ったが、顔には赤みが増していた。

「頼るんじゃない。命令だ。さっさと栗岡を捜して連れてこい」

「無理だね」花井が視線を逸らす。「奴は出て行った人間だ。そんな奴を捜してる余裕はない」

「なければ作れ」

「おいおい」花井の首筋が赤くなり、太い血管がヘビのように浮き上がった。隣に座った井崎を見て肩をすくめる。「井崎さんよ、この人は素人《しろうと》さんかい？」

「持ち場が違うからね」とりなすように井崎が言った。

「こっちは、協力してやろうと思ってるんだぜ。それを自分からぶち壊しにする人がいますかね」

「まあまあ」井崎が目線で私を制し、やり取りを引き継いだ。「ところで最近、おたくから何人か若い連中がいなくなってるらしいね、栗岡だけじゃなくて」

「そうですかね」花井が欠けた唇の脇を人差し指で掻いた。「まあ、出入りは常にありますわな」

「見かけないって言えば、平岡会《ひらおか》……おたくの下の平岡会ね、そこの若頭《わかがしら》の榎本《えのもと》も最近見かけないけど、どうしてるかね」

「さあ、俺も下のことまで全部把握してるわけじゃないんで」

「いるのかいないのか、どっち？」

「俺はしばらく話してませんよ」

「しばらくって、どれぐらい」

「さて」花井がとぼけて天井を見上げる。私は椅子を蹴飛ばして立ち上がった。

「井崎さん、署に来てもらいましょう。少し絞り上げた方がいい」

「よせ、鳴沢」井崎が鋭く言って首を振ると、花井が突然声を上げて笑い出す。

「何がおかしい」

睨みつけると花井が笑みを引っこめ、真顔で私に向かってうなずきかけた。

「なるほど、一課の刑事さんっていうのは血の気が多いんだ」

「こいつが例外なんですよ。どうにも気が短くてね」困ったように顔をしかめて井崎が言い訳する。

「威勢がよくていいね。俺を絞り上げる、か。そんなのは、二十年前にこの世界に入ってこの方聞いたことがない」井崎の方に顔を向ける。「確かに最近、何人か連絡が取れない奴がいるのは事実ですよ」

「何人」

「四人……かな」

「栗岡も榎本もその中に入ってる?」

「そういうことです」

「後の二人は?」

井崎の質問に、花井が二人の名前を挙げた。井崎は知っている人間だったようで、うなずくだけでメモも取らない。

「おたくのところの人間が二人と、平岡会の人間が二人か。そいつら、昔榎本が面倒見てた連中じゃないの？」

「そういうことになりますかね」

「榎本と若いのが三人、いなくなった。それなのに、おたくらは何もしてない？」

「連中がいなくなって困ってるわけじゃありませんから。最近はうちらも開店休業状態でね」

「その割には羽振りがいいみたいだ」井崎が花井の背広の襟をすっと撫でた。

「いやいや、ほんの寝巻きで」

二人の間で何度も繰り返されたジョークなのだろう、薄い笑い声が行き来する。馴れ合ったやり取りに、私はむっとした。石井は私以上に苛ついているようで、火の点いた煙草を思い切り灰皿に押しつける。刑事は清濁併せ呑む度量を持て――かつて私にそうアドバイスしたのは、防犯畑の長い横山だった。それは頭では分かっていても、花井のような人間と笑顔で冗談を交わす気にはなれない。度量などクソ食らえ、だ。

「捜してもらえると助かるね」と井崎。

「目を配っておきましょう」

「時間がないんだ」

「ほう」花井が口を丸く開けた。「時間がない、ね。だけどそれは、そっちの都合でしょう」

「ふざけるな」生ぬるい会話をぶち壊してやろうと、私は切りこんだ。「いいか、ここでお前がはっきり喋らないと、東京が滅茶苦茶になる。そうなったらお前らも責任を問われるんだぞ」

「刑事さん」体を傾けるようにして花井が身を乗り出す。「おたくが仕事熱心なのは分かるけど、こっちにはこっちの都合があるんですよ。何でもかんでもそちらの言うことを聞くと思われても――」

目の奥で赤い焔《ほのお》が踊り、頭の中で何かが音を立てて折れる。気づくと私は身を乗り出して花井のネクタイを摑み、思い切り顔を引き寄せていた。花井は手首を摑んで引きはがそうとしたが、私の指はネクタイの結び目にきつく絡んでいる。花井の顔が赤くなり、目が大きく見開かれた。顔が五センチまで近づき、その口元から漂い出したタマネギとアルコールの臭いをはっきり嗅いだ。

「よせ、鳴沢」石井が割って入る。グラスが倒れ、テーブルを伝った水が私のスーツの腿《もも》を濡らした。目の前で、花井の口から涎《よだれ》が細い糸を引いている。目は虚ろだ。足を濡らす水の冷たさで意識が戻り、ゆっくりと手を離す。花井が体を折り曲げてひとしきり咳きこみ、顔を上げて睨みつけてきた。沈黙が凍りつき、店内の温度を押し下げる。

「あんた、本当に刑事なのかね」感情の抜けた声で言いながら花井がネクタイを直す。使っていなかったお絞りを広げ、顔を丁寧に拭った。「いい根性してるわ。人に胸倉を摑まれたのも久しぶりだ」

「あんたは隙があり過ぎる。最近のヤクザはこんなものか」

言い返すと、花井の頰がぴくぴくと引き攣った。掌で顎を撫でつけ、一つ咳払いをする。

「一本取られたね。井崎さんよ、ちょっと時間を貰《もら》えないか」

「そう言って時間だけ過ぎるのは勘弁して欲しいな。本当に、俺たちには時間がないんだ」井崎の口調も真剣になっていた。

「あんたが言うんだからそうなんでしょう。分かりましたよ。できるだけ早く何とかしますよ」

「そうして下さい」井崎が軽く頭を下げる。「コーヒー、頼みますか」

先ほどの騒ぎで、花井のアイスコーヒーは大半が零れてしまった。ネクタイにこげ茶色の染みがついているのに気づき、思い切り顔をしかめる。

「いや、これ以上こっちの刑事さんと一緒にいると殺されそうだからね。やめておきましょう」花井が私の顔を舐め回すように見た。特に、耳の上の古傷と頭の新しい傷を。

「あんたも相当修羅場をくぐってるみたいじゃないか。肝が据わってるな」

「大きなお世話だ」

「匂いで分かるよ」唇が歪み、目の端が下がった。ネクタイをもう一度直して花井が席を立つ。電話しますよ、と念押しするように井崎に向かって繰り返した。

石井が窓に寄りかかるようにして外を見た。ややあって「消えた」と告げて溜息をつき、私の肩を小突く。

「無茶するなよ」

「ヤクザは嫌いなんです」

「今は協力者なんだぞ。それに、こんな店の中で暴れて……」石井が倒れたグラスを片づけ、濡れたテーブルをお絞りで拭いた。怯えておどおどしているウェイトレスを呼び、丁寧に詫《わ》びを言ってからコーヒーを三つ、新しく注文する。

「井崎、グラス代とか弁償しないとまずいだろうな」

「そうですねえ」

「経費で落ちると思うか」

「無理でしょう」

「じゃあ、鳴沢に面倒見てもらうか」

「そうしましょう」

石井の顔には珍しく薄い笑みが広がっていた。まだ凍りついていた心が少しずつ溶け出すのを感じる。

「ま、花井はそのうち何か言ってくるでしょう」井崎が首の後ろをそっと撫でる。自分の首がまだつながっているかどうかを確認するような仕草だった。

「まだ何か隠してるような気がするんですけど」

「そうか？」私の問いかけに、井崎が惚《とぼ》けた口調で答える。

「黙認、じゃないですかね」

「何だよ、それ」

「栗岡たちが何をやるか知ってて、見逃してる。それだって犯罪になるでしょう」

「あの連中は、犯罪に関する定義が俺たちとは違うからな。そこを分かってないと、お前みたいにかっとなるんだよ」

「分かりたくもありませんね」

「いい加減にしろ、鳴沢」石井が舌打ちした。「今は、弁償のことでも考えてろ。金はあるのか」

「俺の財布の中身まで心配してもらう必要はありません」

石井と井崎が顔を見合わせ、低い笑い声を交換しあう。しかし、二人ともそれでリラックスした様子はまったくなかった。

車を停めておいたコインパーキングに戻ったところで、石井がスーツをあちこち叩き始めた。

「煙草、忘れた。ちょっと取って来るから待っててくれ」

井崎がさっさと車に乗りこむ。私は久しぶりに顔を見せた太陽が恋しく、車の外に立って陽光を浴びた。隣はコンビニエンスストアで、店の前で携帯電話と缶コーヒーを手にした男子高校生が二人、時間を潰している。

「お、これマジ？」

「なに」

「どっかの高校が爆破されるかもしれないってよ」

「何よ、それ」

「コータからメールがきてる」

顔を寄せ合うようにして携帯電話の小さな画面を覗きこむ。

「これマジなの？　コータ、どこで聞いたのよ」

「知らねえよ。明日の夜中？　面白そうだから行ってみっか」

「行くってどこへ」

「爆発しそうなところ」

「馬鹿言うなよ。死んだらどうすんのよ」

「離れてりゃ大丈夫だろ。だけど、学校が爆破されたらどうなんのかね」

「そりゃ休校でしょう」

「何か、すごくね？」

「マジかどうか、コータに聞いてみるわ。あいつ、適当なことばっかふかすから」

「あー、まあな。あいつ、嘘ばっかだもんな。だけど、爆破なんて言われたってねえ。俺らには関係ないっしょ」

そんなことはない。もしかしたら、今二人がいるこの場所にもうダイナマイトが仕掛けてあるかもしれないのだ。絶対に安全ということはない——が、そんなことを告げるわけにはいかなかった。警察官がそんなことを言ったら、冗談だと笑って済ませている二人の若者は本気で心配を始めるかもしれない。そして今度は、警察官が忠告したという話を流し始めるはずだ。それはネットに載って、あっという間に広まる。

だがこうなってしまっては、その方がましではないだろうか。たとえ都内がパニックに陥るとしても、できるだけ多くの人に東京を脱出してもらう方が安全かもしれない。千二百万人の都民を東京から脱出させるのに必要な時間は——駄目だ。だいたい、東京で爆発が起きると決まったわけでもない。

「おう、悪い」煙草をふかしながら石井が戻ってきた。「何だ、暗い顔して」

車に乗りこんでから、二人の高校生の会話を石井と井崎に説明した。

「それが大多数の反応かもしれないな」助手席に陣取った石井が、新しい煙草に火を点けながら言った。「こっちとしてはありがたいことじゃないか。みんながパニックになって逃げ出そうとしたら収拾がつかなくなる。冗談だと思ってもらってる方が安心だ」

「だけど、あんなに呑気でいたら……」

「ダイナマイトなんか、防ぎようがないんだよ」吐き捨てるように石井が言った。「万が一見つけたら逃げる、それぐらいしか手はないだろうが。それだって、どこかに隠されてたら素人には見つけようもない。とにかく俺たちがすべきなのは、栗岡たちを捕まえることなんだよ」

車を出した。しばらく沈黙が続いたが、捜査本部に戻る前に確認しておきたいことがあったのに気づいた。

「井崎さん」

「ああ?」バックミラーを覗きこむと、シャツの首のところに指先を突っこみ、だらしなくネクタイを緩めていた。

「いなくなっているのは四人でしたよね」

「ああ」

「どんな連中ですか」

「榎本って名前が出てただろう、平岡会の若頭。栗岡もそのほかの二人も、昔榎本が面倒を見てた人間だ」

「じゃあ、栗岡たちは、榎本に命令されたら何でもするでしょうね」

「誰かを殺せって命令されれば、『方法は何がいいですか』って聞き返すだろうな」

「四人は一緒に動いてるんでしょうか」

「そうかもしれない」

山手線沿いの道から新宿通りに出る。交通量は多く、新宿駅の方へ向かう人たちで交差点はごった返していた。もしもここで、栗岡がダイナマイトを投げつけたら。閃光の中で何十人という人たちが吹き飛ばされ、人体のパーツが店先に飛び散る様を想像した。そこまでやるだろうか。今までのように、人的被害を最小限に抑えるようなやり方ではなく、無差別殺人を覚悟してまで間島を奪取しようとするだろうか。そこまでやってもまだ警察が要求に応じなかったら、より規模の大きい爆破を繰り返すのだろうか——収拾のつかなくなった戦争がエスカレートするようではないか。そして戦争は、理性では終わらない。幕引きをするのはいつでも、どちらかの、あるいは両方の徹底的な消耗だ。

身震いしてハンドルを握り締めた。青だぞ、と石井に注意されアクセルを慎重に踏みこむ。気づくと、ハンドルを握る手に嫌な汗をかいていた。右手、左手の順にズボンにこすりつけて汗を拭う。

「井崎、今の話だけどな」石井が低い声で切り出す。「栗岡は単なる駒じゃないか」

「駒？」

「本命は榎本。若頭が命令すれば、突っこまざるを得んだろう」

「やっぱり花井は嘘をついてるんじゃないですかね。実際は、何がどうなってるのか全部知ってるんじゃないですか」

私が投げかけた質問を井崎が軽く受け止めた。

「そうかもしれないね」

「そう思うなら、どうしてさっきもっと突っこまなかったんですか。署に引っ張っていって締め上げればよかったんですよ」

「鳴沢よ、俺たちの仕事はそんな簡単なもんじゃないんだぜ。お客さんは生かさず殺さずってのが鉄則だ。一気に締め上げても上手く行くとは限らない。必ず『次』があるからな」

「甘いんじゃないですか」

「花井は今のところ、俺が持ってる一番いい情報源だ。上手く使わないともったいないだろうが」

　説教を聞きたい気分ではなかったので、質問を変える。

「榎本って、どんな人間なんですか」

「ああ、なかなかいい男だよ」

井崎がさらりと答える。思わず眉毛が吊り上がった。バックミラーでそれを見たのか、井崎が小さく咳払いをした。

「もちろん、お前さんが想像してるような意味でのいい男ってわけじゃないが、筋の通った人間だ。古いタイプのヤクザでもあるな。十六の頃から平岡会に出入りしてて、今、四十五だ。確か、若い女をどこかに囲ってるはずだよ」

「その女に当たってみましょうか」

「それは手だな。もっとも俺は、その女のことは詳しく知らない。ちょっと手を回して調べてみよう」

「前科は？」

「若い頃に、暴行や傷害で何度か挙げられてる。二十代の前半には、スナックで喧嘩相手の腕を折って、実刑をくらって服役してたこともあったな。ただ、ヤクには縁がないんだよ。ああいう人間でも、自分なりに何か基準を持ってるんだろうな。平岡会でもヤクは扱ってないみたいだし。元々あそこはテキ屋の系譜だから、ちょっと筋が違うんだ」

「こういうことをやりそうな人間なんですか？　そもそも間島と何の関係があるんでしょう」

「それは分からんね」間延びした声で井崎が答えた。「ヤクザ連中から見れば、間島なんてどうでもいい人間じゃないかな。同じワルだとしても、自分たちとは別の人種だと思ってるはずだ」

ヤクザの歴史は数百年に及び、その存在を根底から消し去ることは難しい。ヤクザにはヤクザの理屈があり、しかもそれは普通の人間にも理解できないものではない。古臭い義侠心とか、善悪はともかく筋を通すこととか。一方間島のような人間は、ここ数十年の社会の変化が生み出した新しい形の悪と言えるのではないだろうか。おそらくこの二十年ほどだろう、間島のような人間が妄想を自分の頭の中に留めておけず、実際に犯行に及んでしまうケースが多くなったような気がする。間島のような人間に触れてしまった場合、人は黙って肩をすくめて見なかったことにしてしまうか、時折悪夢の中に現れる姿と折り合いをつける術《すべ》を学ぶしかない。

同じ悪でもまったく異質のものなのだ。

だったらどうして、栗岡は間島が逮捕されるところを見ていたのか。あれは……私たちの動きを、間島の様子を粘っこく観察している様子であった。いや、あくまで私と聡子の思いこみに過ぎないかもしれない。栗岡があの場にいたという証明もできていないのだ。

首都高四号線はビル街の間を縫うように走る。ちょっと手を伸ばせば、隣接するマンションのベランダにいる人と握手さえできそうだ。吹き飛ばされた車がマンションに突き刺さったら。そのためには何本のダイナマイトが必要なのか。こちらとしては道路を、特に高速道路を封鎖するしかないが、いつまで続けなければならないのだろう。脅迫状には、何時にどこを爆破するとは書かれていなかった。そもそも、道路封鎖が現実的な対応策とも思えない。警視庁だけでは間に合わないだろうから、それこそ他県警や自衛隊にでも手を借りなければならなくなる。だが、首都高の入り口を自衛隊の車両が塞いだら、噂はますます膨れ上がって伝播速度が増し、パニックが津波のように東京を洗い、押し流すだろう。

「ヤクザね」石井がぽつりとつぶやいた。「ヤクザと間島。結びつかないな」

私はハンドルをきつく握り締めながら提案した。

「間島をもう一度締め上げてみましょうか。栗岡の時は白を切りとおしていたけど、今度はもう少し上手くやります」

「また気絶するだけかもしれんぞ」

「二度は失敗しませんよ」

気づくと、手に粘っこい汗をかいていた。その汗が血だったら、私はとうに出血多量で死んでいる。


署に戻って最初に異変に気づいたのは石井だった。

「おい」という低い声とともに私の胸の前に右手を伸ばして、行く手を遮る。彼の視線を追っていくと、交通課の窓口で一人の男が仁王立ちしていた。地元の防犯協会の会長で、多摩地区一帯に中華料理店を展開する会社の社長、瀬戸《せと》だ。署の近くにある本店では、今でも時々厨房に立つことがある。食事に行くと愛想のいい笑みで出迎え、黙ってご飯を大盛りにしてくれるような男なのだが、今日はふだんのにこやかな雰囲気は消え、血相が変わっていた。丸い顔は、今にも頭が破れて血が噴き出しそうなほど赤くなり、胸の辺りに振り上げた拳が遠目にも分かるほど震えている。それでも声は低く、私たちのいる辺りには切れ切れにしか聞こえてこなかった。

「だから、署長と話させて……」

「みんな不安でここに……」

「駄目なら副署長でも……」

「そんなこと、分からないわけがないでしょう」

次第に声が大きくなり、言葉がはっきり聞き取れるようになった。瀬戸の背後に控えているのも、皆この近所の人たちだろう。交通の連中の手に負えるものでもない。私は歩を進め、交通課の受付を挟んで瀬戸と向き合った。軽く頰を張り、何とか笑みを浮かべてみる。優美に言わせれば「誰が見てもすぐ分かる、無理している笑顔」だ。

「会長、どうしました」

「ああ?」瀬戸が私の顔を見て、目を細める。「ああ、鳴沢さん」

「会長、ここはいろいろな人が使う場所ですから。こんなに大勢で押しかけられても……」

……」

「しょうがないだろうが」瀬戸が太い腕を一振りして私の言葉を遮った。「何の説明もしてもらえないし、みんな不安なんだよ。それはあんたにも分かるよね」

瀬戸の腕を引き、交通課の脇の廊下まで引っ張った。顔を寄せ、「あまり騒がないで下さい」と低い声で忠告したが、瀬戸は納得できない様子で唇を捻じ曲げた。

「そう言われてても、そうですかって引き下がるわけにはいかないんだよ。こっちにも立場があるし」憤然と言い放つ。

「声が大きいです」私は唇に指を当てた。まだ言い足りない様子の瀬戸が、口を開いたまま固まる。「とにかく、誰かが騒ぎ始めると本当にパニックになります」

「パニックってあんた……」瀬戸の声は一段低くなった。「パニックになるとしたら、警察がちゃんと説明してくれないからだよ。新聞読んでもテレビのニュースを見ても何のことやら分からなくて、不安になるばかりじゃないか。これはちゃんと、警察から話を聞いておかないといけないと思ったんだよ。それぐらい、いいだろう？　こっちはふだんからいろいろ協力してるんだから」

「ええ、それはありがたいと思ってます。でも、こっちにも言えることと言えないことがあるんですよ」

「東多摩署に爆弾が仕掛けられるって噂があるんだけど、本当かい？」

「まさか」笑おうとして声がひび割れた。東京に安全なところなどどこにもない——この署も例外ではないだろう。

「間島の野郎、まだここにいるんだろう？　奴をぶっ殺すには、ここを爆破するのが一番手っ取り早いじゃないか」

「防犯協会の会長が物騒なこと言ってどうするんですか」

「あんまりとぼけないでくれよ。俺たちはみんな、この辺に住んでる人間なんだからさ。警察が爆破されるなんて噂が流れたらびびっちまうだろう。警察は、この地域の守り神みたいなもんなんだよ。なあ、そんなことないんだろう？　ただの噂なんだろう？」

「申し訳ないですが、それも含めて何も言えません」

いきなり口にパンチを食らったように、瀬戸の目が丸くなった。

「あんたがそういうことを言うから不安になるんじゃないか。はっきり否定してくれれば……やっぱり、ただの噂じゃないんだな。噂ならすぐに否定できるだろう」

「捜査に関わることは簡単には話せないんですよ。瀬戸さんなら、それはよくご存じでしょう」

「そりゃあそうだけど、今回は俺たちだって被害者になる可能性があるだろう。心配にもなるさ」

「瀬戸さん、そもそもその噂をどこで聞いたんですか？　誰かが喋ってたんですか、それともインターネットか何か？」

「いや、それは……」声を張り上げかけたが、瀬戸の言葉は大きく開いた口の奥へ沈んだ。「それは、噂は噂だから。そういえば、最初の出所はどこだったかな」

「でしょう？」笑え。自分に言い聞かせて顔の筋肉を動かしてみた。むず痒《がゆ》い。「噂なんていい加減なものなんだから、信じない方がいいですよ」

「だからって、それで安心はできないんだよ。あんたね、こんなことをしてると、そのうち東京中がパニックになるよ。今は、噂もあっという間に広がる時代なんだから」

今度は私が黙りこむ番だった。その沈黙を破るように「鳴沢！」と背後から鋭い声が飛ぶ。振り返ると、警務課長の鬼沢《おにざわ》が慌てて飛んでくるところだった。百六十センチに満たない小柄な男がぺこぺこ頭を下げているので、子どもが謝っているようにも見えた。

「会長、すいませんね。今、副署長がお会いしますから。ちゃんと説明します」

「ああ」まだ納得していない様子だったが、瀬戸は鬼沢に背中を押されて警務課の方へ消えていった。すぐに鬼沢が戻ってきて、目の前十センチで急ブレーキをかけたように止まると、私の顔を見上げる。首が後ろに折れそうになっていた。

「お前、余計なことは喋らなかっただろうな」

「喋る材料なんかありませんよ」

「それならいいが、お前には余計なことを喋る権利はないんだからな。いいか、お前が喋ったことがまた誰かを不安にするかもしれないんだぞ」

「分かってます。交通課の前が渋滞してたんで、助っ人に入っただけですよ。感謝してもらわないと」

鼻を鳴らし、鬼沢が立ち去ろうとした。その背中に向かって声をかける。

「捜査本部の弁当、評判悪いですよ」

頰を張られたような勢いで鬼沢がこちらを振り向き、歯を剝き出した。

朝方失神したのをすっかり忘れたように、間島はいつもの態度を取り戻していた。椅子の背に肘を引っかけ、眇《すが》めるような目つきで私を睨みつける。

「あんた、ずいぶん熱心だねえ」

「これが仕事だ」

「いい仕事、してる？」くすくすと笑った。「いい仕事してると気分がいいもんだよね。俺も、声の命令通りに仕事をした後はすっきりしたから」

「ああ、クソ野郎をぶちこむことを考えると、実に気分がいい」

「はあ?」右の耳に小指を突っこむ。「そういうこと言っていいわけ? 精神的な拷問ってやつじゃないかな。俺は記憶力はいい方でね、この取調室で見聞きしたことは絶対に忘れないよ。裁判で何を喋ろうかって考えると、今から楽しみなんだ」

「死刑になるのが怖いのか」両手を組み合わせた。血が止まるほど強く。

「いやあ、別に」顔がほころぶ。今にも口笛でも吹きそうだった。「だって一瞬じゃん。苦しませたら、人道的に問題になったりするんじゃないの」

「そうだな。じゃあ、誰かに殴られたりするのはどうだ? 刺されたり、抉られたり、柔道の投げ技でアスファルトに叩きつけられるのはどうだ。首が折れたら一生動けなくなるぞ」

「何だよ、それ」首ががくんと垂れ、視線がデスクの上を彷徨う。

「お前は、たくさんの人間を傷つけてきた。何をやった? 首を絞める時はどんな感じがする? 髪の毛を切り落としたのは、それが気持ちいいからなんだろう。首を切る時は、勃起してたんじゃないか」

「そうそう」急に表情が緩み、デスクの上に身を乗り出してくる。「あれは、俺にしかできないことなんだ。すげえと思わない? あんなことができるのは、この世の中で俺だけなんだよ。だから、あの人は俺を選んだんだ」

「同じことを自分がされたらどうなる」

「はあ？」

「誰かがお前の首を絞めて、髪の毛を切り落としたらどうする。生きたまま、襟足の辺りに鋸《のこぎり》が食いこむのはどんな感じがすると思う？」

「やめろ」

「腹を切り裂かれたらどうだ。内臓が飛び出したら動けない。アキレス腱を切るというのもあるぞ。匍匐《ほふく》前進でもしないと逃げられないだろうな」

「やめろ！」呼吸が荒くなり、大きく開けた口から舌が覗く。額は汗で濡れ始めていた。デスクを両手で叩き、その勢いで立ち上がる。「やめさせろ！　こいつをここから出せ！」

取調室に冷たい沈黙が降りる。やめさせろ……間島の声が溶けた。うなだれたまま、音を立てて腰を下ろす。

「榎本。知ってるな」

ちらりと顔を上げ、私を一瞥する。その目から涙が溢《あふ》れて頬を伝った。

「ヤクザだよ。お前は、栗岡という人間は知らないと言った。榎本はどうだ。知ってるんじゃないか」身を乗り出すと、獣じみた間島の体臭が鼻の周囲に漂った。吐き気を抑えつけ、さらに質問をぶつける。「お前、まだ俺たちに隠してることがあるんじゃないか」

「全部喋った」

「いや、隠してる。どうだ？　喋ってみないか。俺がちゃんと聞いてやる。お前の得意な話じゃないか。そういうことならいくらでも喋れるだろう」

間島が顔を上げる。獲物を見つけた獣のように目が光っていた。濡れた唇の端に小さなあぶくが浮かぶ。

「さあ、気楽に行こう。喋りたいことならいくらでもあるだろう？　時間も気にしなくていい。記憶力には自信があるんだよな。最初から話してくれると助かる。俺も是非聞いてみたいな」

間島がゆるゆると話し始める。取調室に悪臭が漂い出し、新たな犠牲者の名前が墓標に刻まれた。

石井が天に向かって煙草の煙を吹き上げる。汚れた壁に背中を預け、その視線は駐車場に停まっている車の間をぼんやりと彷徨っていた。

「たまげたね。いつ分かったんだ」

「何となくですよ。勘ですね」

「お前の勘に百ポイントだ」中指を曲げて煙草を駐車場に弾き飛ばし、新しい一本に火を点ける。「今までそんな話はまったく出なかったのにな」

「ええ」

「これは俺たちにとっては手落ちだぞ」

「そんなことはどうでもいいじゃないですか。というより、どうしようもない」

「この件は立件できないかもしれないぞ」石井の背中が壁をずり落ちた。大儀そうに体を曲げ、腰の辺りを壁につけて体重を支えている。「自白させたやり方は、褒《ほ》められたものじゃない。それこそ、間島は法廷でこの件を持ち出すかもしれないぞ。お前から精神的な拷問を受けたってな。そうなったら、裁判では苦しくなる」

「立件できなくてもいいんですよ」

「鳴沢らしくない言い方だな」

拳を握り締める。午前中晴れていた空にはまた黒く厚い雲が漂い出していた。雨を予感させる頭痛が忍び寄ってくる。

「間島の犠牲者の数を数えるより、今はやるべきことがあります。少なくとも今の話が本当なら、大きな手がかりになるんじゃないですか」

「まあな」石井が右手を握り締めた。ゆるゆると開き、そこに答が書いていないか確かめるようにじっくりと覗きこむ。「間島みたいな奴を見てると、何を信じていいか分からなくなるな」

「自分です」石井ではなく、自分に向けた台詞だった。「自分の気持ちだけは信じないといけません」

たとえ、間島のような男の人生に関わったことで汚されてしまったとしても。

第三部　23：59：59

1

言葉の力。

心の中でどんなにわいせつなことや残虐なことを考えていても、それだけでは罪にならない。だが、一度言葉にすればそれは後々まで残り、言った人間、聞いた人間の心の有様まで変えてしまう。

たがが外れたように話し続けた間島《まじま》の顔が脳裏に浮かぶ。

首に手をかけた時にさ、親指の第一関節同士がピッタリ重なると嬉しいんだよね。分かるでしょう？　そうすると綺麗な輪ができる。で、スマートにやりたいわけよ。相手をすっと殺すには、こっちの力が一番効率的に伝わる方法を使わないとね。急所があるんだから、そこを一発で決めるのが一番。それで、首に跡が残るわけよ、輪の形になって。あの「ここを切って下さい」みたいなミシン目があるでしょう？　あんな感じになるわけ。綺麗にすぱっと行きたいからさ、そういう目印みたいなものがあるとすごくいいわけよ。曲がったりしてると我慢できないからね。前から切っていくと、最後に頸椎《けいつい》が残るでしょう。頭をぐっと後ろに押すと、案外あっさりぱきっていっちゃうんだよね。それで終わり。十分もかからないよ。慣れるとどんどん速くなるし。

七海《ななみ》言うところの「サイコ野郎」の犯罪は常にスキャンダラスに報道されるので、頻繁に起きていると考え勝ちだが、実際にはこういう人間の調べを一度も担当することなく刑事生活を終える者もたくさんいる。いや、ほとんどの刑事がそうだ。

揺らぐ。間島の言葉によって汚された自分の気持ちが何かの拍子に鋭い刃に変わり、飛び出してしまいそうだった。その刃は周囲の人たちを切り裂き、血で汚していく。そして邪悪な心は、切られた人たちの間に広がって行くのだ。さながら悪質な伝染病のように。

捜査会議は午後九時に招集された。タイムリミットまで二十七時間。刑事たちが三々五々会議室に集まって来る中、私は部屋の一番後ろに陣取り、テーブルの上で鉛筆を転がしていた。そういえば、高校生の頃に六角形の鉛筆の端を削って数字を書きこんでいた同級生がいた。その男は、選択問題で答に迷った時に転がして出た数字を書いていたが、今の私にそれはできない。選択肢は多く、しかも一つ一つが複雑過ぎる。

石井《いしい》は窓際に陣取り、両脚を組んだ姿勢で携帯電話の小さな画面を見詰めていた。ひどく真剣な表情だが、ニュースでもチェックしているのだろうか。会議室に入ってくる刑事たちの足取りは一様に重く、人が多くなるに連れて湿気がこもり始める。小さな窓を開け放ちたいという欲望に駆られたが、外は叩《たた》きつけるような雨だ。

時間通りに、一課長の水城《みずき》と溝口《みぞぐち》が捜査本部に入ってきた。そのすぐ後に鳥飼《とりかい》、それに東多摩《ひがしたま》署長の宮口《みやぐち》が続く。名目上、捜査本部長は所轄の署長なのだ。こちらの一件――現場の刑事たちは「榎本《えのもと》事件」と呼び始めている――に関しては公式には責任者ではないのだが、やはり今日は一言言っておくべきだと考えたのだろう。

署員は毎日のように署長と顔を合わせるわけではない。私も会うのは久しぶりだったが、間島事件の捜査が続くうちに急激にやつれたように見えた。もともと長身でひょろりとした男なのだが、今はいっそう肉が落ち、手足のついた鉛筆のようだ。いつも綺麗に七三に分けている髪には、銀色が目立つようになっている。

幹部が部屋の前に陣取り、互いに視線を交わした後で、まず宮口が立ち上がった。制服の胸の辺りをすっと撫《な》で、ややかすれた声で話し始める。

「非常に重大な、難しい案件で、東多摩署の諸君にも本部の皆さんにも大変な労力を強いて心苦しい。すでに分かっていると思うが、この一件は慎重がうえにも慎重を要する。同時に、市民に不安が広がらないよう、迅速に解決することが一番の課題だ」声がしわがれ、言葉が止まる。一つ咳払《せきばら》いして、「それを理解した上で今後の捜査に邁進して欲しい」と締めくくった時だけは無理に声を張り上げた。それで体力を使い果たしてしまったように椅子《いす》にへたりこむ。

その後を継いだ溝口が、捜査状況を簡潔に説明していった。淡々とした口調に疲労が滲《にじ》む。大きな手でマッサージをするように顎《あご》を揉んでから、最後に「マスコミには気をつけろよ」とつけ加えた。

もう手遅れだ。噂《うわさ》はすでに街を駆け巡り、地元の人たち、それもふだんは警察に対して好意的な人たちまでが署に押しかける始末である。かといって、警察として「安全です」とは口が裂けても言えない。

隣に座った聡子《さとこ》が、新聞の切り抜きをすっと滑らせた。今日の夕刊の記事で、見出しは『落ち着いて行動を　官房長官』となっている。短い記事の内容を目で追いながら、私は頭を抱えた。何と、内閣の要《かなめ》までがこの事件について語っている。いや、注意を喚起している。

聡子が切り抜きの余白に鉛筆を走らせる。「中原街道で検問トラブル」。それだけで何があったかは想像がついた。一刻も早く東京を逃れようとする人が、所轄の交通検問に引っかかって警察官と揉み合いになる。県境の所轄の留置場には、人が溢《あふ》れかえっているかもしれない。

締めくくりに、一課長の水城が立ち上がった。

「すでに承知のことと思うが、今一番の優先事項はあくまで榎本、栗岡《くりおか》らを捜すことだ。それ以外のことは頭から消しておいていい。タイムリミットは明日の深夜——」言って、壁の時計にちらりと目をやる。「あと二十六時間ほどだが、それまでにやるべきことをやるだけだ。爆破の警戒に関しては、刑事部と警備部、交通部で綿密に連絡を取り合っている。明日は方面本部と所轄も動員して、最大級の規模で警戒することが決まった」

以前誰かに聞いた珍妙な作戦を思い出した。今から十数年前、都内各地の公園に不法滞在の外国人がたむろし、薬物や偽造のテレフォンカードを平然と売り買いしていた時期のことである。そういう連中を一人一人追い回すのはきりがないから、機動隊に公園で訓練をさせて蹴散らしてしまえ——アイディアだけで実現には至らなかったそうだが、本庁の上の連中が今やろうとしているのはこれと同じことではないだろうか。警察官の姿を積極的に見せて、榎本たちに対する抑止力にする。

会議室に淀んだ空気が流れた。不満、そして不信。刑事部には、こういう公安・警備的発想を嫌う連中が多い。その空気をいち早く察してか、水城がつけ加える。

「もちろん、こういう厳重警戒が最良の方法というわけではない。我々が一刻も早く犯人に辿り着くのが何よりも優先事項だ。ぜひ、今まで鍛えた腕を見せてくれ。マックスまで頑張っているつもりでも、あと一センチ押し上げる努力をして欲しい」

それでいいのか？　水城は一番大事な問題を先送りしているだけではないのか。気づくと、私は立ち上がっていた。前に陣取った幹部たちが怪訝《けげん》そうな顔つきで私を見ている。が、気にもならなかった。

「万が一、栗岡や榎本が見つからないまま、予定の時刻が迫ってきたらどうするんですか」

「それは、今気にすべきことじゃない」水城の顎が引き締まる。部屋の一番後ろに座っている私と彼の間には数十人の刑事たちが座っているのだが、すぐ近くで一騎打ちの気分だった。

「犯人の要求を真面目に検討した方がいいと思います。我々にとって一番大事なことは何ですか？　この事件に関係のない一般市民を傷つけないことでしょう。榎本たちは本気なんだ。奴らを百パーセント食い止めることができる保証がない以上、次の手を真剣に考えるべきです」喋《しゃべ》りながら自分の言葉の意味を考える。間島のような男の身の安全を考えるよりも、もっとたくさんの人を危険から救うのは、刑事としての一つの考え方だ、と思った。

「そんなことは分かってる」水城が拳《こぶし》をきつく握った。引き締まった表情から漏《も》れ出る本音《ほんね》は「お前は黙ってろ」だ。「その件については、本庁で検討を続けている。君らは、とりあえず目の前のことに集中してくれ。それに、間島をむざむざ危険な目に遭わせることはできない。それは当然だ」

「課長、俺も鳴沢《なるさわ》に賛成です」窓辺に座った石井がゆっくりと立ち上がる。部屋の空気が緊張する。真打登場、といった風情だった。「本音で行きましょうよ。仮に間島が殺されても誰も文句は言わない。専門家や識者みたいな連中は批判めいたことを言うかもしれませんけど、そんなものは無視していい。たわごと、綺麗ごとに過ぎないんだから。でも一般市民が傷ついたら、総監以下、幹部全員が辞表を書くことになりますよ」

「極論だ。警察として肝心なのは捜査を続けることだ」水城が眉《まゆ》をひそめたが、石井は攻撃の手を緩めなかった。

「損得勘定の問題です。要求を呑《の》まずにダイナマイトが爆発して死人が出るのと、間島を放すのと、どっちのリスクが大きいですか」

「そういう問題じゃない」

「そういう問題です。奴らの要求に乗ってやりましょうよ。間島を放すんです。奴を餌にして榎本たちをおびき寄せればいいでしょう。出し抜かれないように手を尽くせばいい。こっちはプロなんだ。絶対に奴らの裏をかけます」

「言うだけなら簡単だぞ、石井」

「もしも一般市民に犠牲者が出たら、俺はここにいる全員を殺してやる」

硬い沈黙が部屋を覆う。だが、空気は先ほどまでとは一変していた。なおも熱弁を振るい続ける石井の姿を横目で見ながら、私は自分が最初からこれを望んでいたのかもしれないと思った。間島を野に放つ。あいつが死ねば——狙撃でもいい、爆殺でもいい、そうすれば全てが丸く収まるではないか。石井と何度も交わした会話を思い出した。「間島を吊るせるか」。それも心配する必要がなくなる。ジレンマに陥った警察が本筋である捜査の義務を放棄したと批判されるかもしれないが、それが何だというのだ。一人のサイコ野郎を守ることと、千二百万人の上に降りかかった危機を取り除くことと、どちらが大事だというのだ。

命の重さには違いがある。明らかに。

電話が鳴る。予感はあった。隣に座った若い刑事が受話器を取ったが、私はすぐに引ったくった。

「はい」

「ああ、鳴沢さん」相変わらず軽快で丁寧な高橋の声だった。先ほど読んだ新聞の切り抜きの余白に「高橋」と殴《なぐ》り書きし、聡子の方に滑らせる。目を通した彼女がすぐに立ち上がり、別の電話に走った。

「今日はどこにいるんですか、高橋さん」栗岡、あるいは榎本と呼びかけそうになって、辛うじて言葉を呑みこんだ。「いつもなら教えてくれますよね」

「今日は遠慮しましょう。この時間だと、そちらは捜査会議でもしてるんじゃないですか。そこには刑事さんがたくさんいるんでしょうね」

「ええ、ざっと百人ばかり」数字を膨《ふく》らませた。怯《おび》えろ。これだけの人間に追われていると思えば怯《ひる》むのではないか。だが、高橋の口調は一切変わらなかった。

「それはご苦労様です。さて、あと二十六時間になりましたね。決定しましたか」

「検討している」

「ゆっくりやっている時間はないはずだ」

「分かってる」

「メモの用意はいいですか」

「ああ」

「結構ですね」喉《のど》の奥でかすかに笑うような声だった。「こちらが指定した時間に間島を連れて来て下さい。場所は八王子《はちおうじ》の鑓水《やりみず》。分かりますか？」

「多摩美大の辺りだな」以前多摩署にいた時は、あの辺りをよく車で走っていた。八王子東署の管内だが、多摩署の管轄地域に隣接している。

「そうです。お詳しいようですね」

「鑓水のどこへ」

「その辺りです」

「鑓水は広い。具体的にどこへ行けばいいんだ」

「その辺りです。では、明日の夜中、十二時に」

「ちょっと待て。それじゃ何が何だか分からない――」

いきなり電話が切れた。鑓水辺り。はっきりした場所も、連れて行く方法の指定もない。捜査本部にいる人間全員の視線が突き刺さってくるのを感じたが、受話器を見詰めるしかできなかった。

「町田《まちだ》の公衆電話。ＪＲの成瀬《なるせ》駅前」

聡子が鋭い声を飛ばした。刑事たちが一斉に立ち上がり、何人かが部屋を飛び出して行く。電話に齧《かじ》りつく者もいる。私はその光景をぼんやりと見ていた。成瀬駅……ここからでは最低でも三十分かかるだろうし、一番近い交番から人が飛んでも間に合うかどうか。サイレンを鳴らしてパトカーが到着する頃には、高橋は——あるいは栗岡、榎本は悠々と姿を消しているだろう。例によって何の手がかりも残さずに。

走り書きしたメモを見下ろした。一部判別できない、ぐしゃぐしゃの文字。それが事件の行く末を暗示しているようでもあった。

先発した刑事たちから五分ほど遅れ、私も町田へ向かった。助手席では聡子が憮然《ぶぜん》とした表情を浮かべたまま、頬杖《ほおづえ》をついて外を流れる暗い景色を眺めている。彼女の携帯電話が鳴り出すと、慌ててハンドバッグに手を突っこみ、取り落としそうになりながら耳に当てる。

「はい。え？　はい、現場まであと十分ぐらいですけど、このまま行った方がいいですか？　分かりました。了解です」

電話を切って身を震わせる。

「どうしました」ハンドルを握る手に力を入れながら訊ねる。

「ダイナマイト」

「え？」

「成瀬の駅前。所轄の連中が見つけたのよ。今、爆対の出動を要請してるわ。タイマーがついてるみたい」

「じゃあ……」

「そう」聡子が拳を口に押し当てる。「いつ爆発するか分からない」

アクセルを踏む足に力が入る。タイヤが道路のギャップを踏み、聡子の体がシートの上でバウンドした。

「焦っても仕方ないわよ。私たちには何もできないんだから」

「分かってます」さらにアクセルを踏みこむ。シフトダウンして加速し、前の車のテールランプが一気に大きくなった。「クソ、話が違うじゃないか」

「違うって？」

「だから……」

「あんたが考えてることは分かるわよ。今は連中と休戦中だと思ってるんでしょう」落ち着いた声で聡子が指摘した。「でも、そんな話は一度も出てない。連中が明日の指定の時間までは何もしないっていう約束はないんだからね。これで取り引きはご破算だって突っ張っても、あの連中は何とも思わないわよ」

「じゃあ、どうしろって言うんですか」押し殺した声で言ったつもりだったのに、大声で怒鳴ったように喉が痛んだ。「このまま連中の言いなりになるんですか」

「今は仕方ないでしょう。我慢しなさい。だいたいあんた、さっきは要求を真面目に考えるべきだって一課長に喧嘩《けんか》を売ってたじゃない」

「説教なら勘弁して下さい」

「怒るエネルギーがあるなら、榎本たちのために取っておくのね」言って、聡子がハンドバッグから煙草を取り出した。顔を背《そむ》けて素早く火を点《つ》けると、フロントガラスに煙を吹きつける。私の顔の前まで漂ってきたのを、手を振って払いのけた。

「どうしたんですか、煙草なんて」

「今日、ダンナのを盗んできちゃった。煙草でも吸わないとやってられないわよ」

「らしくないですね。ストレスで煙草を吸うような人じゃないでしょう」

「でも、落ち着くのよ」聡子が硬く笑った。「今大事なのは、怒らないこと、焦らないこと。そうなったら連中の思う壺よ」

「分かってます」深呼吸。煙草の煙を吸ってしまったが、何とか吐《は》き気を我慢する。

十分かかるはずが、五分で現場に到着した。が、封鎖されている範囲が広く、覆面パトを停めた場所からダイナマイトが仕掛けられていた駅前のコンビニエンスストアのゴミ箱まではかなりの距離がある。必死に走って到着した時には、爆対による処理はすでに終わっていた。ロボットアームでダイナマイトを持ち上げ、液体窒素の入った専用容器に入れる――これで電池が凍りつき、タイマーは無力化されるのだ。その知らせを聞いた瞬間、走ったためだけでない汗がシャツの背中を濡《ぬ》らし始めた。三本が針金で縛ってあったというダイナマイトは、今は黒いペンキ缶のような入れ物の中で凍りついている。

「間に合った」聡子が安堵《あんど》の溜息《ためいき》を漏らす。「でも、まずいわね」

ぐるりと周囲を見回す。遅い時間にも拘《かかわ》らず、規制線の向こうには野次馬が集まっていた。テレビカメラのライトとカメラのストロボが暗闇を白く切り裂く。消防車と化学処理車のランプが、空の一部を赤く染めていた。不気味な静けさが現場を覆っている。野次馬はどこにでも出現するものだが、共通しているのは何かを期待するざわめきだ。ところがこの現場では、それが感じられない。爆発――それが自分たちを巻きこんでなぎ倒すかもしれないという恐怖感が、こちらにまで伝わってくる。だったら近づかなければいいのだが、恐怖に惹《ひ》きつけられるのは人間の本能なのだ。

突然石井の声が耳に飛びこんできた。驚いて振り向くと、携帯電話に向かって大声で喋っているところだった。

「分かりました。それで、この現場はどうしますか？　了解。じゃあ、何人かは引き上げさせます」

電話を切り、石井がこちらに近づいて来た。不思議な表情を浮かべている。顎は緊張で強張《こわば》っているのだが、目は笑いを堪《こら》えきれないように細くなっていた。

「萩尾《はぎお》ママ、悪いけど、ここでもう少し粘ってくれ。爆対と鑑識の連中を急《せ》かして、爆発物の特定を急いで欲しいんだ。ダイナマイトでまず間違いないだろうけど」

「分かりました」すでに覚悟していたように聡子が低い声で答えた。手がハンドバッグの中をまさぐり、煙草を引っ張り出したがすぐに戻す。いくら何でも現場では吸えない。

「鳴沢は署に戻れ」

「ここを放り出してですか？　今はここが一番新しい現場なんですよ。こんな賑《にぎ》やかな場所なんだから、探せば目撃者も出てくるでしょう」

「いいから戻るんだ。俺も一緒に行くから。事情は車の中で説明する」

有無を言わさず、石井が私の腕を引っ張って車に導いた。私の方がだいぶ重い。両足を突っ張って抵抗すればこの場に留まれるはずだ、などと子どもじみたことを考えてしまった。

石井が運転席に座ったが、すぐには車を出そうとしなかった。バックミラーを覗《のぞ》きこんで、現場の様子をじっと観察している。その顔が、消防車やパトカーの赤い光を浴びて血に濡れたように染まった。

「間島を放すことになった」

言葉の真意を一瞬捉えかね、彼の顔をまじまじと見た。フロントガラスを睨《にら》みつけたまま、ハンドルをきつく握り締めている。顔全体を緊張感が支配していた。

「間島を放すことになった」低い声で石井が繰り返す。

「高橋の要求に従うんですね」

「奴らの要求は何だ？　八王子の鑓水とかいうところに間島を連れて来いっていう話だよな。前は単純に釈放しろって言ってただろう。ニュアンスが変わったと思わないか」

「ええ」

「連れて来いということは、俺たちが同行することが大前提じゃないか。それなら、現場で何かあっても打つ手がある」

「間島の争奪戦、ですか」

「ふざけてる場合じゃない。これが最初で最後のチャンスかもしれないんだぞ」

「まだチャンスはありますよ。それまでに榎本たちを捕まえればいい」

「残された時間は少ないんだぞ」石井が両手をきつく握り合わせる。

前のめりになる石井の態度を見ているうちに、私の気持ちにはブレーキがかかった。確かに私も「間島を放せ」と主張したが、この男は焦り過ぎている。本筋は、あくまで榎本たちを捜し出して捕まえることだ。間島を取引材料にするのは一番最後、もう何も打つ手がなくなった時である。なのに石井は、榎本たちを捕まえるのを諦《あきら》めてしまったようではないか。

「間島を八王子に連れて行くのに、特別部隊を編成することになった。特殊班の連中が中心になるけど、俺とお前も一緒だ」

「間島の護送ですか」

石井がふいに、短く声を上げて笑う。ヒステリックで、明らかに緊張を誤魔化すためのものだった。

「護送ね。あんなクソ野郎を守らなくちゃいけないと思うと嫌になるけどな。とにかく指定の場所まで間島を連れて行って、そこで様子を見るんだ。だいたい、この件の言いだしっぺはお前で、俺が支持したんだからな。俺たちが最後まで責任を持つのが筋だろう。覚悟しておいてくれよ」

「特別部隊は何人ぐらいになるんでしょう」そういうことなら聡子の方が詳しいのではないだろうか。要人警護の経験は、容疑者の護送にも通じるはずである。「萩尾さんは入らないんですか」

「ママか？　どうだろう。人選するのは俺じゃないからな。今、一課長たちが計画を詳しく詰めてるよ。それより一番大事なのは、この件を誰にも知られないようにすることだ。特にマスコミ連中には、計画が成功した後も漏れないようにしないといけない。クソ野郎の要求で間島を留置場から出したなんてことが分かったら、大騒ぎになるからな」

「ええ」

短く相槌《あいづち》をうつと、石井がようやく車を出した。現場の気配が遠ざかると煙草を咥《くわ》え、火を点けないまま唇の端でぶらぶらさせる。町田から多摩ニュータウンへ抜けるルートを選んで、しばらく無言のまま車を走らせた。多摩の丘陵地帯を走るこのルートは軽いワインディングロードになっており、私は時々オートバイで流す。

「お前の家、この近くだよな」

「そうですね」この道を通ると、ほとんど家をかすめるようなものだ。

「このまま帰るか？　明日に備えて、少しは寝ておいた方がいい。家の布団で寝た方が疲れも取れるだろう。明日は、一人ぐらいしゃっきりしてる奴がいた方がいいしな。上の人間には俺から言っておくよ」

「遠慮します。どうせ家でもソファに寝てるし」

「何だよ、それ」

知り合いから借りている家なので、家主のベッドに寝る気になれないのだ、と説明してやった。石井が鼻を鳴らす。

「変なところで律儀な奴だな」

「署に戻りましょう。向こうでまだやれることがあるかもしれないし」

「ああ」同意したものの、石井の低い声には力がなかった。疲労をそぎ落とそうとするように、右の掌《てのひら》で顔を二度、上下に擦《こす》る。その後に漏れた小さな溜息は、彼の試みが失敗したことを証明した。

「俺は、最初からこうなることを望んでたのかもしれん」

「間島を外へ出すことですか」釈放という言葉は使いたくなかった。

「こんな考えは刑事としては失格かもしれんが、間島を殺したい奴がいるなら、いっそくれてやった方がいいんじゃないかってな」

「それは極論ですよ」

「そうかね」信号が赤に変わり、石井が慎重にブレーキを踏んだ。かすかなショックさえなく車が停まると、挑むような視線を私に向けた。「お前も同じことを考えてたんじゃないか」

核心を衝《つ》かれ、一瞬間が空いた。

「そんなことはありません」

「間島の締め上げ方、尋常じゃなかっただろう。どうしてだ。刑事じゃなくて人間として奴を許せない気持ちがあったからじゃないのか。それに、捜査会議で間島を釈放する話を最初に持ち出したのはお前だぞ」

「それは……」あなたと同じだからだ。間島のような人間に対して、清廉な気持ちで接することはできない。刑事も人間なのだ。容疑者に対して憎しみや嫌悪感を抱くことは当然ある。それもしばしば。ただ、間島のように深く暗い悪に接する機会はそれほどないから、己の憎悪が常識の枠をはみ出すほど膨れ上がることもないだけだ。それに今考えてみれば、自分の本音の発露ではなく、石井の気持ちを代弁しただけではないかと思える。

石井の気持ち。それを考えた時、私は人の心に穿《うが》たれた暗く深い穴に思いを馳せた。間島に対する石井の憎しみはあまりにも執拗である。「間島を殺したい奴がいるなら」という台詞は、誰を指したものなのか——石井本人。間島に対する憎しみは、被害者の親にも負けないだろう。言葉の端々に、明白な殺意が滲んでいる。チャンスがあれば間島を殺すことを躊躇《ためら》わないのではないか。

いや、それは考え過ぎだろう。彼は、子どもを殺された親の気持ちを誰よりもよく知っている。間島に対する親たちの憎しみを代弁しているだけなのだろう。それ故に、荒々しい言葉を抑えることができないだけなのだ。

私の気持ちを見透かしたように、石井が低い声で話し始める。

「俺は娘を殺された」

無言でうなずくしかできなかった。

「俺は、憎しみについてはよく知ってる。たぶん、警視庁の中にいる誰よりもな」石井の声は落ち着いていた。「もちろん、法律についてもだ。法律の枠に入りきらない事件があるのはお前にも分かるよな。それどころか、法律が犯人を守ってしまうこともある。もちろん俺たちの仕事は法律を具体的に行使することで、法律そのものをいじることはできない。それは分かっていても、俺たちが本来拠って立つべき法律に縛られてるみたいで納得できないよな。そういう時、どうしようもない無力感を感じないか？」

石井が自分の身に降りかかった不幸を抽象的な言葉で説明しているのは分かった。娘を無残に殺され、家族が朽ち果て、仕事だけが自分の正気を支えている——無残、悲惨、凄絶《せいぜつ》、どんな言葉でも説明しきれない暗い穴が開いている。私が口を挟めば、彼の想いは粉々に砕け散ってしまいそうだった。

信号が青に変わる。LEDの緑色の光を浴びた石井の顔は、死人さながらに白かった。喉仏が小さく上下し、ハンドルを握った手が強張る。浅い息を吐きながら、ゆっくりとアクセルを踏みこんだ。

「まあ、あれこれ言っても仕方ないわな」わざとらしく明るい声で石井が言った。「夜、一人になるといろいろ考えることもあるけど、今はそんなことをしてる場合じゃない。とにかく知恵を絞って汗を流そう……これじゃ、話の下手な幹部の朝礼みたいか」

「いえ」両膝《りょうひざ》に手を揃《そろ》えて置いたまま訊ねる。「石井さん、どうして俺にそんな話をするんですか」

「どんなことでも、話せる相手と話せない相手がいる。こういうことは、お前には話せるんだよ」

「だから、どうしてですか」

「お前は、俺と同じ匂いがするからさ。何があったかは聞かない。だけどお前は、人には言えない苦しみを経験しているはずだ。そういう雰囲気《ふんいき》は、黙っていても外に滲み出るもんだし、俺はそういう人間しか信用しないことにしている」

苦しみを測るバロメーターなどはないが、石井のそれが、誰にも底を覗けないほど深いものであろうことは容易に想像できる。私が経験してきたこと――罪を犯した祖父の自殺を見逃す――敬愛する年長の友人を射殺する――目の前で容疑者が自分の頭を吹き飛ばすのを止められない――の数々と、娘を殺された彼の悲劇を比較することはできない。

悲しみを、あるいは苦しみを抱いた人間同士が一緒にいると、共鳴するか拒絶するか、どちらか両極端の反応になることが多い。だがこの時私は何も感じなかった。石井の苦しみの方がはるかに深いからだろう。底なしの穴に比べれば、私の苦しみの記憶など、いかほどのものであろうか。

夢を見ていた。

よりによって、食べ物ばかりが出てくる夢である。ドミグラスソースとたっぷりのフレッシュトマト、赤ワインで四時間じっくり牛スネ肉を煮こんでいるところとか、焼きたてのアップルパイに添えたバニラアイスクリームがゆっくり溶け出す様とか、勇樹《ゆうき》の大好きなラーメンをカウンター越しに受け取った時、手に伝わる熱さとか。そんなことはあり得ないはずなのに、それぞれの料理の匂いがはっきりと鼻腔に満ちた。

芳醇《ほうじゅん》な夢に彩られた短い夜は、携帯電話の呼び出し音で朝に替わった。目を開けると、刑事課の部屋の汚れた天井が目に入る。ソファに横になったまま腕を伸ばし、テーブルの上で鳴り続ける携帯電話を取り上げた。クソ、何時だと思ってるんだ。

「了《りょう》か？　とんでもない話じゃないか。何で隠してたんだよ」前置き抜きでいきなり七海がまくし立てた。「ネットでニュースを見たぞ。お前、えらいことに巻きこまれてるんだな？　殺人犯を釈放しろなんて要求、俺も経験したことがないぞ」

「お前の嫌な想像って、そういうことじゃなかったのかよ」先日の会話を思い出して指摘してやった。

「ああ、まあな。だけどあれは、あくまで想像だぜ」

「ニューヨークは平和なんだろう」まだソファの上で寝転がったまま、額に手の甲を当てる。寝不足でかすかに熱っぽく感じた。「暇過ぎて頭の回転が鈍くなったんだろう」

「この商売は、暇に越したことはないんだよ。それより、何でもっと早く話してくれなかったんだ」

「こんなこと、簡単に喋れないよ。東京はパニックになりかけてるんだ。優美《ゆみ》も勇樹もこっちにいなくてよかった」

「そこまで深刻なのか」七海が声を潜める。

「昨夜もダイナマイトが見つかった。爆発する前に処理したけど、危なかったよ」

「で？　あのサイコ野郎を引き渡すことにしたのか」

「そうなる」言ってから慌ててつけ加えた。「これはまだ、表には出てない話なんだ」

「それぐらい分かってるよ。どうやって引き渡すんだ」

欠伸《あくび》を嚙《か》み殺し、テーブルの上に置いた時計に目をやった。まだ六時。七海はすっかり興奮して、時間の感覚を忘れている。

「それは今、上の連中が相談してる」

「当然、お前が引き渡しの現場に行くんだよな」

「そうなりそうだけど、どうしてそう思う？」

「そりゃあお前――」勢いよく言って、七海が急に言葉に詰まった。「そういうことにちゃんと対応できそうな人間は、お前ぐらいしかいないだろうが」

私は声を上げて笑った。喉に嫌な痰が絡まる。

「これは、殺しの捜査とは訳が違う。俺の専門じゃないんだ。こっちにだって、この手の特殊な事件の専門家はいるよ」

「いや、いないね」七海の声にまた自信が戻った。「言っただろう？　俺だってそんな事件は聞いたことがない。今までこんな阿呆《あほ》な要求をしてくる奴がいたか？」

「いや」

「だったら、専門家なんかいないんだよ。となると大事なのは、一秒で重大な決断を下せる人間を選ぶことだ」

「それが俺だっていうのか？」

「違うのかよ」

「どうかな」

「自信を持て」村の長老が若者に知恵を授けるような重々しい声で七海が告げる。「何も信じられなくなっても、自分だけは信じなくちゃ駄目だぜ。大丈夫だよ、俺もついてるし」

「一万キロ以上も離れてて、何がついてる、だよ」

「そりゃそうだな」七海が乾いた笑い声を上げる。「二人で一緒にやってれば、いくらでもいい手が考えられるんだろうけど」

「ああ……それよりお前、今何時だか分かってるか」

「そっちか？　おっと、まだ朝の六時じゃないか。もしかしたら寝てたのか？」

「それを最初に聞けよ。優美が作るアップルパイの夢を見てたんだ」

「それは申し訳ない。じゃあ、もう一回アップルパイの夢を楽しんでくれ。それと、決着したら俺にも全部教えてくれよ。日本の伝説的な刑事の話は、こっちでもウケるぜ」

「伝説的な刑事って俺のことか？」

「ほかに誰がいる？　とにかくお前がでかい事件を挙げれば、俺がジジイになった時孫に話せる自慢になるだろうが」

「ああ」その前に結婚しろ、という言葉を呑みこむ。結婚願望は強い男なのだが、今のところは願望の域を出ていない。

「もう一度言うぞ。自分を信じろ。いいな？」

「ご忠告、ありがとう」

電話を切り、体を起こした。昨夜誰かが忘れていったコンビニエンスストアの袋の中に、開いていないペットボトルのお茶を見つけ、一気に半分ほど飲み干す。体が目覚めたところで、今度はサンドウィッチの袋を乱暴に破いて頬張った。自分を信じろ、か。七海のアドバイスはいつも前向きで適切なものだが、今は素直に同調できる気分ではなかった。自信満々に常にふんぞり返っている人間がいたら、そいつは自信というものの本質が分かっていないのだ。

2

慌ててがつがつ詰めこんだ朝食とシャワーで、何とか意識がはっきりした。テレビの朝の情報番組をチェックしながら新聞各紙に目を通す。昨日の爆発物のことはどこも大きく扱っていたが、間島を釈放する件についてはは一切報じていない。どうやら本庁の連中は、情報の流れをある程度はコントロールすることに成功したようだ。壁の時計を見上げる。タイムリミットまで、十七時間三十分。

思いついてシャツを脱ぎ、ソファに足を乗せて負荷を大きくした腕立て伏せを始めた。二十回ずつ三セット。素早く深く曲げ、ゆっくり戻す。まだ濡れた髪の中を早くも汗が伝い始めた。次いで、ソファに寝転がって腹筋運動を二十回ずつ五セット。息が上がり、もう一度シャワーを浴びなければならないほど汗をかいたところで、石井が刑事課に入ってきた。ワイシャツ一枚という格好で、ネクタイは締めずに首から垂らしただけだ。私を見て目を丸くする。

「朝から何やってるんだ。わざわざ疲れるようなこと、するなよ」

「体力が有り余ってるんですよ。こうすれば余分な力が抜けます。大事な時は肩の力を抜かないと」

「変な奴だな」石井の顔に薄い笑みが浮かぶ。同時に携帯電話が鳴り出し、慌ててズボンのポケットから引き抜いた。

「はい、石井……ああ、起きてたよ。まだ半分意識不明だけどな。メール？　ああ、たぶん見られると思う。確認すればいいんだな？　困った話か……分かった。今から言うアドレスに送ってくれ」メールのアドレスを告げて電話を切り、私に目配せする。

「一課の後輩がな、昨夜インターネットをチェックしてて気になることがあったらしい。内容はメールで送ってくれた。ちょっとパソコン借りていいか？」

「どうぞ。俺はもう一回シャワーを浴びてきますから」

「せめて身綺麗にしておくんだな」

「嫌なこと言わないで下さいよ」

「ああ、すまん」石井が私のデスクに向かい、椅子を引いて座った。それを見届けて部屋を出る。今日はすでに予定が狂ってしまったな、と思いながら。どうせなら運動してからシャワーを浴びればよかったのだ。どうでもいいと言えばどうでもいいことだが、些細《ささい》な狂いが妙に気になる。

汗を洗い流し、刑事課に戻ると、石井はソファにだらしなく腰かけてＡ４判の紙に目を通していた。体は弛緩《しかん》しているのだが、目はぎらついている。

「どうですか」

声をかけると、舌打ちしながら顔を上げる。

「インターネットで流れる情報なんて無責任なのは分かってるけど、読んでるとむかつくな」プリントアウトした紙を私に手渡す。

「また掲示板ですか」

「こういうのは、実名じゃないと書きこめないようにすべきじゃないのかね。そうすれば、ぶん殴ってやりたくなった時に捜す手間が省ける」

自分のデスクで目を通した。読み進むに連れじわじわと不安が這《は》い上がってきて、首筋が凝ってくる。

『東多摩署に抗議　投稿者：ウタさん　投稿日：6月18日（日）00時30分02秒
間島事件の捜査本部は東多摩署だよ。断固抗議すべし。俺、びびってるもん。
Re：東多摩署に抗議　投稿者：岸さん　投稿日：6月18日（日）00時52分12秒
東京出ようかな。しばらく田舎《いなか》の友だちのところで時間潰すとかね。だけど、間違いなく東京で爆発が起きるって保証はあるわけ？　行った先で爆発したら間抜けだよね。

Re：東多摩署に抗議　投稿者：ウタさん　投稿日：6月18日（日）01時12分20秒
どこへ逃げても無駄でしょう。東京を出ようとする人も結構いるみたいだけど、犯人、一人じゃないでしょ？　だから、逃げたって無駄。早く犯人捕まえてもらわないとどうしようもない。

Re：東多摩署に抗議　投稿者：岸さん　投稿日：6月18日（日）01時45分53秒
犯人の情報って何かないの？　リンチでもするつもりなのかね。それはそれで拍手もんだけど、こっちに迷惑かけないで欲しいなあ。イラクとかじゃないんだから、街の中で爆発とかやめて欲しいっす。

Re：東多摩署に抗議　投稿者：本多さん　投稿日：6月18日（日）02時03分32秒
横レス失礼。警察、情報隠してるでしょう。具体的にどうこうしろっていう要求は、犯人からとっくに来てるはず。時間を区切って、それまでに釈放しろとかさ。それで要求に従わなければドカーン、って感じかな。間島みたいな奴、さっさと放しちまえばいいんだよ。別に誰も困らないでしょう。

Re：東多摩署に抗議　投稿者：岸さん　投稿日：6月18日（日）02時29分26秒
本多さんに同意。だいたいさ、これって警察の手に余るんじゃないの？　日本の警察なんて、こういう事件に対処する能力はないでしょう。どうせ官僚主義的に何だかんだ議論してるだけで、話を先送りにしてるんだよ。あ、韓国にでも逃げちゃうってのはどうかな。それなら安心でしょう。

Re：東多摩署に抗議　投稿者：ウタさん　投稿日：6月18日（日）02時40分04秒
空港に爆弾仕掛けられたらどうするのよ。それより、抗議がてら東多摩署に行ってみっか。警察署が爆破されるようなことはないだろうから、そこが一番安全なんじゃないの。とにかく腹の虫が収まらないんだよなあ。何か、デモとかやってみる？

Re：東多摩署に抗議　投稿者：岸さん　投稿日：6月18日（日）02時55分13秒
デモ賛成。マジでやりたい人、メール下さい。ここに書き続けてると削除されちゃうかもしれないし』

「どうだ、無責任だろう」椅子を軋《きし》らせながら、石井が私の横の席に座った。

「言うだけ——じゃなくて、書くだけなら勝手ですよね」

「ただ、こういう不安が広がってるのは事実だし、止めようもないんだよな。心配で、誰かに伝えたくなる気持ちも分かる」石井が私の手から紙を取り上げた。「しかし、こんなことは知りたくもなかったよ。あいつも余計なことしてくれたよな。こういうことにエネルギーを使うのは馬鹿馬鹿しいんだけど、ちょっと大きな事件があると、最近は一課でもインターネットをチェックするようにしてるんだ。どこにヒントが転がってるか分からないし、こういう風に騒いでるのをチェックする必要もあるから」

「そういう情報が役に立つとは思えないですけどね」

「ああ、ほとんどは役に立たない」石井があっさりと認めた。「噂ってのは、本当にいい加減だから。だけど、こうやって流れてるうちに賛同する奴が出てきたり、また適当な噂をつけ加えて煽《あお》ったりする奴がいたりで、どんどん広がってくだろう？　そのうち、もっともらしく思えてくるんだよ」

「気にする必要はないんですけど……」

「無理だ。気になるよな」石井が両手で顔を擦った。「だったら最初から見なけりゃいいんだけど、刑事のスケベ根性っていうのかな、もしかしたら石の中に宝石が混じってるかもしれないって考えるじゃないか」

「それをずっとチェックしてる人も大変ですよね」

「ゴミ漁《あさ》りって言われてるよ。インターネットは万能の世界みたいに言われてるけど、転がってる情報の九十パーセントまではゴミだからな……さて」音を立てて膝頭《ひざがしら》を叩き、立ち上がる。「俺は飯にする。ところで新聞やテレビの方はどうだった？」

「今のところ、こっちが発表している以上の情報は出てませんね」

「結構だ。ある意味、マスコミの方が扱いやすいな」窓辺に歩み寄り、ブラインドを指で押し下げる。「おい、あれは何だ？」

ブラインドを巻き上げ、窓を開けた。駐車場の向こうは細い裏道になっているのだが、そこに車が列を成して停まっているのが見える。警察署の裏なので、ふだんは違法駐車する車などいない場所だ。

「まさか、本当に抗議じゃないだろうな」石井の顎が強張り、喉仏が大きく上下した。

「ちょっと見てきます」

「俺も行く」

「当直の連中にも一緒に行ってもらいましょうか」

一瞬、石井がまじまじと私の顔を見た。そこまで大袈裟《おおげさ》な話か、と無言で問いかけてきたが、すぐに自分の中で疑問を封じこめたようだった。

「ああ、その方がいいな」

一階で当直の人間に声をかけ、数人で駐車場の裏に回る。車種もナンバープレートの地域名もばらばらの車がブロック塀沿いに並び、雨の中、マフラーから白い煙が立ち上がっていた。六月中旬なのに冬のように寒い朝で、私は両腕で肩を抱いて震えを押さえつけた。一番先頭に停まった車の脇で、男たちが一塊になって何事か相談している。笑い声が聞こえた。深刻な様子ではないが、見ていると不快感が喉元で塊になった。

当直責任者の交通課長、植竹《うえたけ》が前に出る。小柄で細い男なので、制服というアイコンも抑止力にはならないはずだ。私は植竹に先んじて男たちに声をかけた。七人。

「ここは駐停車禁止ですよ。車を移動して下さい」

男たちの目が一斉に私の方を向いた。制服姿の警察官の姿を認めると、にやついた表情が一瞬で凍りつく。

「何してるんですか、こんなところで」

返事、なし。何人もの人間を一度に相手にすることはできない。こういう時は、相手のトップが誰かを見定めて焦点を絞るのが上手いやり方だが、それが誰なのか分からなかった。たまたまここに集まった集団のように見える。仕方なく、一番前にいた男に詰め寄った。小太りで、黒いTシャツから突き出た剝《む》き出しの腕が寒さで粟立っている。年の頃三十歳ぐらいだろうか。真ん中から分けた髪を両手で後ろに撫でつけると、挑発的な視線を飛ばしてくる。

「間島、ここにいるんでしょう」

「だから?」わざと冷たく言い放つ。男は一瞬怯んだ様子を見せて唇を舐《な》めたが、すぐに言い返してきた。

「警察ってのは、市民の安全を守る義務があるんじゃないの」

「当然です」

「情報を小出しにしないで、何がどうなってるか公表してくれなきゃ、安全を守ってるとは言えないでしょう」

「捜査上の秘密に関することは話せないんですよ」

「あのね、実際にこうやって心配になって駆けつけた人間がいるわけだよ。それを、そういういい加減な態度で接していいわけ?」

「あなたたちは、どういうグループなんですか」

「どういうって……」男が後ろを振り向く。残る者たちの反応は様々だった。首を傾《かし》げる者、肩をすくめる者。援護を得られないのに気づいたのか、急に早口になった。

「だから、インターネットの掲示板でそういう話になって。みんなマジで心配してるんだ。それぐらいは分かってもらわないと」

「ああ」私は小さく溜息をついた。ネットで流れていただけの情報が現実の世界に染み出してきた。「どうぞ、お引き取り下さい。こちらから話すことは何もありません。対応もできません」

「ちょっと、それはないんじゃない?」意を決したように、男が一歩だけ前に出る。私より十センチは背が低い。見上げるような格好で、やや甲高い声でまくし立て始めた。

「そういう態度、ひどくない? あんたら、俺らの税金で給料貰《もら》ってるんだぜ。だいたい、何でもかんでも秘密にするのは、もったいぶってるだけじゃないのかね。これで何かあったらどうするつもり? ちゃんとした情報が出てこないで、どこかで暴動でも起きたらどうするんだよ」

「暴動? 必要なら逮捕しますよ。それは犯罪ですから」

「ふざけるな。何で俺たちが逮捕されなくちゃいけないんだよ。東京に住んでる人間として、こっちには抗議する権利があるでしょうが。警察だけが聖域ってわけじゃないんだぜ。いい加減なことをやってるから抗議もされるんだよ」

「ちゃんとやってますよ」

男はまだ引かなかった。きつく拳を握り締め、両脚を踏ん張る。

「ちゃんと情報を公開しないから、みんな不安になるんだ。心配になってるのは俺たちだけじゃないよ。ネットじゃ、みんなあんたたちを悪人扱いしてる」

「みんなって？」

「え？」

「みんなって何人いるんですか。百人ですか？　一万人ですか？　ここに来た皆さん以外に、何人の人間が警察に対して文句を言ってるんですか」

「それは……」男の顔が赤くなる。「屁理屈だ」

「私のが屁理屈だったら、あなたのは妄想ですね。ここに何万人も集まってデモでもするつもりだったんですか？」

「さあさあ、それぐらいで」植竹が割って入った。「お引き取り下さい。いつまでもここに車を停めておくと、こっちも切符を切らなくちゃいけないからね。警察署の裏で駐車違反なんかされたら、黙って見過ごすわけにはいかないんだよ」

男が口を開きかけたが、植竹が鋭く一喝した。

「忠告したからね。何だったらあんたたちの身柄を押さえてもいいんだよ。しばらく留置場で頭を冷やしてもらおうか」

男たちの塊が風に吹かれたようにぐらりと揺れた。中途半端な抗議の気持ちを吹き飛ばそうとするように、植竹が「早く！」と怒鳴りつける。その場からすべての車が消えるのに二十秒しかかからなかった。

「クソッタレどもが」小さくなるテールランプを見送りながら、それまで無言だった石井が吐き捨てた。

「鳴沢、そう喧嘩腰で突っかかるなよ」植竹が柔らかい声で忠告した。

「課長の言い方も十分強圧的でしたよ。俺が言ったことよりも、課長の言葉にびびってたじゃないですか」

「ああいう連中はな、何よりも駐車違反で捕まるのが一番怖いんだ」しれっとした顔で植竹が言った。「自分の車が引っ張られると思うだけでびびっちまうんだろうな」

「あれだけで済めばいいけどな」石井がぼそりとつぶやいた。ネットでの無責任な噂話が現実世界に染み出してくることなどほとんどない。だが今の男たちは、噂に引っ張られて警察までやって来た。お調子者、と簡単に片づけることはできない。こんなことが続けば、デモ隊の警備に人を取られて、肝心の事件に力を注げなくなってしまうのではないだろうか。

「下らん奴らだ」あっさりと切り捨てて石井が踵《きびす》を返す。私は彼の背中を追いながら声をかけた。

「石井さん」

首に怪我《けが》でもしているように石井がゆっくりと振り向く。雨に濡れた顔は蒼白《あおじろ》くなっていた。

「ああいう連中、まだ出てくるかもしれませんよ」

「放っておきゃあいいんだよ」

「人数が増えたら、簡単には対処できなくなります」

「だったら、片っ端からぶちこめばいいんだ」握り締めた拳をぐっと前に突き出す。

「百人出てくれば百人ぶちこむ。一々抗議の内容を聞いたり、まともに相手にしてる暇なんかない」

極論だ。だが状況によっては、石井が言うように対処するしかなくなるかもしれない。その時まであと十七時間。それだけの時間があれば、自然発生した暴動は野火のように広がるだろう――首を振り、嫌な想像を何とか追い出そうとした。だが、警官隊とぶつかり合い、血を流す人々の姿は私の頭の中に根づき、簡単には消えてくれそうもなかった。

朝の捜査会議に先立ち、私と石井は溝口に呼び出された。肌寒い朝なのに例によってワイシャツの袖《そで》を捲《まく》り上げ、毛むくじゃらの腕を剝き出しにしている。顔の下半分はびっしりと髭《ひげ》に覆われ、目は血走っていた。少し遅れて鳥飼が捜査本部に駆けこんでくる。耳の上で髪が撥《は》ね上がり、顎と首の境目辺りに絆創膏《ばんそうこう》が張ってあった。寝ぼけ眼《まなこ》で慌てて髭を剃《そ》るとこういうことになる。

「遅れまして――」鳥飼の謝罪を溝口が遮《さえぎ》った。

「今揃ったところですよ。じゃあ、今夜のことについて簡単に打ち合わせておこう。簡単にというのは、まだ細かい点が決まっていないからだ。それはこれから詰めるが、計画の大枠は変わらない。それを頭に入れた上で、何かあったら遠慮なく言ってくれ」うなずき、手帳を広げる。溝口が一人一人に視線を投げ、テーブルを二度指先で叩いてから、それを合図にするかのように話し始めた。

「車を三台出す。真ん中の車に間島を乗せて、前後を挟む格好だ。指定された場所は――」ばさばさと音を立てて八王子の地図を広げた。「鳴沢、お前、この辺は詳しいよな」

「ええ」

「よし。鐙水付近は片側一車線か？」

一瞬目を瞑《つぶ》り、あの辺りの光景を思い浮かべる。

「いや、あの辺りは二車線です」

「見通しはいいのか？」

「道路に関しては。鐙水から一六号線に出る辺りは、直線の道路になってますから。ただ、周りは結構緑が深いですよ」

「連中がどういう仕掛けをしてくるか分からないが、まず、そういう地理的条件を頭に入れておこう」溝口が下柚木《しもゆぎ》交差点付近から西に向かってマーカーペンを走らせる。

「しかし、具体的な指示が何もないのは困りますね」腕組みをすると、溝口の二の腕がぐっと盛り上がる。「こういう時は、はっきり何をしろという指示があった方が対策を立てやすいんだが。榎本たちは、こっちが何をしても『約束が違う』と言い出しかねんからな」

「係長、今そういうことで悩んでいても仕方ないでしょう」苛々《いらいら》した口調で石井が指摘する。「要求は、間島を鐙水に連れて来い、それだけなんですから」

「ああ、分かった」溝口の声も尖《とが》った。マーカーペンの先で地図を叩き、私の方に顔を向ける。「鳴沢、この辺には何がある」

「道路ですね」

「冗談言ってる場合じゃない」溝口がむっとして言った。

「いや、目だったランドマークがないんです。公団の団地とか小学校、中学校ぐらいですね。それと多摩美大」

「なるほど」

「ただ、車で動くには便利な場所なんです。柚木街道は西で国道一六号線と八王子バイパスにつながってますし、そこまで行けば、後はどこへでも簡単に逃げられますからね。連中が車を使うと仮定しての話ですが」

「動きが読めんですな」鳥飼が鉛筆の尻で頭をがしがしと掻《か》く。「一度間島が外へ出れば、連中は何でもできるわけだ。ここで車列を襲って間島を奪取するとか、それこそ現場にダイナマイトを仕掛けておいて、時限装置で爆破させて間島を殺すとか」

　鳥飼が、胸の前で組み合わせていた両手をぱっと広げる。私が一睨みすると、咳払いして黙りこんだ。

「しばらくしたら人を出す。あの辺りを徹底的に調べるんだ」溝口が言った。「少なくとも連中は、もう現場をチェックしてるだろう。分かるように動いていい。制服の警察官が見えれば、それが抑止力にもなるはずだ」

ちらりと窓の方に目をやった。霧と雨の中間のような天気で、歩いているだけで鬱陶《うっとう》しくなるだろう。靴を濡らしながら道路脇の植えこみを捜索するにはかなりの根気が必要だ。だが、機動隊や鑑識の連中はそういう仕事のプロでもある。

「で、本番では何人用意してもらえるんですか」石井が話を急かす。

「話を戻すが、間島は真ん中のワゴン車に乗せる。その車には間島を入れて六人、前後を挟む車に四人ずつだ。だから十三人というところだな。こういう危険なことは、できれば本部の人間だけで何とかしたいところだが……鳥飼課長、所轄からは何人出してもらえますか」申し訳なさそうに溝口が切り出す。本庁と所轄の確執は間違いなくあるのだが、映画やテレビの世界で描かれるのは大袈裟に過ぎる。実際は、特に捜査本部事件では本庁の方が何かと所轄に気を遣うものだ。予算を出しているのは所轄なのだし――年に二回捜査本部ができると赤字になると言われている――本庁にしてみれば「戦力を借りている」という意識もある。それに、人事異動があるのだから、ある所轄で生じた遺恨がどこで影響するか分からない。

「鳴沢と、もう一人ぐらいでしょうね」鳥飼が答える。

「この件で最初から関わっていたというと、萩尾もそうだな」溝口が髭の浮いた顎を撫でる。

「いや、彼女はね……」鳥飼がぎゅっと顔をしかめる。「家族持ちだから。子どもさんもまだ小さいし」

「そんなに危険だと思ってるんですか」反射的に私は訊ねた。先ほどの鳥飼の言葉が頭に浮かぶ。時限装置で爆破させて間島を殺すとか——つまり、同行している私たちも吹き飛ばされる。

鳥飼が舌打ちをして目を細め、私を睨んだ。

「警察には危険じゃない仕事なんてないだろう。それに萩尾ママは、外されたからって愚図愚図言うような人間じゃないよ」

「そんなに危険だと思ってるんですか」

質問を繰り返すと、鳥飼がまじまじと私を見詰めた。ほどなく、溜息を吐き出すように「ああ」と認める。

「間島を調べるのに比べれば、危険度は五割り増しだろうな。いや、二倍かもしれん」

「間島の取り調べだって危険ですよ」

「それで思い出した」溝口が手を打った。「鳴沢、奴をちょっと絞ってくれ。昨日はまだ話が途中だっただろう」

「ええ」

「裏づけ捜査は続けなくちゃいかん。それが榎本の件でまた手がかりになるはずだ」

「分かりました」立ち上がった時に、鈍い腰痛を感じた。これまで経験したことのない類《たぐい》の痛みであり、一瞬どこかを傷めたのかと思ったが、ほどなくそれは、間島が私の記憶の中で暴れているために生じたのだと気づいた。あの男は、面と向かっていなくても人を不愉快にすることができる。


「俺、朝は弱いんだよね」欠伸を嚙み殺しながら間島が言った。「午前中は使い物にならないんだけどなあ」

「無理にでも目を覚ましてもらわないとな。何だったらそこの窓から逆さ吊りにして、バケツ一杯の氷水を引っかけてやろうか」

間島の肩がぴくりと動いた。鼻の下を指先でゆっくりとなぞり、小さく息を吐き出す。ぶよぶよした頰を撫で、唇に二度、指先で軽く触れた。

「昨日の話の続きだ」

「昨日のうちに話しておきたかったな。いいところでやめちゃうんだから」

「調べは遅くまで引っ張れないんだよ」

「俺は別によかったのに」間島の顔には薄い笑みが張りついていた。「ああいう話なら、いくらでも喋れるよ。徹夜だって全然平気だね」

無視して、自分のメモに目を落とした。

「四月一日、間違いないな」

「そう」

「時刻は午後四時ちょうど」

「犯行時刻は夕方に集中してるってやつ？」喉の奥から絞り出すように笑う。

「場所は西東京市南町三丁目の児童公園、これでいいな」

「住所なんか見てないけどね」耳たぶを神経質そうに触った。「公園だったのは確かだよ。近くにバッティングセンターがあったな。結構人が入っててね。あんなの、何が面白いんだろう」

「そこで目をつけた女の子に声をかけた」

「一人で遊んでたからね。駄目なんだよなあ。子どもの頃からちゃんと友だちと遊ばないと、俺みたいな大人になっちゃうんだよ」

喉元に這い上がってくる、吐き気とも怒りともつかないものと戦いながら、私は淡々と質問を重ねた。

「どうしてその子に目をつけた」

「そういうの、自分でも分からないんだよね。特別可愛い子ってわけでもなかったし、何となくかな。もちろん髪の毛は長かったけど」

それは被害者の唯一の共通点と言えた。

「で、声をかけたんだな」

「そう。怖がらない子ってのはいるんだよね。すぐについてきたよ。ちゃんと後部座席にチャイルドシートを用意してたから、そこに座らせてね。面倒なんだけど、ちゃんとやらないと、途中で事故にでも遭ったら可哀相だから。で、睡眠薬を混ぜたジュースを飲ませたら、後はぐっすり」

「そこからどこへ運んだ」

「山梨の上野原《うえのはら》」得意の姿勢——椅子の背に腕を引っかけ足を組んだ。デスクを思い切り押して腹にぶち当てるか、椅子を蹴飛ばしてやりたいという欲望を必死に押し殺しながら続ける。

「上野原か。場所は覚えてるか」

「何となくね。高速を降りて、甲州《こうしゅう》街道に出てちょっと東京の方に戻って。あの辺、山の中だから、場所を探すのには苦労しなかったよ」

彼の目の前で地図を広げる。私の開けたページを鬱陶しそうに見下ろした。

「お前の言っている通りだと、山梨じゃなくて神奈川県だな」

「ああ、そうかもね。確かに看板もあったわ。別に俺は、神奈川だろうが山梨だろうが関係ないから」

「どの辺りだ」

「そうねえ」間島の指が地図の上を彷徨《さまよ》った。ＪＲの藤野《ふじの》駅辺りから南へ下る道を指差し、そのまま下へ滑らせる。「丹沢《たんざわ》まではいかなかったと思うけど」

「そこに着いたのは何時頃だ？」

「もう夜になってたよ。車を路肩に停めて、しばらく時間を潰してね。で、九時頃から仕事にかかりました。ちょうど女の子が目を覚ましたもんで」

「最初に何をした」

「お菓子を食べさせた。チョコレートとビスケットね。もう遅かったし、愚図りだしてたから。だいたい、腹が減ってくると泣くんだよ、子どもは。動物と同じだよね」

「それで？」

「名前とか住所とか聞いて。住所が分からないと話にならないからね」

「素直に話したのか」

「もちろん。俺、子どもに話させるのは上手いからね。軽いもんだよ……で、車から出て、道路脇の林の中へ抱えて連れてってね。背中には荷物を背負ってたから、ちょっと重かったけど、慣れてるから。十メートルぐらい林の中に入ったかな？　頭を木にぶつけてやった。子どもなんて軽いからね、荷物を投げるみたいにさ。それで大人しくなるかと思ったのに、泣き出しやがってさ。頭の硬い子どもだったんだろうな。仕方ないから、すぐに首を絞めた。あの子の首のサイズは、あまりよくなかったな。ちょっと太ってる子で、俺の手にはぴったりこなかったんだ。それにだらだら涎《よだれ》を垂らしやがってさ。嫌いなんだよ、子どもの涎で手が汚れるの。いつもはちゃんと手袋をしてからやるんだけど、あの時はちょっと怒ってたから忘れたんだ。まったく、手順なんてちゃんと決めてても簡単に狂うよね。すぐに死んだから、今度はちゃんと手袋をはめて、鋏《はさみ》で髪の毛をばっさり切ってね。それをビニール袋に入れてから、解体作業ですよ」

間島の顔に浮かんだ笑みが大きく広がった。私は一つ深呼吸して、うなずくだけに止《とど》めた。一度調子に乗って話し始めると、この男はそれ自体が快感であるかのように話し続ける。合いの手は必要ない。

「あの時も新しい鋸《のこぎり》を使ったんだ。まったく、人間の体って脂の塊みたいなもんだよね。一回使うと刃物はすぐに駄目になるんだ。もったいないけど、道具はいつも新しいのを使わないと。まあ、あの時は最初はよくなかったけど、最後は上手くいったな。一発で首の骨が折れてさ」手刀で自分の首の後ろを叩く。「あの、最後の瞬間がたまらないんだよね。すっと首が取れるんだよ。あ、これは前には言わなかったかもしれないけど、髪の毛、天辺《てっぺん》のとこだけは残しておくんだ。そうすると首を持ちやすいでしょう」

「それで埋《う》めた」

「もちろん、俺は自分のルールは絶対に守るからね。美学ってやつ？　何でも決めた通りにやらないと気持ちよくないし。それに、ちゃんと埋めてやらないと可哀相でしょう。供養って感じだよね」

「子どもの家に髪の毛を送りつけたのはいつだ」

「次の日」

「追われてるのに気づいたのはいつだ」

間島の顎がだらんと垂れた。

「どうした？　話してくれよ。今まで調子よく喋ってたんだから、このまま続けよう。相手どうなんだ？　誰かに家を張られたり、尾行されたりしてる感じがしたんだろう。相手が誰なのか、すぐに分かったのか？　向こうはどうやって接触してきた」

間島が目を大きく見開いた。顔は真っ直ぐ私の方を向いているのだが、その目はどこともいえぬ場所を彷徨っている。口元から涎が一筋垂れ、デスクの上に小さな水溜りを作った。

「今夜、俺と一緒に出かけるんだ」

間島の口がぴたりと閉じた。手の甲で顎についた涎を拭《ぬぐ》い、椅子に背中を預けて疑わしげに目を細める。

「何よ、それ。ああ、現場？　もちろん案内しますよ」

「いや、夜中に現場検証はしない」

「じゃあ、何」

「考えるんだな」椅子を引いて立ち上がった。

「ちょっと、いったい何なんだよ」間島が立ち上がろうとして、立ち会っていた制服警官に肩を摑まれた。それを振りほどこうともがくが、上から押さえつけられているのでどうしようもない。

「はっきり言えよ」

「今夜、また会おう」

振り返らず取調室を出た。ドアを閉めても間島のわめき声が聞こえてくる。やり過ぎだ。容疑者をいたずらに不安にさせるのは、人道的にも間違っている。だが、あの男はこれまで多くの人間を不安にさせてきたのだ。今度は奴がそれを味わう番ではないか。

ふと、まだ顔も見たことのない榎本も同じことを考えているのだろうかと思った。

3

「あれですか」ちらりと斜め上を見上げただけで、私はスピードを緩めず歩き続けた。

「あれだ」同行している井崎《いさき》は顔を上げもしない。

「ヤクザの女の家にしては地味ですね」

「そんなもんだよ。最近のヤクザは金回りがいいわけじゃないからね。特に、平岡《ひらおか》会みたいにシャブなんかを扱わないところは、結構貧乏してるんだぜ。上納金にも困ってるって話を聞くよ」

榎本の内縁の妻、畑山《はたやま》あおいのマンションは、西武新宿《せいぶしんじゅく》線の田無《たなし》駅近くにある。築三十年というところで、マンションというよりも大きなアパートと言った方がぴったりくる。四階建てで壁のあちこちが黒ずみ、駐車場のアスファルトはひび割れて所々《ところどころ》盛り上がっていた。

歩き続け、五十メートルほど離れた場所に停めた車に戻る。中では、井崎の同僚の組織犯罪対策第三課の刑事が一人、それに一課の特殊班から応援にきた刑事が一人待機している。マンションの入り口を監視できる場所だ。念のため、裏側にももう一組、二人の刑事が張り込んでいる。

「畑山あおい、三十二歳」目を閉じて、井崎がそらんじた。「長野の生まれで、十八で東京に出て来て水商売をやってた。二十四の時に榎本の女になって、それからずっとあそこに住んでる。榎本も、ほとんどここで生活してたみたいだな」

「子どもは？」

「一人。それが――」

「殺された女の子ですね」

捜査本部のかなりの人数が、間島が供述した死体遺棄現場に向かっている。私はこの穴掘り部隊には参加しなかった。現場で死んだ人間の悔しさ、悲しさを感じ取るよりも、今生きて動いている手がかりを追いたかったから。それは「逃げ」かもしれない。本当は、正気を保っておきたかっただけなのだ。これまで三度の遺体発掘現場のうち二か所に立ち会ったが、どちらでも悲しみを感じることはなかった。その時私を支配したのは単なる嫌悪感であり、憎悪である。被害者の恨みを晴らしたいという願いよりも、間島という男に対する純粋な憎しみが勝った。

「しかし、どうして警察沙汰にならなかったんでしょう」

「阿呆か、お前は」井崎がぽっかりと口を開けた。「ヤクザの女だぞ。いくら子どもが誘拐されて殺されたかもしれないっていっても、警察に駆けこめると思うか」

「こんな事件にヤクザも何も関係ないでしょう。被害者なんですよ」

「お前は、ヤクザのことが何にも分かってないんだよ」井崎が溜息をつく。「奴らが一番大事にするのは金だけど、二番目は面子《メンツ》なんだぜ。連中にとって警察がどういう意味を持ってるかぐらい、分かるだろう。死んだって俺たちに泣きつけるわけがない。女が何て言ったか知らないが、榎本が許すわけがない」

「理解できませんね」

「一課の刑事の発想じゃ無理かもな」井崎が肩をすぼめる。「あの連中の感覚は一般人とずれてるんだ。榎本は、自分で落とし前をつけようとしたんだろう」

事件は連日新聞を賑わせていた。それはそうだ。犯行を誇る手紙と一緒に子どもの髪の毛を送りつけるような犯人は、子どもを持つすべての親を瞬時に恐慌に陥《おとしい》れ、暗い波で社会を洗う。劇場型犯罪——もっともらしくそんな分析を披瀝する識者もいたが、実際に逮捕してみると、その指摘は見当外れだったと思う。ある種の破滅型だ。逮捕されること、死刑になることをまったく恐れず、ただひたすら自分が面白いと信じたことをやり尽くした感じである。ただしそれも表面的なものであり、あの男の内面にはさらに腐臭を放つ本音が渦巻いているはずだ。

「榎本は自分で犯人を見つけ出すつもりだったんですね。だけど、警察より先にそんなことができると考えてたなら、思い上がりだな」

「馬鹿にしたもんじゃないぞ。奴らにとっても情報は生命線なんだからな。お前もS《スパイ》に使ってみたらどうだ。連中、何でもよく知ってるぞ」

「それは井崎さんたちの仕事でしょう。俺はあんな連中とつき合うのはごめんだ」

「しょうがねえ奴だな」井崎が苦笑を漏らした。「とにかく、連中も間島に目をつけてたのは間違いないだろう」

筋はつながる。私と聡子が間島の逮捕現場で見かけた栗岡。連中にすれば、あと一歩のところで取り逃がしたという思いが強いはずだ。逮捕された時の間島の妙に安心したような態度も今なら理解できる。ヤクザに捕まったらどうなるか。長い時間をかけて、最大限の苦痛を与えられることになるだろう。それだったら警察に捕まった方がましだ、とでも考えていたのではないだろうか。私の暴言で失神したぐらいなのだから、ヤクザの暴力にはすぐに屈してしまうだろう。そしてヤクザの怖いところは、屈したからといって何も終わらないことである。それは、死へと続く長い旅の始まりに過ぎないのだ。

「出てきたぞ」井崎がつぶやいた。前の席にいた二人の刑事がすぐに車から飛び出していく。

　あおいに対する事情聴取は、この日早朝に行われた。間島の供述を聞かされた彼女は激しく泣き崩れたが、一貫して「榎本の行方《ゆくえ》についてはまったく知らない」と言い続けたという。娘が行方不明になった時、どうしてすぐに警察に届けなかったかについてもしつこく聴かれたが、その件について彼女は無言を貫いた。結局あおいは警察官の付き添いを断り、一人で家に帰っていった。被害者であり、加害者の妻——井崎たちは彼女を監視下に置いた。

　二人の刑事から一歩遅れて、私と井崎も車を出る。あおいはマンションを出ると慎重に左右を見渡して道路を渡った。小柄な女性で、三十二歳という年齢よりも若く見える。髪は明るい茶色に脱色されているが、きちんと手入れしているわけではないようで、所々黒くまだらになっていた。肩を落とし、右足をわずかに引きずるようにして駅の方に向かって歩き出す。小さなバッグを大事そうに両手で抱えていた。銀行にでも行くのかもしれない。榎本に言われるまま送金するつもりではないだろうか。

　二人の刑事の後に続く。ふいに、あおいが狭い路地に入った。

「変だな」井崎が首を傾げた。「あっちの方に行っても何もないはずだ。商店街に行くなら真っ直ぐだぜ」

あおいが遠回りした理由はすぐに理解できた。彼女が曲がった角のすぐ先に、小さな児童公園がある。私は井崎と顔を見合わせ、小さくうなずき合った。娘が誘拐された現場なのだ。

あおいは駅の近くにあるスーパーに入った。二手に分かれて監視を続ける。野菜のコーナーで大根とカボチャをカゴに入れ、肉のコーナーに回って豚のバラ肉を品定めする。冷凍食品のコーナーで、ぼんやりとどこかを見詰めたまま何かを手にとったが、急に夢から覚めたように棚に放り出した。通り過ぎる時に確認すると、整然と並んだ商品の中で一つだけ「お弁当和風ハンバーグ」が斜めになって落ちかけている。笑みを浮かべてハンバーグを口に運ぶ女の子のイラストが印刷されていた。苦いものがこみ上げてくる。

注意が散漫になっていたのかもしれない。調味料のコーナーに向かったはずのあおいがいつの間にか消えていた。慌てて後を追うと、尾行に気づいたのだろうか。レジを済まさずに店を出ることはできないはずだが、カゴを放り出して逃げたのかもしれない。慌てて後を追うと、スパイスの棚のところでばったりと出くわした。無表情に私の顔を見たが、目の焦点が合うと、握り締めた大根をいきなり私の顔面めがけて叩きつける。とっさに避けたつもりだったが、横っ面にまともに当たった。大根の青臭い香りが一杯に広がったが、すぐに金臭い臭いが混じり、鋭い痛みが頭に走る。手を伸ばすと、生ぬるい液体が指に触れた。粉々になった大根に血が混じり、床がピンク色に染まっている。

「何なんのよ！　あんた、刑事でしょう」あおいが体を震わせながら怒鳴ったが、私の頬を流れる血に気づくと、カゴを取り落として両手を口に当てた。「そんなつもりじゃ……」

「大根で殴られて怪我する人間はいませんよ」私は無理に笑顔を作った。ぴりぴりと痛みが走る。「前に怪我したところの傷口が開いただけです。大したことはありません」

いつの間にか井崎たちが周りを取り囲んでいた。あおいが刑事たちの顔をぐるりと見回し、諦めたように深く溜息をついたが、目は死んでいなかった。私の怪我が大したことがないと分かると、怒りの焔《ほのお》が再び燃え上がったようである。

「人をつけ回して、どういうつもりなのよ」長年酒と煙草で痛めつけたしわがれ声が、小刻みに震えた。

「どういうつもりかは分かってるでしょう」井崎が冷たい声で告げる。「それより、こんなところで大声で話してると目だっていけないな。ちょっと表に出ましょうか」

「あんたたちに、そんなことする権利はないはずよ」

「あるんです」有無を言わさぬ口調で井崎が告げた。「それに、ここで騒ぎを起こしたら、事情を知らない他《ほか》の警察官が入って話が複雑になりますよ」

「脅すつもり？」あおいが突っ張ったが、言葉には力がなかった。

結局、私たちはスーパーの駐車場に出た。傘を差すほどではないが雨は降り続き、体がじっとりと濡れ始めている。私はスーパーで買ったタオルで頭を押さえながら――レジの店員の疑り深い視線をねじ伏せるのが大変だった――あおいに質問をぶつけ始めた。

「ご主人はどこにいるんですか」

「知りません」

「連絡は？」

「ないわ」

「いつからですか」

「どうでもいいでしょう、そんなこと」ふっと横を向いて煙草を咥える。フィルターのすぐ側に雨の染みができた。

「よくないんです。人の命がかかってるんですよ。ご主人とどうしても話さないといけない……あなたは何か聞いてますか」

「知りません。そのことは朝も別の刑事さんに話しました。何度同じことを話せば済むのよ」

「あなたが本当のことを言うまで」

「ヤクザの女はね」あおいがきっと顔を上げ、火の点いていない煙草を投げ捨てた。

「覚悟はできてるんですよ」

「あなたはそうでも、ご主人は覚悟ができてなかったんじゃないですか」

「何よ、それ」あおいの目が怒りで煌《きらめ》いた。

「自分の手で復讐しようとするなんて、覚悟ができていない証拠ですよ。我々に任せてくれればよかったんだ」

あおいが短い、ヒステリックな笑い声を上げる。

「そんなこと、できるわけないでしょう。ヤクザが警察に駆けこむ？　冗談にしても面白くもおかしくもないわ」

「だけど、あなたはヤクザじゃない。娘さんも関係ないでしょう」

あおいの目が大きく見開かれた。握り締めた買い物袋がよじれる。

「ヤクザだろうが何だろうが、できることとできないことがあります。自分で落とし前をつけようとする気持ちは分からないわけじゃないけど、実際には不可能なんですよ」

「早く捕まえてくれないから、うちの娘があんなことに……」食いしばった歯の隙間《すきま》から辛うじて搾《しぼ》り出すような声だった。しかし、その指摘は的を射たものである。あおいの娘は最後の犠牲者だったのだ。

「それについては、お詫《わ》びのしようもありません」私が謝罪すると、井崎が片目を大きく見開いた。警察という組織が一番嫌うのは、自らのミスを認めることである。だが今は、そんなプライドはクソ食らえという気分になっていた。「確かに、もっと早く間島を捕まえていれば、娘さんは今も元気で遊び回っていたかもしれない。でも、それとこれとは別です。ご主人が何をしようとしているか、分かってるんですか」

「朝、刑事さんたちから聞きました」あおいの視線が駐車場の濡れたアスファルトに落ちる。「だけど、私は本当に主人の居場所なんか知らないの。そんなことをいちいち言うような人じゃないし、こっちだって聞けないわよ」

「ご主人は間島に復讐しようとしている」はっきりと事実を突きつけた。「それは、日本の法律では許されないことです」

「だから？」挑みかかるように、あおいが上目遣いに私を見る。「仮にそうだとしても、誰も主人を責めないわよ。間島みたいな人間は、ぐちゃぐちゃにされればいいの。私の娘がされたみたいに殺されればいいのよ。チャンスがあれば、私があの男を殺してやりたい」

「そんな風にご主人に言ったんですか」

「そうよ」あおいの声は甲高く、駐車場にいる他の客の目をひきつけ始めていた。井崎たちが輪を狭めたが、あおいは怯む気配を見せない。「殺してやりたいって、何回も言ったわ。自分の娘の髪の毛が家に送り届けられた時の気持ち、あんたに分かる？　同じような事件があって他の子どもたちも行方不明になって……。もう殺されたんじゃないかと思ったわ。でも、もしかしたらどこかで生きているんじゃないかって信じたい気持ちもあって。うちの娘は髪の毛が綺麗だったの。さらさらで、艶々で。あの日、榎本に連絡がつくまで、私がどんな気持ちでいたか想像もできないでしょう。拷問よ。誰もいない部屋で、一人で拷問にかけられてたのよ」

「子どもがいなくなったと思った時点で警察に届けるのが普通でしょう」

「自分で捜したの、必死で」あおいの声が甲高くなる。「一睡もしないで、ずっと。主人のところの若い人が手伝ってくれて……」

「警察に届ければよかったんです」

「警察なんかに頼れないって、あの人が言って。意固地になると、私の言うことなんか絶対に聞かないから」

榎本の気持ちが理解できなかった。面子も何もかなぐり捨てて警察に頼っていれば、娘は死なずに――いや、それは無意味だ。あおいたちが必死になって捜していた頃、娘はもう殺されていたのだから。榎本はヤクザに特有の勘で、自分の娘が連続誘拐事件に巻きこまれ、殺されてしまったと予感していたのかもしれない。あるいは単に、冷静な判断能力を失っていただけなのか。

「学校はどうしたんですか？　ずっと隠してたんですよね」

あおいの喉が小さく動いた。

「事情があって親戚に預けることにしたって……そうやって学校に嘘をつく時に、私がどんな気持ちだったか分かる？　家に帰って泣いたわよ、一晩中。榎本も何も言えなくて、ずっと黙って私を抱いてるしかなかった」

「だから、ご主人は自分で犯人を捜し出そうとしたんですね」

「知らない」

「言って下さい」

「知らないわよ！」あおいの言葉が礫《つぶて》になって私にぶつかった。「さっさと死ねばいいのよ、間島みたいな男は。榎本がどこにいるか知らないけど、一つだけはっきりしてる。榎本は絶対に間島を殺すわ。警察なんて関係ない。榎本は、娘を本当に可愛がってたの。一時は、娘のためにヤクザをやめようかって真剣に悩んでたぐらいだから。日陰者の気持ちを味わわせたくないってね。それに、世間の人間だって同情してくれるんじゃない？　間島みたいな人間は、切り刻まれて死ねばいいのよ。さっさとうちの人に間島を渡して……」言葉が宙に溶け、あおいが濡れたアスファルトの上に座りこんだ。

彼女の言葉が私の心に突き刺さった。あおいは本当に榎本の居場所を知らないのだろう。だが、その考えを百パーセント支持しているのは明らかだった。そして、「世間の人間だって同情してくれる」という読みもまた、さほど間違ってはいないはずである。

本来は自分たちの仕事の後ろ盾になる法。それが急に、ひどく頼りないものに思えてきた。


「お前さんも尾行は下手だな」車に戻ると井崎がからかうように言った。「体がでかいから目立つんだよ」

「迂闊《うかつ》でした」反論する気にもなれず、小声で認めた。タオルを頭から離す。出血は止まっているようだが、傷口が開いてしまったのは間違いない。しかし、今日は病院で治療している暇がない。

「ちょっと見せてみろ」

頭を傾けると、井崎が傷口を確認し、「ああ」と冷たく言って私の頭をぽん、と叩く。

「大したことないな。血は止まってるから放っておけばいいだろう。俺が現役でラグビーをやってた頃は、この程度の怪我で試合をストップさせたらぶん殴られたぜ」

「そうでしょうね」

「ほう」

「分かりますよ。俺もラグビーをやってましたから」

「そうか」

ラグビーは、日本では依然としてマイナースポーツに過ぎないが、それ故にプレイヤー同士の仲間意識は強い。共通の話題はいつも怪我だ。時々ラグビー経験者に会うと、自分がどれだけ凄《すご》い怪我をしたかという話で盛り上がるのだが、さすがに今は、それ以上広がらない。

「しかし、まずかったな。あそこであおいと話をする羽目になるとは思わなかった」井崎がバッグを探り、ウェットティッシュを取り出した。こんなものをいつも持ち歩いているのだろうか、丁寧に指先を拭うと私にも一枚手渡す。傷口に当てると、じんと染みた。顔をしかめたが、井崎は構わず続ける。「あれで用心させちまった。上手く引きこめば情報を手に入れられたかもしれないけど、あれだけ頑《かたく》なになられたら、もうどうしようもないいな」

「頑な過ぎますね。いくら娘を殺されたと言っても……」

「覚悟だろうな」井崎が執拗に指先をティッシュで拭いた。マニキュアの具合を確かめるように顔の前に翳《かざ》す。「あの女にとって一番大事なものは何だと思う」

「謎《なぞ》かけをするような気分じゃありません」

「いいから考えろよ」新しいティッシュを引き出し、また指先を湿らせる。「分からないか？」

「分かりません」

「大事なものなんか何もないんだよ。ヤクザの女になったってことは、その時点で覚悟ができてるはずだ。世間並みの幸せなんか、絶対に手に入らないってな。金でもあれば別だけど、榎本にはそれも大して望めなかったわけだからな。たぶん、子どもだけが夢だったんだろう。その子を奪われたら、空っぽになるのは当然だよ」

「だったら、復讐しようなんて気も起きないでしょう」

「そうとは限らないだろう」井崎が人差し指をぴんと立てて見せる。「子どもは帰ってこない。だから代わりに犯人を痛い目に遭わせる。簡単なことだよ。ヤクザの理論なんて、そんなに難しいものじゃないし、ずっとそういう人間と暮らしてたら、考え方だって似てくるだろう」

「ずいぶん同情的ですね」

「俺が特別ってわけじゃないぜ」井崎がウェットティッシュを小さく丸めた。捨てる場所がないので、きつく握り締める。

私の携帯が鳴り出した。通話ボタンを押して耳に押し当てると、石井の沈んだ声が飛びこんでくる。電波状態が悪く、声はかすれて聞こえた。

「見つかったよ」

「早かったですね」

「間島の記憶力は異常だな。ああいう能力を別のところに生かせばよかったのに」

「どんな具合でした」

「細かく説明したくないな」石井が唾を呑む音がかすかに聞こえてきた。「いつもと同じってことだ。半分白骨化してたよ。可哀相にな」

「見つかってよかったですよ」何の慰めにもならないのは分かっていたが、この場で他に相応《ふさわ》しい言葉は見つからなかった。「間島がこのまま黙っていたら、遺体はずっと発見されなかったかもしれない」

「ああ……そっちはどうだ」

あおいに気づかれ、大根で殴られた話を短くまとめた。笑われるかと思ったが、私の説明を聞いた石井の声は硬く凍りついたままだった。

「榎本は、女のところには現れそうもないな」

「そうですかね」

「警察の動きぐらい読んでるだろう。俺たちが張り込んでいそうな場所には絶対近づかないよ。かといって、女を無視しちまうわけにもいかない。難しいところだな。で、お前、怪我は大丈夫なのか」

「井崎さんに言わせれば軽傷だそうです」

横に座った井崎が目を剝くのが見えた。無視して続ける。

「縫ったところがちょっと開いただけですから。大したことはありません」

「気をつけてくれよ。今夜は大勝負が待ってるんだから」

「いえ」一気に緊張感が走り、唇が乾く。「それまでに決着をつけるのが筋です」と言った声がかすれた。

「気持ちは分かるが、俺は夜中まで動きはないと思うぞ。あまり無理しないで体調を整えておいてくれ。いざという時に動けなかったら何にもならない」

「俺に限ってそれはないです」

「そうだな、お前に限ってそういう心配はないだろうよ。それにしても、昼間はこれ以上無茶しないことだ」急に声を潜める。「俺は、これからサボって少し寝るよ」

「そんなことして大丈夫なんですか」

「俺一人、一時間や二時間行方不明になっても平気だろう。どこかに車を停めて、携帯を切って仮眠する。一応、内密にしておいてくれよ。連絡が取れなくなるかもしれないけど、心配しないでくれ。できたらお前も寝ておいた方がいいぞ。署内なら、どこかに潜りこんで昼寝ぐらいできるだろう」

「そんな気になれませんね」

「何言ってる」石井が豪快に笑った。「そんな気の小さいことでどうするんだよ。いつでもどこでも眠れるのも、刑事の大事な資質じゃないのかね」

電話を切って小さく溜息をつく。

「遺体、見つかったんだな」井崎が低い声で訊ねた。

「ええ。これまでと同じ状態だったそうです」

「何とねえ……」言葉を切り、井崎が上唇をすっと舐める。「これで四件か。もしかしたら奴《やっこ》さん、まだ隠してるかもな」

「それはないでしょう。最後の一件の事情が特殊だっただけですよ」

「だけど、逮捕されたら、ある意味娑婆《しゃば》にいるより安全だろう」

「どうかな。例えば、刑務所に入った時のことを考えていたかもしれない」

「ああ、ヤクザの仲間が刑務所にいて復讐されるんじゃないかとか？　まさか。アメリカじゃそういうことも珍しくないみたいだけど、日本じゃほとんど聞かないぜ」

「奴は想像力が豊かな人間ですからね。何を考えてもおかしくはない」

「ああ、そうだな——ちょっと待て」今度は井崎の携帯が鳴り出した。顔を背けて窓の方を向き、ほとんど聞き取れないような声で話し出す。「はい……ええ、ああ、いいですよ。一時間後？　場所は？　そこなら大丈夫でしょう。ああ？　そうね」ちらりと私の方を見る。「今一緒にいるんでね。違う違う、ちょっとこっちの立場を考えて下さいよ。ここで変に突っ張ってると、そっちの立場だってどんどん悪くなるんだから。そう、今は非常事態なんでね」

電話を切り、車のドアを押し開ける。思い出したように振り返り、私を見て顔をしかめた。

「誰ですか」

「花井《はない》だよ。ちょっと会えないかって言ってきた」

「じゃあ、行きましょう」私もドアに手をかけたが、慌てて井崎が止めた。

「ちょっと待て。向こうのリクエストは、俺が一人でくることなんだ。というか、お前さんが同席すると困ると言ってる」

「冗談じゃない、一緒に行きますよ」

「しょうがねえな」井崎がわざとらしく溜息をつく。「面倒を起こさないって約束するなら一緒にきてもいい」

「ガキじゃないんですから、つまらないことは言わないで下さい。俺は、面倒を起こす気なんかありませんよ。ただ、奴がこの前みたいに回りくどい言い方をしたら締め上げてやるだけです」

「それが面倒だって言ってるんだ」井崎が力なく首を振る。

「必要ならやりますよ。時間がないんだから、情報は絞れるだけ絞り取らないと」

「頼むよ、鳴沢」井崎の口調はほとんど懇願するようになっていた。「こっちにはこっちで奴らとのつき合い方があるんだからさ。それを崩さないでくれ」

「そんなもの、クソ食らえです」

井崎の顔に、何とも言えない情けない表情が浮かんだ。まだいくらでも言葉はぶつけられたが、これ以上言い合いをしていても仕方がない。時間がないと、今自分で言ったばかりなのだ。

花井は待ち合わせ場所に渋谷《しぶや》を指定してきていた。西武線と山手線を乗り継ぎ、駅前のバスターミナルの近くで待っていると、一台のメルセデスが滑るように走ってきて急停車した。運転席を覗きこむと、花井が一人で座っている。助手席のドアを開けようとすると井崎に止められた。

「俺が前。お前は後ろに乗れ」

「しかし――」

「相手は仮にも情報提供者なんだぞ。機嫌よく喋らせるために、少しは気を遣え」

黙って指示に従った。こんなことで言い合いをしている時間はない、と再び自分に言い聞かせながら。

花井はすぐに車を出し、原宿《はらじゅく》の方に向かって走り始める。車内には、花井のつけているコロンの臭いが充満していた。助手席の後ろの席に陣取り、雨が吹きこむのを覚悟の上で窓を細く開ける。花井はバックミラーでちらちらとこちらを窺《うかが》いながら無言を貫いていたが、車が明治通りに出るとようやく口を開いた。

「やっぱり一人じゃなかったんですね、井崎さん」

「しょうがないだろう」井崎が肩をすくめる。「後ろで大人しくしてるから、大目に見てやってよ」

わざわざ刺激するようなことを言わなくても。そう思いながら、つい皮肉が口をついた。

「ヤクザが暴力を怖がるのは変じゃないですか」

「黙れ、鳴沢」井崎がぴしりと言った。一言多いのは自分でも分かっている。だが今日は、言葉を抑えておくのが難しい。苛つきがすぐに態度に、言葉に出てしまう。

「完全に姿を消してるね、榎本は」花井が短く結論を出した。

「なるほど。写真は？」

「ああ、何とか一枚。最近のやつはこれぐらいしかなくてね」

井崎が手札サイズの写真を受け取り、この場で頭に刷りこもうとするようにじっくり眺めた。体を捻って私に渡す。

やや右斜め前から撮られた写真だった。細く尖った顎、薄い唇、切れ長の目が目立つ。顎を斜めに横切るように、五センチほどの細い傷が走っていた。綺麗に後ろに撫でつけられた髪には、細い櫛目《くしめ》が入っている。頭に叩きこみ、井崎に返した。

「鉄砲玉が三人いるのは間違いない。栗岡が、十日ほど前にうちの組の連中に『榎本さんのためにやる』って言ってたらしいぜ」

「何を？」井崎が念押しした。

「そこまではっきりとは言ってなかったそうだ。ただ、な……」赤信号でメルセデスが停まる。花井がハンドルを指先で叩いた。「榎本の娘があんな目に遭ったことを知ってた人間は、俺らの仲間内には少なくないね」

「あんたもですか」

花井が黙って小さく肩をすくめる。

「榎本たちは、間島が捕まる前に奴のことを調べてた。そうだね？」

「榎本と、鉄砲玉の三人がね」

「他に手を貸してた奴はいないのか」

「俺が調べた限りじゃ、四人だけだ」

「本当に、四人とも行方は分からない？」

「そう言ったでしょう」

「榎本が何かしたら、あんたらも責任を問われるかもしれないよ」

「俺たちも関わってるとでも？」花井の声が尖った。信号が青に変わり、思い切りアクセルを踏みこむと、雨に濡れたアスファルトの上でタイヤが鳴った。

「どうなんだ」井崎が冷静に突っこんだ。

「否定しておきますよ」花井も冷めた声で答える。「これは、榎本の問題だから。俺たちが口出しするようなことじゃない。ただ、榎本の気持ちは分からないでもないな。奴は娘をべたべたに可愛がってたからね」

「分かった。とにかく、榎本の居所が摑めたら必ず連絡してくれよ」

「摑めないでしょうね」花井があっさりと断定する。「摑むつもりもない」

「ふざけるなよ」後部座席から警告を飛ばしたが、花井はバックミラーをちらりと見ただけだった。

「俺たちは法律のこっち側で生きてるんでね。落とし前のつけ方はあんたたちとは違うんですよ……おっと、俺が何かしようとしてるわけじゃないけどね。さて、次の信号で降りてもらえますか」

信号で停まると、花井は私たちが乗っていないような様子でカーステレオのスウィッチを入れた。一瞬かたりと音を立ててからテープが回り始め、バイオリンのソロが低い音で流れ出す。井崎は黙ってドアを開けた。私も後に続く。歩道に上がったところで信号が青になり、レースのスタートのようにメルセデスが急発進する。

「よく我慢したじゃないか」からかうように井崎が言った。

「奴は、絶対榎本の居場所を知ってますよ。共犯みたいなものだ」

「そうかもしれない」井崎の目が、急速に小さくなるメルセデスのテールランプを見送った。「だとしても、どうしても花井を責める気になれないんだよな。間違ってるかね、俺は」

答の出ない質問だった。

4

井崎と別れて原宿駅まで歩き、山手線を使って新宿《しんじゅく》まで出て、京王線で調布《ちょうふ》へ。そこから歩いたが、東多摩署に着く直前、ひどく緊張感を強いられる光景に出くわした。署の前を走る甲州街道で短い渋滞が発生していたのだ。交通検問ではない。機動隊のバスと装甲車がずらりと並び、物々しい雰囲気が漂っている。ここで検問をする意味は一つしかない。東多摩署が爆破されるという噂を、警察内部の誰かが真に受けたのだ。

待機する報道陣の数も、昨日より膨れ上がっている。立ち番の制服警官が何か話しかけられ、迷惑そうな顔で首を振った。一本手前の道から大きく迂回《うかい》して裏口に向かったが、そちらも安全地帯ではなくなっていた。甲州街道沿いには車を停めておけないのだろう、テレビの中継車や黒塗りのハイヤーが駐車場の脇に列を成している。数えたら全部で二十二台。記者たちはあちこちで小さな塊になり、傘の陰に顔を隠して署の様子を窺っている様子だが、緊張感は感じられない。暇潰しに馬鹿話でもしているのか、時折笑い声が漏れる。へらへらするな——怒鳴りつけてやりたかったが、そんな元気もなかった。長時間の待機を強いられ、連中も気が緩んでいるのだろう。

いつもは無人の駐車場の出入り口も、今日は制服警官が二人で警戒していた。私に気づくと同時に目礼する。余計なことを――これでは署員だと気づかれてしまうではないか。案の定、駐車場に入ろうとすると、近くにいた記者たちがわらわらと寄ってきた。

「どうなんですか」

「間島は放すんですか」

出入りの弁当屋だよ、と嘘をついてやろうと思ったが、結局うつむいたまま、無言を押し通す。さすがに駐車場の中までは追って来なかったが、誰かが舌打ちして「いつまで隠すつもりなんだよ」と吐き捨てるのは聞こえた。

いつまでもだ、と低くつぶやいた。間島を放す計画は、絶対に知られてはいけない。振り返り、駐車場の入り口に集まる報道陣を一瞥《いちべつ》する。飢えたような顔。苛立ちが滲み出た顔。雨の中の長い張り込みにうんざりした顔。その中に見知った男を見つけて、思わず視線を逸《そ》らした。東日《とうにち》新聞の長瀬《ながせ》龍一郎《りゅういちろう》。新潟時代からの知り合いだが、私に気づいているのかいないのか、ぼうっとした表情を浮かべている。学生時代に書いた小説で作家としてデビューし、それなりに話題になって売れたのだが、なぜか新聞記者になった男だ。やる気があるのかないのか、いつも飄々《ひょうひょう》とした態度を崩さない。去年は警察内部の腐った連中を叩き潰すのに手を貸してもらったが、それ以来会うこともなかった。普通の事件記者なら、刑事とのつながりは大事にしようと考えるはずだが、彼にはそういう感覚が欠けているらしい。

とにかく、あいつにだけは捕まらないようにしよう。理由は分からないが、何故かいつも余計なことを喋ってしまうのだ。今回は絶対に情報を漏らすわけにはいかない。

通用口に辿り着いたところで電話が鳴った。ディスプレイを見ると「優美」の字が浮かんでいる。向こうはサマータイムだから、夜の十二時ぐらいだろうか。

「了？」頼りない声が耳に飛びこんでくる。優美ではなく勇樹だった。

「どうした、こんな遅い時間に。まだ起きてるのか？」

「待ってたんだ」

「何を」

「ママのお風呂」

なるほど。秘密の電話をするのに、優美がいなくなる時間を待っていたわけか。彼女の最大の楽しみは風呂で、一時間ぐらいバスルームから出て来ないこともよくある。

「ということは、ママには聞かれたくない話があるんだ」

「うん……」

元気がない。いつも子どもらしい能天気さとは無縁の大人びた子なのだが、それにしても今日は静か過ぎる。

「何か心配なことでもあるのか」

「僕じゃなくて、ママがね」

「何かあったのか」電話を握り締める手に力が入る。

「何だか元気がなくて。最近、いつも溜息ばかりついてるんだ。僕には何も話してくれないし」

「ああ、そういうことか」庇《ひさし》の下に引っこんで雨を避け、傘を畳んだ。灰皿代わりのペンキ缶に水が溜まり、雨滴が無数の丸い小さな輪を作っている。勇樹の好物のラーメンをふと思い出した。油滴が作る透明な輪を追いかけて、スープの中でレンゲを泳がせていたものである。二人の行き先がニューヨークでよかった。あの街なら、ちゃんとしたラーメンを食べさせる店が何軒もあるはずだ。

「ママは、大学へ行くかどうかで迷ってるみたいなんだ」

「それだけ？」

「それだけ」

「なーんだ、そうなの」気が抜けたように勇樹が言った。

「簡単に言うけど、大変なことなんだぞ。お金だってかかるし、勇樹と一緒にいる時間も少なくなる」

「僕は一人でも大丈夫だよ。学校も面白いし、テレビ局の人もみんなよくしてくれるから。結構楽しいよ」

「だけどママは、お前を一人にしておくのが心配なんだ」

「大学って、何年ぐらい行くの？」

「どうだろう。どれぐらい勉強するかによるんじゃないかな」答になっていない。答えられない質問だった。

「ママが大学に行ってる間は、日本に帰れないの？　ずっと了に会えないの？」

「そう、だな……そうなるかな」いきなり核心を衝かれた。子どもらしい勘というより、勇樹の場合は大人の洞察に近い。

「寂しいよね」

「大丈夫だって。勇樹が心配することはないよ。すぐに会えるさ」

「どうして」

密《ひそ》かに温めていた計画を打ち明けた。

「すごいよ、それ」勇樹の声が弾んだ。

「まだ決まったわけじゃないから、ママには絶対に内緒だぞ。七海おじさんは知ってるけど、ママの前では話すなよ」

「うん、黙ってる。でも、どうして？　教えてあげたほうがママも喜ぶじゃない」

「びっくりさせたいんだ」実際私は、劇的な再会を夢想している。百本のバラを抱えて家のドアをノックするとか、立ち回りそうな場所を事前に調べていきなり後ろから抱きしめるとか。夜中に一人で想像してにやにやしているのに気づき、思わず頰を張る時もあるが、そろそろそうしてもいい時期なのだ。大事な一歩を踏み出すために、けじめとなる劇的な場面が必要なのだ。

「ママ、きっと泣くよね」勇樹が嬉しそうに言った。

「ああ、泣くな」

「僕、その時はいないようにするから」

「生意気言ってるんじゃない」

「会えるといいね」

「会えるさ。またキャッチボールしような」そこにいない二人の姿を思い浮かべ、一人うなずく。電話を切って、死人の集まりのように生気がないままこちらを窺っている報道陣を一瞥した。一瞬、長瀬と目が合う。右目だけを大きく見開いてひょいと頭を下げ、次の瞬間には怪訝そうに首を傾げた。どうやら私のにやけた顔に気づいたようだ。この重大事に何でそんな顔をしているのか——無言で疑問符が飛んでくる。ふだんはぼうっとしている男なのに、突然鋭さを見せることがあるのだ。

勝手にしろ。緩んだままの頰を一発平手で張り、大股で署に入る。交通課の裏で、警務課長の鬼沢《おにざわ》と出くわした。私の顔をみると、突然自信ありげな表情を浮かべて胸を張る。

「何ですか」

「誰かさんが弁当に文句を言ってたせいだろうな、今日の昼飯はスペシャルなやつが届いてるぞ。防犯協会の瀬戸《せと》会長がわざわざ差し入れてくれたんだ」

「中華ですか」

「昨日副署長と話して、瀬戸会長もこっちの大変さを分かってくれたんだよ。で、防犯協会で差し入れてくれたわけだ。副署長に感謝しろよ」ふっと表情が翳《かげ》った。「お前、また怪我したのか」

「いや」頭に手をやる。タオルを押し当てて出血を止め、ウェットティッシュで拭いただけだから、何も知らない人が見たらひどいことになっているだろう。

「ちゃんと手当てしておけよ。病院に行った方がいいんじゃないか」

「刑事課にも救急箱ぐらいありますから、自分でやりますよ」

「無茶するなよ。体を削ってまでやる仕事なんてないんだぞ」

「ええ」一瞬、鬼沢の言葉を真面目に考えた。刑事の仕事がどれほど危険なものか。一説には、仕事中に死ぬ可能性は刑事よりもタクシーの運転手の方がよほど高いという。私は一人で、この商売の危険度を押し上げることになるのだろうか。「でも、そもそもこの程度じゃ体を削られたとは言えませんから」

「強がりはよせ」鬼沢が私の腕を小突く。衝撃が頭にまで響いたが、何とかよろめかずに踏み止まった。「この三か月、大忙しだったからな。一段落したら有給でも取れよ。温泉にでも行ってゆっくりするんだな」

「いや」また頰が緩むのを感じた。「温泉もいいけど、俺はアメリカに行きます」

ぽかんと口を開けた鬼沢を残して、私は二段飛ばしで階段を上がった。ちょっとした苦役を自分に与えることで、気の緩みを叩き直すために。


弁当は確かに豪勢だった。モヤシとザーサイのサラダ風の和えもの、分厚い牛肉に甘辛い味つけをした炒め物、はっきり食感を残したエビがごろごろ入ったシュウマイに、クワイと鶏のオイスターソース炒め。驚いたのは、冷えたチャーハンがまだぱらりとした食感を保ち、味もしっかりしていたことである。いつも瀬戸の店で食べるランチよりも、明らかに味が上だ。

「どう？　今日は豪華でしょう」

聡子が目の前に湯呑みを置いた。お茶を一口啜《すす》ってうなずく。

「あんた、鬼沢課長に文句言ったんだって？」

「文句？　違いますよ。率直に意見しただけです」

「何でもいいけど、とにかく言ってみるものね。鬼沢課長が瀬戸さんに話してくれたから、こんな豪華な弁当になったのよ。捜査本部が三か月続いて、署の予算は相当厳しいみたいだし」

「でしょうね」

「何、また怪我したの？」横に回りこんで私の頭を見ながら顔をしかめる。

「大したことはないですよ」弁当に蓋《ふた》をしてお茶を飲み干した。「怪我なんて一々数えてられないし、これは人に話せるようなことでもないから」

「馬鹿ね、もう聞いてるわよ」堪えきれなくなって聡子の顔に大きな笑いが広がる。

「大根で殴られたのは、確かに人に言えるような話じゃないわね」

私は人差し指を唇に当てた。

「この話、この部屋から出ないようにして下さいよ」

「もうみんな知ってるんじゃないの？　どっちにしろ、打ち上げの時にはぴったりの話じゃない」

「打ち上げができればですけどね」

「もう」聡子の目がどんよりと曇った。「何でそんなに嫌なこと言うかな」

「現実的なだけです」

「おい、鳴沢」鳥飼に呼ばれた。弁当箱を横に押しやり、大股で部屋の一番前まで行く。鳥飼がテーブルの上に地図を広げていた。

「検問が始まってるの、気がついたか？」

「署の前で見ました」

「鑓水の近くでも三か所でやってる。爆発物の捜索も始まった」

「何か出ましたか？」

「いや、ない。かなり入念にやってるんだが、まだ何も仕掛けてないんじゃないかな。で、お前はどう思う？　仕掛けるとしたらどの辺りがやりやすい？　あの辺は詳しいんだから、ちょっと考えてくれよ」

腕を組んで地図を見下ろした。鑓水付近の様子を思い浮かべる。多摩センターから南大沢にかけては、いかにも人工的に作った街のイメージだが、鑓水辺りまで行くと田舎の風情が濃くなる。民家のすぐ裏まで鬱蒼とした森が迫っているような場所だ。何か隠すとしたらそういうところだろうか。あるいは細い脇道。

「脇道まで調べてるんですか」

「まだそこまでは手をつけてない……そっちも危険なのか？」

「どこだって危険なんじゃないですか。道路封鎖しない限り、奴らはどこからでも来られますよ」

「そうだよな」鳥飼が刈り上げた頭を掻き毟《むし》った。「クソ、自衛隊の戦車にでも護衛してもらうか」

「冗談にしてもあまりいいアイディアじゃないですね」

「分かってる」唇を引き結んでマーカーペンを投げ出し、鳥飼が腕を組んだ。天井を仰いで目を閉じる。

少し離れたところで受話器を耳に当てていた溝口が、舌打ちして叩きつけるように受話器を置いた。私に顔を向け「石井を知らないか」と訊ねる。

「現場じゃないんですか」

「そっちへ行ったのは分かってる。電話が通じないんだよ」

「山だから電波状態が悪いんでしょう」

「いや、先に帰ったらしいんだ」

予告した通り、携帯の電源を切ってどこかでサボっているのだろう。彼との約束を思い出し、「知りません」とだけ答えておいた。ふいに激しい疲労に襲われ、左手をテーブルについて体を支えながら鼻梁《びりょう》をきつく揉んだ。指を離すと、周囲の光景がぼやける。

「今のうちに少し休んでおいたらどうだ」溝口が忠告する。「お前一人休んでもマイナスにはならない。夜のことも考えろよ」

「大丈夫です」

「あまり大丈夫そうには見えないがね。強がりだったら勘弁してくれよ。いざっていう時に動けなかったら困る」

「問題ありません。自分の体のことは自分が一番よく分かってます」

「その割に、怪我は防げなかったわけだ」溝口が私の頭をじっと見る。もう少しで笑い出しそうな顔だった。

「いきなり大根が飛んでくるなんて、誰が想像できます？」

少し横になりたい。その欲求を何とか抑えつつ、給湯室で怪我の手当てをした。鋭く染みるのを我慢しながら丁寧に水で洗い、消毒薬をつける。鏡を覗きながら手当てするのは結構面倒な作業だったが、絆創膏を二枚無駄にした後、何とか傷口を覆うことができた。病院からしてきたネット状の包帯は家にあるので普通の包帯を使い、上から太目のテーピングテープを二重に巻きつける。少し頭が締めつけられる感じだが、怪我は気にならなくなったし、萎《しぼ》みかけていた気合も元に戻った。ラグビーをやっていた頃は、髪が邪魔にならないようにするのと、一種の験担《げんかつ》ぎを兼ねて試合の時はいつもテーピングテープで鉢巻をしたものである。あの頃の痛みや苦しみに比べれば——比較できない。今の私は、ラグビーのようにコントロールされた暴力の中にいるわけではないのだ。

ワイシャツに血が飛び散っていたので、お湯に浸《ひた》して抜こうとしたが、小豆大の血痕はしつこくこびりついていた。署内にはもう替えのワイシャツもない。ぬるま湯に浸したまま刑事課に戻り、ロッカーを漁る。春先に羽織っていたグレイのトレーナーと革のフライトジャケットが出てきた。夜はむしろ、この方が動きやすいだろう。少し黴《かび》臭いトレーナーを着こんで人心地ついた。

電話が鳴り出した。デスクの角に腰をぶつけながら飛びつく。

「刑事課」

「鳴沢か？　井崎です」

「はい」

「今、榎本の子分を一人捕まえたよ」

「あの三人の一人ですか？」

「いや、それとは別の人間だ。今、そっちに向かってる」

「逮捕したんですか」

「あくまで任意でご協力いただいてる。今のところ、容疑は何もないからね。ま、いざという時には叩けば何か出るだろう。お前、そこで待っててくれるか？ちょっと一緒に締め上げてやろう」

「いいですよ」

「二十分ぐらいで着く」

電話を切り、できれば夜までにもっと多くの手がかりが出てきて欲しい、と祈った。壁の時計は三時を指している。あと九時間。ふっと考え、分に換算した。五百四十分。秒なら三万二千四百秒。桁《けた》が大きくなっても、少しも安心感を覚えなかった。

榎本の子分と井崎が言った男、上岡《うえおか》は、不貞腐《ふてくさ》れてだらしなく椅子に腰かけ、正面に座った井崎に鋭い視線を飛ばしていた。私は横に座り、二人のやり取りに黙って耳を傾けた。

「井崎さん、これはひどいんじゃないの」上岡がシャツの胸を指先でつまんだ。どうやらボタンが一つ取れたらしい。背広の襟は曲がっているし、朝方はきっちり後ろへ撫でつけていたであろう髪も乱れていた。年の頃三十五歳ぐらい。小柄で敏捷そうな男で、薄い紫色のシルクのシャツに隠れた腹は板のように平《たい》らだった。

「ああ、悪かったね」井崎が薄い笑みを浮かべた。「俺のところの人間じゃなくて、別の課の人間が行ったもんだから。あんたたちの扱いには慣れてなくてな」

「困るんだよね、こういうことされちゃ。高いんだぜ、このシャツ」

「高いシャツ？　最近は金回りがいいのか？　シャブに手を出してるんじゃないだろうな。それともまた中国人を使って盗みをやってるのか」

「勘弁して下さいよ」急に上岡の声が萎んだ。「えらく古い話じゃないですか」

「確かに、もう十年も前だ。お前らが中国人を使って盗みを始めてから、あちこちで大流行になっちまったんだよな。まったく、悪い前例を作ってくれた」

「今さらそんな古い話を持ち出されてもね」上岡の顔に、取ってつけたような笑みが浮かんだ。

「そうだな。今日はそういう話をしたいわけじゃないんだ」井崎が両手を組み合わせた。

「で？　榎本はどこにいる」

「知りませんって。最近会ってないし」

「会わなくても、榎本の命令なら電話一本ですっ飛んでくんだろう？　一生頭が上がらない相手だからな」

「そりゃあ、榎本さんには恩がありますからね」上岡がそっとシャツの胸を撫でつけた。

「俺が刑務所に入ってる時には家族の面倒も見てもらったし。あんな人、今は滅多にいないですよ」

「だから庇《かば》うのか」井崎がわずかに声を落とした。

「庇ってませんて」面倒臭そうに上岡が顔の前で手を振る。「知らないものは知らないんだ」

「なるほど」一度だけうなずき、井崎が座り直した。「じゃあ聞くけど、お前、四月頃に調布をうろうろしてただろう」

「調布？　そんなところ、行ったかな」上岡が耳の後ろを掻きながら井崎の視線を外した。

「行ってない？」

「覚えてないっすね。そんな前のことを言われても分からねえな」

「困るな、惚《とぼ》けられたら」

「いや、別に惚けてるわけじゃないって。本当に覚えてないんですよ」

「いい加減にしようぜ、上岡」井崎がぐっと身を乗り出した。「分かってるんだよ。お前、榎本を手伝ってただろう」

「知らないね」

「いつまでも惚けててもいいけど、榎本が何かやったらお前も共犯になるぞ。ここで喋ったら少しは考えてやってもいいがね、人がやったことに巻きこまれて逮捕されたらたまらないだろうが」

「榎本さんは裏切れねえよ」

「今時、義理と人情か？　そういうの、流行《はや》らないぞ」

「そんなんじゃねえんだよ」上岡が背広を両手でぴっと引っ張った。「井崎さんも知ってるんだろう？　榎本さんは苦しんでるんだぜ。恩人が苦しんでるのを黙って見てるわけにはいかないでしょうが」

「それが犯罪になるとしてもか？」

「関係ないね」

「そうも言ってられないんだぜ」

「帰らせてもらいますよ」鼻を鳴らして上岡が立ち上がる。私は手を伸ばして彼の肩を押さえつけた。

「何だい、あんた」

井崎が深く溜息を漏らした。

「お前、早く喋らないから悪い相手に当たるんだぜ。鳴沢、俺は外そうか？　お前一人で可愛がってやったらどうだ」

「冗談言ってる場合じゃないでしょう」デスクを引き、壁際に寄せた。上岡の正面に椅子を持って来て座る。ほとんど膝がくっつきそうになった。井崎はこれから起きる事態に備えるつもりなのか、壁際に椅子を運んで腰かけた。

「刑事さん、その頭はどうしたんだい」上岡がからかうように言って、自分の頭を指差した。

「ちょっと削られたんだ。あんたの親分の榎本にね」間接的に、だが。

「榎本さんは親分じゃないぜ」鼻を鳴らし、椅子に背中を押しつけて体を反《そ》らす。私はさらに身を乗り出した。

「あんたらが自分たちの狭い世界の中で何をしようが、俺は興味がない」

「ああ？」上岡が眉をひそめる。「何言ってんだよ、あんた」

「街で会っても見えないふりをしてやるよ。俺にとって、お前みたいな人間は透明な存在だから」

「ふざけんなよ、てめえ」いきり立って上岡が立ち上がろうとした。平手で胸を突き、椅子に押し戻す。

「ここから一歩も前に出るな」座ったまま、靴の踵で床に見えない線を引いた。「自分たちの狭い世界の外に迷惑をかけるな。そんなことをしたら、俺はお前を叩き潰す。五秒で十分だ」

「刑事さんよ、格好つけてるのもいいけど、世の中そんな綺麗ごとばかりじゃないんだぜ。俺らがいないと生きていけない人間だっているんだからよ」

残念だがそれは事実である。ヤクザの存在は、それとは気づかれぬまま、一般の市民生活にも染みこんでいるのだ。顎を引き締め、追及を続ける。

「そんなことはどうでもいい。榎本はどこだ」

「知らねえな」

「お前も間島のことを調べてたのか」

「さあね」乱れた髪にそっと手をやる。「だいたい、何なんだよ。放っておいてやればいいじゃないか。榎本さんには榎本さんの落とし前のつけかたがあるんだからよ。サツの世話にはならねえ」

「落とし前をつけようとしてるんだな」

「それは……」上岡が口を閉ざした。唇の端が小刻みに震え、喉仏が大きく上下する。

「今、お前が言ったんだぞ。知ってるんだな」

「そんなつもりじゃねえよ」

「井崎さん、共犯で逮捕しましょう」腕を高く掲げ、時計を確認した。現行犯でもないし、逮捕状が取れないことなど承知の上でのブラフだ。「十六時五分。取りあえず恐喝だな。まだいろいろある。実刑は覚悟するんだな」

「てめえ、何のつもりだよ。逮捕状もなくてパクれると思ってるのか」

「間島と同じ部屋に入ってみるか。奴はまだここにいるんだぞ。あいつは子どもを殺した時の様子を喋るのが大好きなんだ。一人で寂しそうにしてるから、話し相手になってやったらどうだ。そうだ、今夜間島と一緒に出てもらおう。あいつと一緒に、榎本のところへ行ってやったらどうだ」

「な——」上岡の口が丸く開いた。

「榎本が何を企《たくら》んでるのか知らないけど、お前も自分の目で見届けたらどうだ。それとも、そこに行くと危ないのか」

上岡の肩ががくりと落ちた。井崎が立ち上がり、「替わろう」と短く言ってデスクを元の位置に戻した。

「こんなことが表に出たらまずいんじゃないのか、刑事さんよ」上岡が私に向かって精一杯凄んで見せる。

「違法な調べだったたって言いたいのか？　喋りたければ喋れ。お前のことなんかどうでもいいんだ。俺たちには救わなくちゃいけない命がある」

「救わなくちゃいけない？　間島の命を？」上岡が取調室の床に唾を吐いた。「そんなもの、犬の餌にでもしちまえばいいじゃないか」

素晴らしい提案ではないか。私が榎本の立場だったら、すぐにその考えに飛びついただろう。

急襲と呼ぶに相応しい捜索だった。上岡が口を割ったのが午後五時過ぎ。五時半には、五台の覆面パトカーが三鷹《みたか》にあるワンルームマンションの前に集結していた。東多摩署からは私と聡子を含めて四人。特殊班と組織犯罪対策第三課からは六人が集まった。先着していた刑事から現場の様子を聞き、井崎が指示を飛ばす。

「裏口を四人で固めろ。正面で三人待機。突入するのは三人だ」

全員が持ち場に散った。マンションを管理する不動産会社の社員が鍵を持ってくると、すぐに行動に移る。私と井崎、それに柔道三段だという特殊班の刑事が突入班になり、音を立てないように気をつけながら外階段を上がって、榎本が借りている部屋の前に立った。井崎がインタフォンを鳴らす。反応なし。私はドアに耳を押し当てたが、物音一つしない。

「いないようです」報告すると、井崎が即座に断を下した。

「よし、開けよう」

私ともう一人の刑事が配置につくのを確認して、井崎が自分の家に入るように気楽な調子で鍵を回す。カチリ、と音がしてロックが解除された。そのままドアノブを思い切り引く。私は真っ先に玄関に飛びこんだ。

空だった。人がいればその気配ぐらいはするものだが、空気は冬を思い起こさせるように凍りついている。玄関には靴が一足もなく、作りつけの下駄箱の扉が片方だけ開いている。かすかな音が聞こえたが、締め切っていない水道から漏れる水がシンクを叩いているだけだった。

「誰もいません」井崎に報告して、一度外に出る。井崎は下で待機していた連中に部屋に入るよう声をかけ、裏で待っていた刑事たちも呼び戻した。

しかし、ワンルームの部屋に十人は狭過ぎる。結局私を含めて五人が中に入り、残る五人は近所の聞き込みに回った。

部屋に生活の臭いはまったく残されていなかったが、榎本たちは証拠を残していた。地図。八王子の市街地図で、鑓水付近にマーカーで大きな印がついている。それを見つけて、井崎が小さな唸《うな》り声を上げた。私が顔を見ると「本当はびびってたんだ」と打ち明ける。

「どうしてですか」

「ここにダイナマイトが隠してあったらどうしようかと思ってね。あれは、爆発物としては安定してるって言われてるけど、ずっと貯蔵してると不安定になって自然に爆発することがあるらしい」

「保管場所はここじゃなかったんでしょうね」

「あるいは、もう全部運び出したかもしれないな。とにかく、ここに榎本たちが潜伏していたのは間違いない。潜伏というか、たぶん作戦基地にしてたんだろう。鑑識を呼んで、中を徹底的に調べさせよう」

六畳ほどの部屋で、額を突き合わせるように計画を練る。その様を想像し、同時に写真で見ただけの榎本の顔を脳裏に思い浮かべた瞬間、私は背筋を冷たいものが走るのを感じた。その冷たさはあっという間に脳に入りこみ、判断力や冷静さまでをも凍りつかせてしまいそうだった。

三鷹のマンションが榎本たちのアジトになっていたのは間違いないようだった。近所の聞き込みで、榎本、あるいは栗岡の顔を見かけたという人間が何人も出てきたし、不動産屋を調べると、榎本が昔面倒を見ていた組関係者――今は抜けて新宿でスナックをやっている――が名義を貸して契約をしていたことが分かった。部屋を借りたのが半月前。どうやらその頃から、榎本たちは間島の奪取計画を真剣に練り始めたようだ。

午後八時半、間島の護送部隊に選ばれた人間が捜査本部に集められた。溝口は、今この時点で選んだベストの布陣だと強調したが、私にはにわかには信じられなかった。誰もが疲れ切り、脱水された洗濯物のようによれよれになっている。どこかで一眠りすると言っていた石井にしても同じだった。盛んに欠伸を噛み殺し、何度も目を擦っている。

溝口も目を血走らせていたが、自棄《やけ》っぱちになったように張り切っていた。ホワイトボードの前に立ち、油性ペンで刑事たちの名前を書き出す。数人ずつを大きく四角で囲み、それぞれ横にA、B、Cと大書した。

「A班、先導部隊。キャップは石井。B班が間島を連れて行く。ここは鳴沢がキャップをやってくれ。若手で固めることにする。C班は江戸《えど》がキャップで後ろを固める。出発はそれぞれ十分ずつずらすことにする。A班が十時五十分、B班が十一時ちょうど、C班が十一時十分だ。その後、多摩センター駅付近で合流して時間調整する。鳥飼課長、この時間だとそれぐらい見ておけばいいですか」

「結構です」疲れた声で鳥飼が応じる。「その時間だと、もう混んでないでしょう」

溝口が地図の前に移動した。油性ペンで道路をなぞってから向き直った。きゅっきゅっという甲高い音に、私は反射的に両耳を手で塞《ふさ》いだ。

「途中で間違いのないように、多摩センター駅までは、鶴川《つるかわ》街道から川崎《かわさき》街道経由のルートに固定する。この間、要所に覆面パトカーを配置しておく」

「俺が一人で先導しましょうか」石井が突然提案した。「バイクを使ったらどうですかね。機動力も必要なんじゃないかな」

「ああ、それも悪くないな。検討しておく」溝口がうなずいた。

「現場の警戒はどうするんですか」石井が欠伸を嚙み殺して質問をぶつけた。

「待機していると警戒される可能性があるから、何台かで流す予定だ。八王子バイパスの鑓水インターチェンジ付近とこの交差点――上柚木会館入口か、この間を往復させる。どんなに時間がかかっても、五分で応援に行けるはずだ」

「五分ね。心強い限りだ」

石井の皮肉に、溝口が鼻に皺《しわ》を寄せる。一つ咳払いをして、地図上の「鑓水」の文字にマーカーを叩きつけた。

「そこから先は何が起きるか分からないが、君たちは経験豊富なベテランだ。必ず榎本たちの逮捕にこぎつけてくれると信じている」

「何も起きなかったらどうしますか」私の質問に、溝口が露骨に嫌そうな表情を浮かべた。

「とりあえず、多摩美大の近くまで行ってもらって待機だな。状況を見てだが……一時間経って何も起きなければ、今夜は撤収することにしよう」

「榎本の逮捕状は取れそうなんですか」と石井。溝口が首を振った。

「まだだ。あの部屋からダイナマイトにつながるものが出れば一番いいんだが、今のところは難しいな。栗岡に対しては脅迫状の指紋が取れているから、それで押せる」

「奴らがちゃんと出て来てくれるといいんですけどね」今夜の石井は妙に懐疑的だ。

「鳴沢じゃないけど、結局空振りっていうのが一番困るな。どうせなら、今夜中に決着をつけたい」

「それは今考えても仕方ない。とにかく準備をして、少し体を休めておいてくれ……課長、何かありますか」

「ああ」一課長の水城が立ち上がる。背広のボタンをとめ、テーブルに両手をついて私たちの顔を見回した。「今回の件は非常に遺憾だ。率直に言えば、榎本の子どもの事件について最初に間島の口を割らせていれば、こんなことにはならなかったかもしれない。今さらこんなことを言っても何にもならないが、今後の反省材料として生かして欲しい……それはそれとして、今夜は、今まで経験したことのない仕事になると思う。危険なのは重々承知しているが、どうしてもやり遂げなくてはならない。榎本たちは社会に不安を与え、法で許されない私的な復讐を企《くわだ》てている。今後、同様の事件を起こさないためにも、絶対に榎本たちの好きにさせてはいかん。もちろん、君たちの背後では、多くの刑事たちがバックアップしていることを忘れるな。理想は、指定の時刻までに榎本たちの居場所を突き止めてパクることだが、君たちには十分な準備をしてもらいたい。私は君たちを信じている。

なお、本日は拳銃携帯。以上だ」

下手な演説だった。それで気合が入るわけでもない。だが、最後の一言は私の全身の神経をぴりぴりと刺激した。拳銃携帯。水城は人を撃ったことがあるのだろうか。目の前で、自分の銃弾で人が死ぬのを見たことがあるのだろうか。

久しく記憶の中に閉じこめていた悪夢が蓋を押し上げ、むくむくと顔を出す。

5

仮眠するなり食事を取るなりして英気を養っておけということで、出発まで私たちは自由の身となった。食欲はなかったが、とりあえず夕食を取っておくことにする。今夜は長い夜になりそうだったから。

裏の通用口から出ようとすると、一階の交通課の周囲に煙草の煙が霧のように漂っているのが見えた。抑えたように低いが、棘《とげ》のある話し声も聞こえてくる。外で待機していた記者たちを署内に入れたらしい。

「ホント、煩《うるさ》い連中よね」私の後から階段を降りてきた聡子が小声で文句を言った。

「何で中に入れたんですか」

「駐車場のところでたむろされてると、間島が出るところを見られるかもしれないでしょう」聡子が声をひそめる。「一か所に集めておけば、こっちも監視しやすいから」

「萩尾さんが監視するんですか」

「そういう意味じゃないけど。ま、私は署で待機してるから、安心して」

湧き上がってきた笑いを嚙み潰した。

「大船に乗ったつもりでいますよ」

「そうだ、これ、持って行きなさいよ」聡子がジャケットのポケットから携帯電話を取り出した。

「携帯なら持ってますよ」

「うちの息子のやつを持ってきたの。ＧＰＳ携帯だから、どこにいても居場所が分かるわけ」

「それは便利だけど、俺だけが持ってても仕方ないでしょう」

「念のためよ、念のため。あんた、Ｂ班のキャップなんだし」聡子が耳の上を曲げた人差し指で叩いた。「それに何となく、予感がするのよね」

「予感？」

「あんたが一人で暴走するような」

「まさか」小さく声を上げて笑ったが、自分でも驚くほど硬い笑いになってしまった。

聡子がにやりと笑い、話題を変える。

「食事ならつき合おうか」

「いや、今夜は一人で食べます」

「一人になりたい時もあるんだ」

「基本的にいつも一人ですけどね」

「今夜ぐらい、チームワークを大事にしないと。それより頭は平気なの？　後で治療してあげようか」

「大丈夫でしょう」傷口の辺りに触れる。特に痛みはない。テーピングを巻き直せば問題ないだろう。「じゃあ」

「気をつけて」

　食事をするだけで「気をつけて」か。彼女にそう言わせてしまうほど、今夜の私はぴりぴりして見えるのだろうか。


　結局はいつものように慌《あわただ》しく食事を取って、三十分で署に戻ってきてしまった。駐車場脇の道路には、まだハイヤーと中継車が列を作っていたが、記者やカメラマンの姿は見当たらない。行きよりも雨脚《あまあし》が強くなっており、私は傘を斜めに差しかけていた。ふと、ひょろりとした長身を腰のところで折り曲げるようにして立ち、小さな傘の下で煙草をふかしている男の姿が目に入る。あまり嗅いだことのない香ばしい香りが漂ってきた。

長瀬だ。

傘で顔を隠したまま通り過ぎようとしたが、気づかれてしまった。

「おや、鳴沢さん」

逃げ出したら不自然だ。適当にあしらおう、そう思って立ち止まる——十分な距離を置いて。

「ああ」

「こんなところで立ち話してたらまずいですよね。どうぞ、行って下さい」芝居がかった仕草で、長瀬がさっと左手を庁舎の方に向けた。そんなことをされると、逆に一言言ってやりたくなる。

「あんたはどうしてこんなところに？　みんな中に入ってるでしょう。そんな小さな傘じゃずぶ濡れになるよ」

「出入り口はチェックしないとね……それと、こいつのせいですよ」長瀬が私に向かって煙草を突き出した。いや、煙草ではない。香りが強いし、巻紙が茶色だ。

「葉巻？」

「シガリロです。葉巻の細いやつね。最近凝ってるんですけど、中で吸ってたら『臭い』って文句を言う奴がいて。苛々してるんだろうけど、粋ってものが分からない人間はどこにでもいるんですね。だから記者は嫌いなんですよ」

「あんたも記者でしょう」

「もういい加減に辞めようと思ってますけどね」すっと肩をすぼめる。

「小説に専念、ですか」

「ま、そんなところです」長瀬がシガリロを携帯灰皿に押しこみ、湿った髪を掻き上げた。薄いベージュのレインコート、ネクタイは淡い紫色を基調にしたレジメンタルである。ブロック塀に寄りかかり、気取って足を組むと、コマンドソールの黒いブーツが覗いた。

「どうも、このがさつな世界が肌に合わないんですよ」新しいシガリロに火を点け、顔の周りに煙を漂わす。

「その割には結構長くいる」

「そうですね。何だかんだ言って、もう五年になるか」

「あんたみたいなタイプは、元々記者には向いてないんじゃないですか」

「はっきり言いますね」苦笑したが、目は笑っていなかった。「まあ、その通りなんだけど……しかし、今回は嫌な事件ですね」

「その件はノーコメント」拳を握り締め、言葉を腹の底に押しこめた。

「この事件は、小説のネタになりそうですよ」

「あんたの書くものとは、ちょっと路線が違うんじゃないかな」彼のデビュー作にして今のところ唯一の小説のタイトルは『烈火』という。分類すれば純文学になるのだろう。実は私も持っているのだが、読み進むに連れ、脳を細かく傷つけるような生硬な文章だ。親子三代の確執と家族の再生を描いた作品で、それなりの評価を受けて売り上げもよかったらしいのだが、私の感覚には合わない。

「どんなものでも小説のネタにはなるんですよ」

「そんなものかな」

「そんなものです」目を細め、立ち上るシガリロの煙を追う。唐突に言葉を吐き出した。

「中途半端な結末、かな」

「どういうことだ？」

「どういうことも何も、ただの勘ですよ。何しろ今回は全然情報が入ってこないから、結末が見えない。割り切れるような答は出てこないんじゃないですかね。ただ、嫌な予感が消えないんですよ」

「そうはさせないさ」

「ということは、勝算あり、ですか」

私は口を閉じ、指先で唇をなぞった。

「鳴沢、貝になる、ですね」

「当然」

「去年の一件の時とはずいぶん違いますね。あの時はそっちから情報を流してくれたのに……あれは俺を利用したってことか」

「お互い様じゃないかな。そっちもいいネタになったんだから」

「そういうことにしておきましょうか。それより、結論が出ない話を持ちこまれて、警察も大変ですね」

「俺たちは、結論が出ないじゃ許されないんだよ」

「法的にはね」長瀬が闇の中でぽっと赤く灯《とも》った火を見詰める。「でも、やっぱり結論は出ないでしょう。すべての犯罪が法で裁けるかどうか。法がすべてなのか」

「何が言いたいんだ」

「たぶん、鳴沢さんが考えてるのと同じことじゃないかな」

この男はどこまで知っているのだろう。榎本たちの存在はまだ表に出ていないはずである。間島の釈放を迫っているのは、表向きはまだ謎の脅迫者でしかない。長瀬がぼうっとした表情でつぶやく。

「見えない芯《しん》を中心にぐるぐる回るような話は、小説の題材に向いてるんですよ」

「小説だって、結論がなければ終わらないでしょう」

「小説は結論を出さなくてもいいんです。それで読者が本を投げ捨てても、嫌な気分になっても、買った人間の責任でもあるんだから。書く方としては、絶対に結論を出さなくちゃいけないっていう気持ちも原則もないんですよ。書きたいことがイコール結論ってことにもならないし」

「じゃあ、この事件をネタにしてあんたが書きたいことは何なんですか」

「何も分からないってことじゃないかな。世の中には結論を出せないで悶え苦しまなくちゃならないこともあるっていう実例ですよ。そんなもの、何の教訓にもならないけど」さして寒くもないのに、レインコートの襟を掻き合わせる。

「書くのはいいけど、それはたぶん売れないね。じゃあ」

歩き出した私を長瀬が呼び止める。振り返ると、中指を突き出し、満面の笑みを浮かべて「大きなお世話です」と言った。

既視感——いや、前にも確かに同じことがあった。私は拳を口に押し当てて笑いを封じこめ、大股で歩き出した。

「何だよ」取調室に連れて来られた間島は、椅子に座るなり臍《へそ》を曲げて顔を背けた。頭の後ろで髪が跳ねている。「こんな時間に取り調べはまずいんじゃないの」

「取り調べじゃないんだ」私はデスクを挟んで間島と向き合った。

「じゃあ、何」

「ちょっとドライブするだけだ」

「ドライブ？　何を企んでるんだよ」間島の目にかすかに怯えが走る。

「悪いけど、説明できない」

「ちょっと待てよ」間島が手錠をはめた手首をデスクにぶつける。ガラスの割れるような音が響き、自分でそれに怯えたのか唇を震わせた。下唇をぎゅっと嚙み、短く息を吐く。「そんな馬鹿な話、あるかよ。変なことすると、後で問題になるぜ」

「あんたは、死刑は怖くないんだろう」

「当然」唇が捻《ね》じ曲がり、人工的な笑みが浮かぶ。「あんなの、一瞬だ」

「死ぬのが怖くなければ、怖いものなんてないさ。大丈夫、俺たちが守ってやるから」

「ちょっと！」間島の声が甲高くなった。濡れた額が灯りを照り返しててらてらと光る。

「何なんだよ、いったい。説明ぐらいしてくれたっていいじゃないか」

「悪いな。説明できないんだ」小さくうなずきかけ、取調室を出た。間島は両脇を制服の警察官に摑まれ、ばたばたと耳障りな足音を立てている。振り返ると、駄々っ子さながらに地団駄を踏んでいた。脇を固める二人の警察官は長身なので、両足はほとんど床から浮いている。

「おい、ふざけるなよ。訴えてやる！」

「どうぞ」首を捻ったまま答える。「あんたには時間はたっぷりあるんだ。死刑になるまで、いろんなことがじっくりできるよ」

刑事課の部屋を横切りながら、間島のような男に対してであっても、ここまで言う権利があるのだろうかと思った。間島の悪に対しては悪を。最初はそんなことは考えてもいなかったのに。まるで間島が私の心を引き抜き、そこにスポンジを埋めこんで、邪悪な液体を染みこませたようではないか。

首を振り、人気《ひとけ》のない階段を降りる。結論を出せないで悶え苦しまなくちゃならないこともある――長瀬の言葉が頭の中で木霊《こだま》していた。

十時四十五分。駐車場に出ると、石井と出くわした。すでにバイク用のレインウェアを着こみ、ジェット型のヘルメットを右手にぶら下げている。

「よう」私を見て無理に笑みを浮かべた。掌でライターを覆って煙草に火を点ける。かちっという小さな音が響くと同時に、顔の下半分が闇に赤く浮かび上がった。無精髭が目立ち、依然として目は充血している。顔を背けて煙を吐き出し、「嫌な雨だな」と小声で吐き捨てた。駐車場の照明に照らされ、雨が細い銀の糸のように流れる。長瀬のように裏口に近づく記者がいないよう、駐車場の外で制服警官が二人、警戒していた。今のところ、記者が見張っている気配はない。

「時間、大丈夫なんですか」

「何を緊張してるんだよ」声を上げて石井が笑う。目の前に停まった車──私が乗る予定だ──を煙草で指した。中では、すでに二人の刑事が待機している。「その車に乗って行くだけの話だろう」

「石井さんは緊張してないんですか」

「今さら緊張しても仕方ないさ」まだ長い煙草を空き缶に投げ捨て、新しい一本に火を点ける。親指と人差し指でフィルターが潰れるほどきつくつまみ、忙《せわ》しなく吸った。

「今日は、寝たんですか」

「ああ?」

「昼間、サボるって言ってたじゃないですか。溝口さんが携帯が通じないって文句を言ってましたよ」

「まさか、ばらしたんじゃないだろうな」一瞬、石井の口調が鋭く尖る。

「喋ってませんよ」

「ならいいけど」大きく肩を上下させる。首をぐるぐる回すと、右手を左手に乗せてきつく揉んだ。「正直言えば、俺だって参ってるさ。今にも神経がぶち切れそうだ。今日だって、本当に寝るつもりだったんだぜ。現場からお先に失礼して、途中でサービスエリアに入ってね。だけど、いざ寝ようと思ったらかえって目が冴えちまった。遺体を見た直後だったし」

「ああ」

「まだ目に焼きついてる。ひどい話だよ。何で子どもがあんな目に遭わなくちゃいけないのかね」

「そうですね」

「まったく、嫌になる」深く吸って、また煙草を空き缶に投げ入れた。パッケージに手を伸ばして迷い、結局胸ポケットに戻す。「吸い過ぎだよな」

「煙草はやめた方がいいですよ。いざという時に息切れします」

「はいはい」呆《あき》れたように言って肩をすぼめる。「お前、やっぱり緊張してないみたいだな。大した男だ」

　今度は私が肩をすぼめてやった。

「何が起きるか分からないのに、緊張しようがないじゃないですか」

「そういう考え方もあるか」腕を顔の前に突き出し、時計を確認する。「確かに、あれこれ考えても仕方ないな。さっさと終わらせようぜ。今晩中に片がついたら、俺は絶対に有給を取るぞ。どうだ、今度の捜査をやった連中何人かで温泉にでも行かないか？　三日ぐらい、何も考えないで酒をくらって温泉に浸かってさ。体が溶けるまで緩ませてやるんだ」

「今夜中に終われば、ですね」

石井の顔にすっと影が射した。

「お前、どこまで現実的なんだ」

「死ぬまで」

ふっと石井の口元が緩む。私の肩を軽く叩くと、「テーピング、よく似合ってるぞ」と言い残して小走りにオートバイに向かった。革靴が水を跳ね上げ、ズボンの裾が見る間に黒く濡れる。ほどなく、セルモーターが回るキュルキュルという音に続いて、エンジンに火が入る。スズキの大型スクーターだ。巨大なカウリングがあるから、走っている限り雨はさほど気にならないだろう。

石井が神経質にバックミラーをいじった。緊張し過ぎではないか。一人でやるわけではないのだ。何かあってもバックアップする人間がいる。なのに石井は、すべてを一人で背負いこんだような様子だった。

私たち第二陣は、十一時一分に駐車場を出た。雨は相変わらず降り続き、視界が狭まっている。ミニバンは三列シートで、間島は私と並んで三列目に座っている。といっても脚を伸ばせるわけでもなく、頭上にもあまり空間がないので、私にとっては拷問のようなものだった。間島を三列目に座らせたのは、単にドアから遠いからである。仮に誰かがドアから突入してきても、すぐには辿り着けない。二列目の席には、急遽この任務に投入された機動隊員が二人、フル装備で陣取っている。二人とも二十代半《なか》ば、体力的に一番充実した年代で、重量級の柔道選手でもある。顔見知りではなかったが、そのような事情は二人の会話からすぐに把握できた。

「お前、肩はもう大丈夫なのか？」

「ああ。今日みたいに雨が降ってる時はちょっときついけど」

「肩のネズミってのは珍しいよな」

確かに。ネズミ――剝離した骨片が関節内を動き回り激痛を引き起こす――の症状が多く現れるのは肘《ひじ》や膝だ。

「手術した医者が、学会誌に発表していいかって聞いたよ」

「そりゃすごい」

「お前こそ、肘はもういいのか？　俺、何度ビデオを見てもびびるよ」

「あれなあ。あれはひどかったよ。確かにあの瞬間も痛かったけど、後でビデオを見たら痛さが倍増したね。肘が逆に曲がっちまってるんだぜ？　あんなの、初めて見たよ」

「寒気がするな」

　ちらりと横を見る。間島は狭い空間にすっぽり収まり、両足をぴたりと閉じて膝の上に組んだ手を載せている。前を向く目は虚ろだったが、二人の話に恐怖感を覚えている様子はなかった。苦痛に関する間島の感覚を、私は未《いま》だに摑みきっていない。

　この車に乗っているのは六人——残る二人は運転席と助手席だ。六人も乗る必要はなかったのではないかと思う。車内の空間はほとんど埋め尽くされ、身動きが取れない。脇腹に手をやる。ふだん持ち歩いていないだけに、拳銃の感覚は安心感よりも不安感を植えつけた。フライトジャケットの前を少し開け、楽に右手が入るスペースを作る。いざという時すぐに抜けるか——その時間が近づいたら、ずっと銃把《じゅうは》に手をかけていることにして、今は、冷たく硬いその感触を指先に覚えさせておくだけにする。

　雨が窓に点線をつけ、タイヤが水を跳ね上げる音が少しだけ大きくなる。雨が少し激しくなったようだ。外は肌寒いぐらいだが、車内は六人の男たちの体温でむっとしている。近くにいると、獣じみた間島の体臭も鼻についた。少し体をずらし、彼との間に隙間を空ける。間島は軽く目を閉じ、顎を引いて眠っているようにも見えた。襟が広がったトレーナーに膝の抜けたジーンズ、薄手のフィールドジャケットという格好は、街の中を歩いていても目立たないものだが、足元ははだしで官給の茶色いサンダルを履いているだけである。それと手錠だけが、彼を留置人と判別できる材料であった。

車は多摩川原橋《たまがわら》を渡り終え、川崎街道に入った。間もなく、ゴルフ場の中を縫うように走るアップダウンの多い場所に差しかかる。第一陣は多摩センター駅付近に到着し、第三陣は署を出る頃である。今ここで榎本たちが襲ってきたらどうなるだろう。いや、それはないはずだ。東多摩署から鑓水に至るルートは何通りもある。中途で待ち伏せするのは、あまり確率のよくない作戦だ。署の近くで待ち伏せして追跡するのも実質的に不可能である。署の警戒はふだんより厳重になっている——立川から第四機動隊と第八方面交通機動隊との応援を得ていた——し、検問も行われているのだから。それに護送班の出発に際しては、最大限の注意が払われた。

「腹が減った」目を閉じたまま、間島がぼそりとつぶやいた。

「黙ってろ」低い声で忠告したが、間島は引き下がらなかった。

「ふだんはもっと早く健康的に寝てるからね。こんな時間までつき合ってるんだから、食い物ぐらい出してくれてもいいんじゃないの？　カップヌードルが食いたいな。トンコツ味か何か、こってりしたやつ」

「そんなもの、車にあるわけないだろう」

「どこまで行くんだよ」

「それは言えない」

「あんた、ふざけてんの？」間島の声のトーンが上がった。「言えないって、さっきからそればかりじゃない。俺にだって権利はあると思うけどね」

「権利って、何の？」

私の質問に、虚を衝かれたように口を開けたまま間島が黙りこむ。お前には何の権利もない。その事実が彼の頭に染みこむまで待ち、フライトジャケットのポケットを探った。今年の冬買ったばかりなのでまだ革が硬く、ポケットの中では手が自由に動かない。ようやくチョコレートバーを引っ張り出して渡してやると、手錠をしたままの手で苦労しながら包装を剝き始めた。口に押しこみ、半分ほど齧り取ると、ピンポン球が入ったように頰が膨らむ。二、三度嚙んだだけで飲みこむと、残り半分は口の中で転がすようにしてゆっくりと味わった。ようやく食べ終えると、指先を丁寧に舐めて包装紙を丸める。

「刑事さん、甘いもん好きなんだ」

「いや」

「じゃあ、何でこんなもの持ってるの」

「非常食」

「へえ」

今がお前にとっての非常時だ。だが間島は、私の心の声に気づくわけもなく、口中で舌をあちこち動かしてチョコレートの残りを舐め取っている。今のうちに味わっておけ。これがお前の最後の食事に——自分の中で囁《ささや》く悪魔を追い出そうとしたが、背中を蹴飛ばそうとすると雲に変わり、その嫌らしい笑い声だけが耳に残るのだった。


十一時半、三台の車が多摩都市モノレールの高架下を少し行き過ぎた路上に集まった。前の車の陰から石井が出て来る。眼鏡を外してからヘルメットを脱ぐと、頭を振りながらこちらに近づいてきた。顎の辺りが開いているジェット型のヘルメットなので顎から喉にかけてが濡れ、ライトに照らされて光っている。私は、前の座席に座る二人の機動隊員に声をかけて外に出た。後続の車から降りて来た江戸と三人、ミニバンの後ろ側に集まる。スモークガラスになっているので、一番後ろに座っている間島の姿は見えなかった。

石井が煙草に火を点ける。雨が落ちて湿ってしまったのか、顔をしかめて路上に投げ捨て、新しい一本を咥えた。江戸がすかさず傘を差し出す。

「悪いな」

「バイクじゃ傘も持てませんからね」江戸が淡々とした口調で応じる。

「ああ」今度はちゃんと火が点いた。深々と吸いこむと、湿った空に向かって吐き出す。腕時計に目を落として「あと三十分か」とぽつりとつぶやいた。

「バイクはどうですか」

私の質問に、石井がにやりと笑って首を傾げる。

「久しぶりに乗ったから、まだおっかなびっくりだよ。こういうでかいスクーターが流行ってるらしいけど、普通のバイクより怖いな」

「雨ですから、気をつけて下さい」

「ま、大丈夫だろう。安全運転で行くよ」

私は周囲に視線を巡らせた。ここから私の家までは歩いて十分ほどであり、毎日のように通る場所だ。だが、明日の朝からはこれまでと同じ気持ちではここを歩けないだろう。制限速度をかなり下回るスピードで一台のセダンが脇を通り過ぎた。後ろから迫ってきたワゴン車がクラクションを鳴らし、急なレーンチェンジを敢行して追い越して行く。気にする様子もなくゆっくりと走るセダンを江戸の目が捉えた。いつもと変わらぬ落ち着いた声でつぶやく。

「あれは援軍だな」

「あまりあてにしないことだ」煙草を咥えたまま、石井がレインウェアのズボンを引っ張り上げる。私の顔を見ると急ににやりと笑い、「お前の方がバイク向きの格好だな。そういうのも似合ってるぜ」と言った。

「着る物がなくなったんですよ」

「お前さんの家、この近くだろう？　今から着替えを取ってきたらどうだ」

「そんな暇、ありませんよ」

「ああ、まあ、そうだな」石井の顔にはまだ笑みが張りついている。「ここから鑓水までどれぐらいかかる？」

「渋滞もしてないし、十分から十五分でしょうね」

「分かった」石井がまた腕時計に目を落とす。「あと十五分、ここで待機しよう。それから現場に向かう。それで十二時ちょうどぐらいに着くだろう。早過ぎても仕方ないしな」

もう打ち合わせることもなく、無言のまま時が過ぎた。立っているだけで、靴のソールから雨が染みこんでくる。大失敗だった。エドワード・グリーンのモンクストラップが死にかけている。こんなことなら、ラバーソールの靴かオートバイ用のブーツを準備しておくべきだった。

結局石井は、待機している十五分で煙草を四本灰にした。煙草を咥える度《たび》に江戸が黙って傘を差しかけ、その度に短く「すまん」とつぶやく。そのやり取りが永遠に続くのではないかと思われた頃、石井が最後の煙草を投げ捨てて顔を上げ、「時間だ」と告げた。

車に戻り、私が一番後ろの席に戻るのは面倒なので、応援の機動隊員の一人にそちらに座ってもらう。私よりもなお大柄な彼にとってはほとんど拷問のはずだが、嫌な顔一つせず、狭い空間に何とか巨体を押しこめた。前に停まった車のテールランプがぽっと赤く灯り、すぐに右側のウィンカーが瞬く。石井の乗ったオートバイが、最初に飛び出し、それに続いて三台の車が列を成して走り始めた。タイヤがアスファルトの雨を跳ね上げる音がやけに大きく聞こえる中、私は次第に緊張が高まってくるのを感じた。いつの間にか、堅く組み合わせた両手には薄く汗をかいている。両手をズボンの腿《もも》に擦りつけ、落ち着け、と自分に言い聞かせた。後ろを振り向くと、間島は首を傾げて目を閉じている。薄い胸が規則正しく膨らんでは萎んでいた。だがよく見ると、目は薄く開いている。揃えて膝に置いた手も、痙攣《けいれん》するように忙しなく動いていた。

車列は京王線に沿って走り、京王堀之内《ほりのうち》駅の北側で右に折れ、小さな川を渡って野猿《やえん》街道に入った。このまま西へずっと行くと、途中から柚木街道に変わって鑓水付近に出る。道路は川沿いに住宅地を縫うように走っており、私たち以外に車はほとんど見かけない。西へ進むに連れてカーブが多くなり、急に田舎の雰囲気が色濃くなってきた。陸上競技場を通り過ぎると、間もなく鑓水である。車列が信号で引っかかった。大きく深呼吸をし、力をこめて両手を握り締めた瞬間、鼓膜を突き破りそうな爆発音に加えて閃光が煌き、天地がひっくり返る。反射的にダッシュボードの時計に目をやり、指定の時刻の一分前だということを確認する。頭をぶつけないよう、両手両足を突っ張ってバランスを取った。体が奇妙に折れ曲がり、努力も空しく下になった天井に頭がぶつかる。意識を失いそうになりながら、一週間のうちに二回も爆発に巻きこまれる人間など、テロが多発する中東にさえ滅多にいないはずだと考えていた。

十秒か二十秒か、一瞬だけ気を失うこともある。そういえばラグビーをやっていた時にはこんなことがあった。綺麗にタックルに入ったのだが、相手の膝が私の額と衝突し、次に気がついた時にはずいぶん後ろの方でスクラムが組まれるところだった。ワンプレイが切れる間だから、それこそ十数秒の出来事だろう。ひどく長い時間が経っていたような気がしたのだが……今も同じだった。腕時計を見ると、オメガの分針は十二時を一分しか過ぎていなかった。

逆さになったままシートベルトを何とか外す。隣にいた機動隊員は意識を失っているようで、体がこちらに覆い被《かぶ》さっていたが、強引に押しのけて体を反転させた。後ろを確認すると、間島もう一人の機動隊員も逆さになったまま気絶している。間島の額には大きな瘤《こぶ》ができ、唇の端から糸のように細く血が流れ出していた。

「しっかりしろ！」無理に声を出すと喉に痛みが走る。オイルと火薬の臭いが充満し、鼻と喉の粘膜を刺激した。涙も溢れてくる。私がいる方のドアはガードレールに張りついていた。逆側は、機動隊員の体が塞いでいる。フロントガラスがすべて破れ、冷たい雨と風が吹きこんでくる。一番前に座っていた二人は、シートベルトにぶら下がるような格好で気を失っていた。破れたフロントガラスから、何とか外へ出られそうだった。フロントシートと天井の間にできた細い隙間を抜けられるかどうか試してみる。できないことはないが、外へ出る前に二人の機動隊員を叩き起こして、間島をガードさせなければならない。だが、どうやって？　頰を張ったぐらいでは目を覚ましそうにない。だいたい、隣で逆さになった機動隊員の頰を張るには、私もまたひっくり返らなければならない。申し訳ないと思いながら、肩の辺りを蹴りつけてみた。反応なし。今度はもう少し強く。風船から空気が漏れるような音がして、身をぴくりと震わせた。

「おい、起きろ！」言いながらまた蹴飛ばし、脛《すね》の辺りを拳で殴りつけた。それで一気に目が覚め、苦しげな呻《うめ》き声を上げながら体をよじった。まだ自分がどうなっているのか把握できていない。

「何……ですか」

「両手を挙げて天井に突っ張れ。ひっくり返ってるんだよ」

悪戦苦闘しながら機動隊員が姿勢を立て直そうとするのに手を貸した。と言っても、私も彼も平均的な体格を大分はみ出しているから、すんなりとは行かない。体をドアにぴたりとつけて空間を確保した。やっと彼がまともな姿勢に戻ろうかという瞬間、また破裂音が響いた。今度はもう少し小さく、だがさらに近い場所で。冷たい風が、急に前から後ろに吹き抜ける。首を捻ると、リアウィンドウが割られ、誰かが中に体をこじ入れて間島の首に腕を回して外へ引き出そうとしていた。間島が苦しげな呻き声を上げ、手足をばたつかせて抵抗を始める。だがそれも効果はなく、間島の体は荷物のように外へ引き出されていった。

襲撃者の顔が闇の中に浮かぶ。

石井。

雨と汗で顔は濡れ、顎の辺りに力が入って引き攣《つ》っているものの、表情そのものは冷静だった。単に仕事として荷物を片づけているような態度である。石井さん、と声をかけようとして喉が張りついた。間島を救出に来たのか？　だが、それだったらなぜ私たちに声をかけないのだろう。

目が合った。が、石井は無言で間島を引っ張り続けた。表情は消えている。もう一人の影がちらりと見えた。暴れる間島を二人がかりで抱えて連れ去る。

「連絡、頼む」横の機動隊員に声をかけ、後ろからの脱出を試みた。まだ気を失っているもう一人の隊員の体を踏み台にして、壊れたリアウィンドウから首を突き出す。雨が頭に降りかかり、その冷たさで意識がはっきりした。窓枠に手をかけるとガラスの破片が掌に食いこむ。ワイパーを押しのけ、腹ばいになって外へ出た。水溜りに突っこみ、開いたフライトジャケットから胸に水が染みこんでくる。

車の横に回り、周囲の状況を目に入れる。あちこちで煙が上がり、後ろを走っていたはずの江戸たちの車は見当たらない。先頭の車はガードレールに突っこむ格好で、五十メートルほど前方で停まっていた。後ろでは他の車が立ち往生し、クラクションが激しく飛び交っている。石井のバイクが見当らない。石井本人は——いた。道路の反対側に停まった車に間島を押しこみ、ドアが閉まらないうちに発進しようとしている。止められるか？　フライトジャケットの胸元に手を突っこんで拳銃を探したが、ない。クソ、先ほどの衝撃で車の中に落としてしまったらしい。

リアタイヤを鳴らしながら、石井たちの乗った車が急発進する。ナンバーを頭に叩きこんでから、何か使えるものはないかと周囲を見回す。甲高いクラクションとブレーキが軋る音が耳を突き刺した。慌てて振り返ると、派手な緑色にカラーリングされたカワサキのオートバイが、私の一メートル手前で急停止したところだった。ライダーがヘルメットのシールドを撥ね上げ、くぐもった声で「何事ですか」と訊ねる。

これだ。彼の顔の前にバッジを突きつけ「そいつを貸して下さい」と言いながらハンドルに手をかける。ライダーはまた「何事ですか」と繰り返したが、私が「警察です」と怒鳴ると慌ててオートバイを降りた。すぐにシートに跨《また》がり、アクセルを吹かす。サイドスタンドを撥ね上げ、バランスを取ってみた。

「あの」今度は明瞭な声。ヘルメットを脱いで、私の方に差し出した。二十歳ぐらいの気の弱そうな男で、ぺっとりと頭蓋《ずがい》に張りついた髪が見る間に雨に濡れて光り始める。

「これ、使って下さい」

「いや」頭を触る。あれだけのショックの後なのに、テーピングは無事だった。「ちょっと無理だね」

重いクラッチを握り、ギアをローに叩きこむ。ずっしりとした衝撃が爪先から膝までを震わせた。これでエドワード・グリーンは完全に駄目になるだろう。慎重にクラッチをつないでアクセルを開けた途端、体が後ろに引っ張られ、風が硬い壁になって立ちはだかった。巨大なタンクの上に伏せ、喜びの叫びを上げながらフロントタイヤを持ち上げようとするカワサキをねじ伏せながら、私は石井の車を追い始めた。

6

私は中型二輪の免許しか持っていないし、ふだん乗っているのは単気筒のヤマハSRである。シングルエンジンらしく出足は鋭いが、初めて乗った大型の並列四気筒マシンはそれとはまったく違う体験をもたらした。レースシーンにおいてカワサキが「グリーンモンスター」と呼ばれていることは知っていたが、それがあながち誇張ではないことを即座に思い知らされる。

ハンドルをきつく握り、両腿でタンクを締めつけて伏せる。カウリングがなければ、叩きつける風で息もできないところだ。ヘッドライトを消しているので、スピードに加えて暗闇の恐怖も心を侵す。後で知ったのだが、このマシンはヨーロッパ向けのモデルを逆輸入したもので、水冷四気筒の一二〇〇ccエンジンは実に百八十馬力近くを叩き出す。それでいて乾燥重量は二百キロを少し超えるぐらいだから、加速能力は推して知るべし、だ。延々と続く直線でスピード競争をするのでない限り、フェラーリだろうがポルシェだろうが置き去りにすることができるだろう。いや、リミッターを外せば最高速でもいい勝負ができるかもしれない。

三速から上を使う必要すらなかった。エンジンは低い、不満そうな唸り声を上げるだけだが、すでに速度計は百キロ近くを指している。少しスピードを緩めてカウリングから顔を上げ、周囲の状況を確認した。すでに爆発現場からは遠く離れている。行き交う車はほとんどなく、前方に小さな赤いテールライトがはっきりと見えていた。再びタンクに伏せ、アクセルを軽く捻る。角度にして十度というところか。風景があっという間に流れ、点のようだったテールランプが瞬時に大きくなった。カウリングに隠れ、距離を保ったままナンバーを確認する。間違いない。下四桁が「５１５０」。それほど背の高くないミニバンだ。この手の車なら、動力性能で負けることはない。ヘマをしない限り見失うはずもない――と少しだけ安堵した後、私の方からは誰かに連絡する術《すべ》がないことに気づいた。オートバイに乗ったままでは電話もかけられない。フライトジャケットの右のポケットを叩き、聡子が渡してくれたGPS携帯がまだそこにあるのを確認する。よし、これが助けてくれるはずだ。先ほどの爆発についてはもう本部に連絡が入っているはずだから、聡子たちも混乱の中から情報を拾い上げようとしているだろう。このまま尾行を続けることにした。結局私が暴走して、聡子が尻拭いをすることになる。

どうして石井が。

暗い想像が頭に忍びこんできたが、それは激しく叩きつける風に押し流された。今は考えないようにしよう。あれこれ想像するよりも、まずは前の車を見失わないようにすることだ。カウリングから少し顔を上げ、車内の様子を窺う。人の後頭部は見えるが、何をしているかまでは分からない。あの車なら、榎本たち四人と間島、石井の六人が乗れるはずだ。間島はまた、最後部の座席で狭い思いをしているかもしれない。

車は薄い雨のカーテンを切り裂くように柚木街道を東へ走り、下柚木交差点で左に折れた。ここからは緩く長い上りが続き、野猿峠を過ぎると長沼公園の脇を抜けて八王子の市街地に近づく。どこへ行くつもりだろう。中央道《ちゅうおうどう》に乗って山梨方面へ――不快な予感が背筋を這い上がった。榎本の娘が埋められていた場所へでも連れて行くつもりなのだろうか。そこで間島を処刑する。亡き娘の魂が漂う辺りで。

　だが、ドライブは長くは続かなかった。車は峠道の途中の交差点で左に折れ、細い山道に入って行く。少し距離を置き、追跡を続けた。八王子は五十万都市である。こんな山の中でも開発は進み、住宅地が広がっていた。車は、似たような二階建ての家がずらりと並ぶ住宅地の中を迷わず進み、やがて小さな公園に近づいたところで速度を落とす。脇道に入り、公園の裏手に回って行った。一旦オートバイを停めて時間を調整する。フライトジャケットに雨滴がつき、表皮を洗い始めていた。薄いウールのズボンは、すでにじっとりと湿っている。エドワード・グリーンのモンクストラップの惨状を確かめる勇気はなかった。

　ゆっくりオートバイを出す。公園の裏手で道路は行き止まりになっており、車は鉄製の柵の手前に停まっていた。ギアをニュートラルに落とし、エンジンを切って惰性で進む。車の五十メートルほど手前でカワサキを停め、シートを降りる。ふだんSRに乗る時には使わない筋肉が緊張し、かすかに強張っていた。姿勢を低く保って小走りに車に近づきながら、フライトジャケットのジッパーを引き下げて拳銃を――そうだ、なかったのだ。本部に電話を入れてみるか。だが物音を立てるのは得策とは思えなかったし、何が起きているのか見逃したくもなかった。

しばらく待ってから車の中を覗きこむ。もぬけの殻だ。耳を澄ませたが、アスファルトを打つ雨の音が聞こえるだけで人の気配は消えていた。正面には神社。左手には森の奥へ続く道があり、周囲よりもさらに暗い穴が開いていた。そちらに歩を進めると、ぬかるみに足を取られる。エドワード・グリーンは世界最高の靴の一つだが、こういう場所ではまったく頼りにならない。すぐに滑り、尻から落ちてズボンが泥だらけになってしまった。悪態を何とか呑みこんで足元に目を凝らしたが、足跡は見当たらない。

引き返して逆方向、右手に進む。こちらは何だろう、公園から下に向けて芝生を張った斜面が広がっている。すり鉢を切り取ったような形で、斜面は緩いカーブを描いていた。端には階段があり、ずっと下まで続いている。闇に目を凝らすと、斜面の底に民家があるのが見えた。灯りは消えている。

ぴしり、と鞭《むち》を打つような音が聞こえた。いや、打撃音ではない。前に一度聞いたことがあるが、サイレンサーをつけた銃の発射音だ。クソ、一発で片をつけようとしたのか——だが、それに続く細い泣き声を聞いて、私は胸を撫で下ろした。少なくとも間島はまだ生きている。

慎重に階段を降りる。ほどなく、六人の男が固まっているのを見つけた。階段に身を伏せ、様子を窺う。闇に目が慣れてくると、間島は両腕を二人の男に押さえられた格好で膝をついているのが見えた。背後に一人。前には石井ともう一人が立ちはだかっていた。こちらには背中を向けているが、それが榎本だろう。低い声がノイズのように聞こえてくるだけで、その場でどんな話し合いが行われているかまでは聞き取れなかった。が、想像はつく。ありとあらゆる言葉での叱責、罵倒《ばとう》が間島を貫いているに違いない。間島が体を震わせながら、地面に倒れこもうとする。それを両側の二人が無理矢理引っ張り上げる。何度も同じ動きが繰り返された後、石井が前に進み出て音高く間島の頰を打った。鳥の鳴き声のようなか細い叫びが長く尾を引く。

遠くで雷が鳴り出した。一瞬空が白くなり、六人の姿が淡く浮かび上がる。石井が一歩下がって、榎本にその場を譲った。もったいぶった足取りで前に進むと、姿勢を低くしておもむろに右手を突き出す。間島が短い悲鳴をあげ、首ががくりと後ろに折れた。殺してしまったのか？　いや、榎本は左手で間島の髪を摑み、右手を素早く往復させて両頰を殴りつけた。また細長い悲鳴。榎本が脇へどくと、また稲妻が光り、間島の左の腿で何かが光った。ナイフ。石井がしゃがみこみ、柄に手をかけてぐりぐりと動かす。間島が喉を締められたようなくぐもった悲鳴を上げた。

私にもまだ少しは時間が残されているはずだ。榎本たちはすぐに間島を殺すつもりはない様子である。苦痛をたっぷり味わわせて、感情のすべてが恐怖の色に塗りこめられるまで続けるつもりなのだ。見ると、背後に控えた男が前に進み出て、間島の太腿、ナイフが刺さった場所のすぐ上をタオルで絞り上げてから素早くナイフを引き抜いた。止血。この場合、治療は地獄の延長を意味する。

間島の腕を押さえていた男たちがすっと離れる。榎本が右手を地面と水平に上げ、何の前触れもなしに銃を撃ち始めた。間島の体が痙攣するように動くが、尻餅をついたまま逃げようがない。ぷすぷすというくぐもった銃声が五回、連続して響いた。再び静寂が訪れた時、間島が痙攣したように体を震わせた。おそらく、今の発砲では怪我一つしていないだろう。ただ恐怖を増幅させるための仕業だ。だが、それだけでは終わらない。榎本が屈《かが》みこみ、別の男が間島の右足をがっしりと摑む。榎本が発砲すると、肉が裂け、骨が砕ける鈍い音までが聞こえた気がした。榎本が離れると、間島の右の足首が血まみれになっているのが見えた。まずは両足を、それも違うやり方で破壊した。次は両腕か、それとも耳や鼻を削《そ》ぎ落とすのか。止めを刺すのに一番残虐な手口は何だろう。このまま放置しておけば、いずれは出血多量で死ぬ。次第に弱くなる間島の懇願を聞きながら、それを見届けるつもりかもしれない。

そうはさせない。一発で頭を撃ち抜いたのなら、私も諦めたかもしれないが、どんなにクズのような人間でも、長い時間をかけた拷問の末に殺されるべきではないのだ。それ以上に、榎本たちはこんなことをすべきではない。どんなに復讐心に駆られても、間島のレベルにまで落ちてはいけないのだ。

オートバイのところまで引き返した。拳銃はない——あっても五人を相手にどれほどの役に立つかは分からない——が、それでも何とかしなければならない。心の中でオートバイの持ち主に手を合わせ、鳥飼や溝口たちの叱責、聡子の唖然《あぜん》とした顔を思い浮かべながらシートに跨った。七海、俺のやり方は間違っているか？　これしか方法がないわけではないだろう。それこそ誰か助けを呼ぶとか。それに、聡子が私の居場所を追跡しているはずだから、応援が来るまでさほど時間はかからないだろう。だが、榎本たちの次の行動が読めない以上、さほど時間がないと覚悟を決めるべきだ。自分を信じろ——スローガンのように七海が繰り返した言葉を、頭の中で反復する。

エンジンに火を入れ、迷うことなく斜面に乗り入れる。見ていた時は三十度ぐらいの斜面だろうと思っていたのだが、実際に下ってみるとほとんど垂直に感じられる。オートバイが前のめりに転がり落ちそうになった。斜面を斜めに横切る格好で、榎本たちが集まっている場所を目指して駆け下りる。エンジン音に気づいた五人が、一斉に顔をこちらに向けた。間島だけは別である。両膝をついたままうなだれ、雨に濡れた顔は死んだように白い。榎本が、半身の体勢で拳銃を構える。反射的にタンクに伏せてカウリングに身を隠し、ライトをハイビームにした。直後、右のバックミラーが吹き飛び、衝撃でリアタイヤがずるりと滑る。二十メートル……もう少しの我慢だ。二発目でカウリングの右の端が割れ、プラスチックの破片が頰の肉を薄く削ぎとる。割れ目から吹きこんだ風が顔を叩いた。十メートル……ここだ。連中が避けられないぎりぎりの距離。体重を右のステップにかけ、思い切りブレーキを踏みつける。両足を蹴るようにしてオートバイを送り出すと、私の体は芝の上で二度、三度と跳ねて斜面を転がり落ちた。体を丸め、頭を両手で抱えて庇う。上下左右がひっくり返った視界の中で、カワサキが男たちをボーリングのピンのようになぎ倒すのが見えた。

遠くからサイレンが聞こえてくる。全身がばらばらになりそうな衝撃に耐えながら立ち上がり、少し先に落ちている拳銃を反射的に拾い上げた。かすれた声で「動くな」と警告したが、そんな必要もなかった。倒れた男たちは、全員が死んだように動かない。間島の右足はオートバイの下敷きになっている。熱くなったエンジンが剝き出しの脚に触れていたが、悲鳴も聞こえない。完全に気を失っているようだ。タンクから漏れ出たガソリンの臭いが鼻を突き、吐き気を誘う。

石井がゆっくりと上体を起こした。動いた途端に痛みが走ったのか、左肩を右手で押さえて体をくの字に折り曲げる。雷が空を白く染め、その顔が一瞬はっきりと浮かび上がった。顔は泥だらけだったが、目の光は消えていない。無言のまま、私に多くの言葉を投げかけてきた。だがそれは意味を結ばず、彼の心の底に流れているはずの感情は一切読み取れない。雨脚がさらに強くなり、シャワーのように私たちを濡らす。

奇妙な光景だった。榎本たちは傷を負ってはいるものの、致命傷ではない。手元にはまだ拳銃もあるだろう。反撃することもできるはずなのに、そんな気配はまったく見せない。私の暴走が時を凍りつかせ、この場にいる全員を絵画の中に閉じこめてしまったようだった。その絵にタイトルをつけようとしても、誰も適切な言葉を思いつかないだろう。「悪夢」でも「殺意」でも「邪心」でもない。

石井がズボンのポケットに手を入れ、ゆっくりと引き出す。指先で何かがきらりと光るのが見えた次の瞬間、小さな焔が煌いた。手を一振りすると焔が宙を舞い、ライターの火がオートバイから漏れ出たガソリンに引火する。爆発するように焔が高く上がり、複数の悲鳴が不協和音になって尾を引いた。

サイレンの音が近づく。強い懐中電灯の光が幾筋か、背後から浴びせかけられた。すべてを焼き尽くす焔を消すのも忘れ、私はその場に凍りついて、体が裏返ってしまいそうな吐き気に耐えていた。

現場には、多摩地区すべての署から緊急招集されたかとも思えるほどのパトカーと救急車が集結した。一番重傷だったのは間島で、リンチで負わされた怪我に加え、オートバイの下敷きになって肋骨と脚も折ったようだ。顔面は血だらけで、頭蓋骨骨折も疑われている。しかも下半身にはひどい火傷《やけど》を負っていた。次が石井で、やはり胸を強打し、顔を血で濡らしている。救急隊員の手を借りて立ち上がった後も左足を引きずった。見ると、足首が不自然に外側に向いている。私の脇を通り過ぎる時、一瞬だけ立ち止まって「ストライクじゃなかったな」と冷めた声で言った。血まみれになった顔の中で、目だけが強い生気を感じさせる光を放っている。

栗岡も入院が必要なようだったが、榎本と残りの二人はその場で直ちに逮捕され、署に連行された。私は聡子と同じ車に乗りこんだが、体がボロ布のようになってしまった以上に、気持ちが散り散りに乱れているのを意識した。気を遣ったのか、聡子がハンドルを握る制服の警察官に「暖房、入れて」と声をかける。ほどなく車内が暖まってきたが、体の芯から来る震えは止まらない。両腕で体をきつく抱いた。優美の温かさが懐かしく思い出される。だが彼女は一万キロ以上も離れた場所にいて、おそらくは大学選びで頭を抱えているはずだ。あるいはボイストレーニングをする勇樹を見守っているか。

唐突に顔が緩み、喉の奥から細い笑い声が出た。聡子がぎょっとして私の肩に手をかける。

「鳴沢、大丈夫？」

私は大きく破れたフライトジャケットの袖を触った。

「結構高かったんですよ、これ」指先に乾いた泥がついてきた。「たぶん、もう駄目でしょうね」

「革ジャンぐらい、また買えるわよ」

革ジャンぐらいなら。だが、取り返せないものもある。今夜、誰が死んだ？　今のところは重傷者が三人出ただけである。だが、いくつもの心が死んだ。

「爆発の方、どうでした？　怪我人は？」

「不幸中の幸いで、怪我人はうちの人間だけね。あんたの車が一番ひどかった。前の座席に乗ってた二人は重傷ね。信号で停まった時、石井さんがオートバイからダイナマイトを投げたのよ」

「ああ」昼寝は嘘だったのだ。その時間に榎本たちと会い、ダイナマイトを用意していたに違いない。オートバイで先導すると言い出したのも、自分でダイナマイトを運ぶための方便だったのだろう。しかもあの大型スクーターなら、小物を収納できるスペースがたくさんある。「江戸さんたちは？」

「彼らは無事。前の信号で引っかかってたんで、爆発には直接巻きこまれなかったの」

肺が破裂しそうになるまで大きく息を吸いこむ。石井はどこまで計算していたのだろう。万が一ダイナマイトが直撃していたら、今頃私はここにいない。

それでもよかったのではないか、と思えてくる。自分の存在が急に透明なものになり、体を風が吹きぬけていくように感じた。結局私は何もできなかった。

雨。

邪悪な心や醜い魂を浄化するのではなく、この世界を腐敗させるような雨が降る。

手当てを拒否し、取調室で榎本と向き合った。写真で見たよりもずっと痩せており、しかも髪がほとんど白くなっている。街中ですれ違っても本人と分からないかもしれない。唯一目立つのは顎の傷だ。私が取調室に入って行くと、デスクに額がつきそうなほど低く頭を下げた。一つ深呼吸をしてから椅子を引いて向かい合う。

「お悔やみ申し上げます」

低い声で言うと、榎本の目が私を凝視し、唇がきつく結ばれる。かすかにそれと分かるほど小さくうなずいた。

「今日の——昨日の午前、娘さんの遺体が発見されました。犯人は間島です」

「石井さんから伺いました」丁寧な口調には疲労が滲んでいたが、自分を奮《ふる》い立たせるようにまた背筋をぴんと伸ばした。髪はぐしゃぐしゃ、高そうなスーツもあちこちが破れて、顔の半分は大きな絆創膏で隠れている。しかし、毅然とした態度は揺るがなかった。

「残念なことでした。間島の最後の事件です。もっと早くあの男に辿り着いていたら、事件は起きなかったかもしれません。警察を代表する立場ではありませんが、お詫びします」

「あんたが頭を下げることじゃない」

「いつ、間島が犯人だと分かったんですか」

「我々には独自のネットワークがありましてね。あの男に辿り着くのにそれほど時間はかからなかった。特にああいう前科を持った人間については、いろいろ噂も流れる」

「あいつを監視して、自分たちで捕まえようとしてたんですね。我々が間島を逮捕した瞬間を栗岡が見ていたはずです」

榎本が天を仰ぐ。唇が痙攣するように震えた。私に視線を戻すと、目が濡れているのがはっきりと見えた。

「残念でした。あの時に警察よりも早く動いていれば、こんなことをするまでもなかった。本当にお騒がせしてしまって」

「石井さんとはどうして――」

「あの人は処分されるんでしょうね」榎本が私の質問を静かに遮った。

「まだ何とも言えません」

沈黙が流れた。私も榎本も、すでに同じ結論に達している。暴力団と通じて、容疑者を放す策を練り、自分でもダイナマイトを使った。どんなに情状を汲《く》んでも実刑は免れないだろう。当然、警察官ではいられなくなる。

「石井さんは、いい刑事です。私たちとはふだんはつき合いはありませんがね。私は、七年ほど前にある事件で知り合ったんです。その後、石井さんの娘さんにあんなことがあって……今回も、石井さんにだけは相談したんです。彼の判断は――」

「警察に届ける必要はない、と」

「私も同じ考えでした。間島が捕まってからも情報を流してもらいましたけど、石井さんは、間島が罪を問われない可能性を心配していました。あんな男を司法の手に委《ゆだ》ねる必要はない。二人であの男を釈放させる作戦を練って、こういうことになりました」

「石井さんならあなたの気持ちが分かる」

「他の人には分からないでしょうね。娘を殺されて、しかも犯人が死刑になる保証はない。そんな立場の父親が二人揃った時に何を考えるか——もちろん、あなたにそれを理解してくれとは言いません。自分がやったことは分かっています。罰を受ける覚悟もできています。実際、間島を殺したら自首するつもりでした。石井さんを巻きこんでしまったのは申し訳ないと思っています。今回の件は、あくまで私が中心です。若い連中は、私が無理に引きこんだだけですから、どうかご配慮いただきたい」

「榎本さん」声をかけると、急に電源を引き抜かれたように榎本が黙りこんだ。ややあって顔を上げ、きっと私を睨む。

「残念です」声を振り絞る。「間島を殺せなかったことだけは残念です。身を切られるほど辛《つら》い。可能性は低いかもしれませんが、あの男はいずれ社会に出てきて、また同じことを繰り返す恐れもある。その責任を、警察や裁判所は負い切れないでしょう。法律は法律です。それは曲げようもない。だから私たちが……ヤクザにはヤクザのやり方がある」

理解できますとは、口が裂けても言えなかった。刑事としては絶対に口に出せないことだから。

刑事としては。

私は無言で彼を見詰めた。視線が絡み合い、短い時間に無数の言葉が行きかう。

子どもを失う。時が経つに連れ、むしろ濃くなる憎悪。同じ立場の人間への同情。それはやがて強い共感へと昇華していく。

榎本を、石井を声高に糾弾できる人間がいるのか。そういうことを口にする人間を、理屈や拳で黙らせることはできない。だが私は、その人間が言葉の軽さを思い知るまで、冷ややかに見詰めてやろうと思う。


おっと、と声を出しかけ、太い柱の影に体を隠した。最初の爆発に巻きこまれた時に私を治療してくれた若い医師の姿を見かけたのだ。女性看護師を二人連れて、競歩のようなスピードで歩き去って行く。その背中が小さくなるのを見送ってから、石井の病室に向かった。オートバイのリアタイヤでなぎ倒された石井は思ったよりも重傷で、左肩を脱臼し、左足首を複雑骨折していた。逃亡の恐れがないということで、まだ身柄を押さえられてはいない。

個室だった。ドアを開けようと思った瞬間、廊下のソファに腰かけて雑誌を読んでいた男が鋭い視線を向けてくる。東多摩署の刑事だ。私だと気づくと、小さくうなずく。何か話そうかとも思ったが、結局うなずき返しただけでドアを開けた。

石井はベッドに横たわり、ぼんやりと天井を見上げていた。急に体が萎んでしまったようで、髪にも白いものが目立つようになっている。わずか数日前の出来事だが、彼の中を長い年月が走り去っていったようだ。私に気づくと体を捻り、体のどこかに走った痛みに顔をしかめる。

「よ」短い一言。その一言の余韻が消えるまでに失せる短い笑み。私は椅子を引いてベッドの脇に座った。

「煙草、持って来てくれたか」

「まさか」

「ニコチンが必要なんだ」髭が伸びた顎をざらりと手で擦った。「あれがないと、薬の効きも悪い」

「それは逆でしょう」

「いや、俺の場合はニコチンが薬になるんだよ。酒でもいいけど」

言葉が途切れる。開いた窓から湿った風が吹きこみ、掛け布団を撫でた。

「歩けるようになったら逮捕されるんだろうな」

「そうなると思います」

「ま、いろいろやっちまったからな」

「掲示板で煽ったのも石井さんですね」

「ああ。考えられる手はどんどん打ったよ。警察に真面目に考えさせるためにな。ところで、榎本はどうしてる」

「石井さんを巻きこんでしまったのは申し訳ないと。それと、悔しがってますね」

「そうだろうな。お前があそこまで邪魔するとはな……今さらこんなこと言っちゃいかんか。お前は当然のことをやっただけだ。俺たちの詰めが甘かった」

詰めが甘かったのは私も同じだ。間島に対する石井の憎悪を疑ったこともある。あの時、もう一歩進んで考えていたら、こんなことにはならなかったかもしれない。

「俺たちを殺すつもりだったんですか」

「加減したさ。もっとも、完全に調節はできないから冷や冷やしてたけどな。間島以外の人間を殺すつもりはなかったんだ」

三度の爆発は、計算されたものだったのだ。榎本だけだったら、もっとひどいことになっていたかもしれない。石井がブレーキになったのだろう。刑事になる前、警備部で爆弾処理の仕事をしていた時に身につけた知識と技術を石井は活かしたのだ。

「そうですか」

何を言っても迷路に入りこむ。誰かの力を借りたかった。巨大な斧《おの》で、私たちの背後にある混乱した過去を断ち切ってもらいたかった。間島を巡る男たちの事件を、自分自身で整理できるとは思えない。

「刑事失格だな、俺は」

何も言わないでいると、石井が窓の方に顔をそむけた。そのまま、ほとんど聞き取れないような声で続ける。

「俺は娘を亡くした。それでたくさんのものを失った。それからだよ、刑事の仕事が何の役にもたってないいんじゃないかって思い始めたのは。間島みたいな奴を捕まえても、必ず罰せられるっていう保証はないんだぜ。それで苦しんでる被害者がどれだけたくさんいるか、自分で娘を亡くして事件が中途半端なまま終わって、ようやく分かった。人はな、自分を不幸に陥れた人間が法で裁かれるだけじゃ納得できないんだよ。そいつが自分より不幸になるのを見ないと我慢できない」一瞬言葉を切り、唾を呑んだ。「娘が殺されてから、俺は同じような事件がある度に外されてた。そりゃあ、そうだ。上層部は、俺が冷静でいられないと思ってたんだろうからな。でも俺は、チャンスを窺ってたんだ。あんな人間が出てくれれば自分の手で始末する。社会の悪を確実に一人減らす。間島は確実に殺さなくちゃいけなかった。そのために、無理に今度の捜査本部に押しこんでもらったんだ。もう大丈夫だ、俺はちゃんとやれるって主張してね。何とか上を説得できたよ」

答——答えることなどできない。

「巻きこんで悪かったな。怪我は大丈夫なのか」

「こうやって普通に歩いてますから」本当はそうではない。体がばらばらになり、誰かが大慌てで組み立て直したような感じがする。それを言えば、体だけでなく心も。

石井が私の方を向き、自由になる右手で掛け布団を引きはがした。パジャマの隙間から、肩に巻いた包帯が見える。足首はギプスで固められていた。痛々しいというよりも、何かの罰を受けているように見える。

「案外、何も考えないもんだな」右手を頭の下にあてがい、首を少し起こした。「最初は怖かったんだ。娘のこととか、自分がやっちまったことをあれこれ考えて眠れなくなるんじゃないかって思ってな。だけど不思議なもんで、やることもないのに、思い出しもしないんだよ。テレビを見てるか雑誌を読んでるか、時々調べに来る連中の相手をしてる。そんなことをしているうちに、いつの間にか時間が過ぎて行くんだよ」

「悪いことじゃないと思います」

「ああ。頭の中で起こってることは、自分では止めようがないからな。考え始めて、悩み始めたら、それこそどん底まで行っちまうだろう。それに、今わざわざそんなことをしなくても、これからいくらでも考える時間はあるからな。ところで、上の連中はどうしてる」

「大騒ぎですよ」

「だろうな」石井の唇が歪《ゆが》んだ。「最悪の結末だからな。間島を放したのは間違いで判断ミスだって、ニュースでもがんがん叩いてるだろう。だけど、お前は気にするな」

「奴を放すように最初に言ったのは俺です」しかし、今のところ公式なお咎《とが》めはない。ヒラの刑事が責任を取ってどうなる問題でもないのだ。事件から数日が過ぎ、間島を放したことよりも、石井が絡んでいたことの方が重大な問題として浮上していた。上層部の考えていることは分かる。これは警察全体の判断ミスではなく、一人の不良刑事の責任だという方向に持って行きたいのだろう。マスコミの論調をそのように動かすのは難しいことではない。

「俺の口からは言えなかった。余計なことを言うと、怪しむ奴がいたかもしれなかったし。お前が言ってくれたんで計画は上手く行った……最後で失敗したけどな。お前には悪かったと思ってる」

「大丈夫です。今のところは何も言われてませんから」

　スーツのポケットから一枚の写真を取り出して石井の胸の上に置いた。石井の目が大きく見開かれる。震える右手で写真を摑むと、胸の上で立てた。顎を引き、写真を正面から覗きこむ。

「どう……したんだ、これ」かすれた声は少し湿っていた。

「石井さん、娘さんの写真は一枚も残っていないんですよね」

「ああ。処分した。後悔したけどな」

「奥さんから借りてきました」

「あいつのところに行ったのか」

「ええ」

「そんなことをしなくてもいいのに。お前の仕事じゃないんだぜ」

「仕事じゃないからですよ」スーツの胸のところを両手で撫でつけ、身を乗り出した。

「自分でも、どうしてこんなことをしようと思ったのか分かりません。娘さんの写真を見るのは、石井さんにとっては辛いことかもしれないけど、何もないのはもっと辛いんじゃないですか。それに今回の件、石井さんは自分の娘さんのためにやったようなものでしょう。いいとか悪いとかじゃないんです。正直言えば、俺も分からない。同じ立場だったら……」

「お前は、俺とは違うよ」石井が写真をぱたりと倒した。濃いパープルのベルベットのジャケットに紺色のスカート、エンジ色のベレー帽でお洒落《しゃれ》した女の子の顔が天井を向く。石井のごつい指先がほんの少し動き、写真をゆっくりと撫でた。

「いや、本当に大事なのは何か――」

「お前はずっと刑事でいろ」突然強い口調で遮った。「お前には刑事の本分を忘れて欲しくない。俺たちが仕事で迷った時に、お前を見れば答が分かるような存在でいて欲しい。お前はそういうことができる人間だよ……もっとも、俺はもうお前を見て仕事をすることもないだろうけど」

「写真、置いていきます」

「ああ」石井が舌を出し、乾いてひび割れた唇をすっと舐めた。「ありがとう」

一礼し、立ち上がる。こんなことをしてよかったのかどうか、礼を言われた後になっても結論を出せない。

音を立てないようドアを閉め、病室を出た。急に全身の力が抜け、壁に背中を預ける。静かなすすり泣きの声が聞こえてきた。遠くから。いや、壁一枚隔てただけの場所からなのだが、実際にははるか彼方、二度と手の届かぬ場所から流れてくるようだった。

石井には絶対にこの写真が必要だ、と思っていた。だが私は、彼に癒しをもたらしたのか罰を与えたのか、分からなくなっていた。

新装版解説

内田　剛

堂場《どうば》瞬一《しゅんいち》作品はなぜこんなにも面白いのか？　血湧肉躍るその物語世界。筆の漲《みなぎ》りもそのままにラストまで一気に読ませてしまうテクニックには脱帽だ。本書『讐雨』を題材として堂場文学の魅力に少しでも近づいてみたい。

この『讐雨』は全十巻に及ぶ「刑事・鳴沢了」シリーズの六巻目にあたる。『雪虫』『破弾』『熱欲』『孤狼』『帰郷』『讐雨』『血烙』『被匿』『疑装』『久遠（上・下）』とシリーズのタイトルは二文字に集約されており、潔いネーミングセンスのインパクトは絶大。この明解さも大ヒットの理由のひとつであろう。「刑事・鳴沢了」をサブタイトルとしてどの巻からでも手に取りやすい。シリーズ累計二百万部突破という恐るべき実績を誇るこの作品が令和という新時代に読み返されるこの僥倖《ぎょうこう》。人気作家としての地位を揺るぎないものとしている堂場瞬一の代表作が「新装版」として再び世に届けられるのは非常に意義深い。

一九六三年生まれの堂場瞬一は二〇〇〇年に『8年』で第十三回小説すばる新人賞を受賞しデビュー。新聞記者出身であるから確かな取材に基づいた描写力はお手のもの。グイグイと読者を引きつける構成の妙もデビュー時からの魅力であった。ちなみにデビュー作の『8年』のテーマは野球。スポーツ小説も得意とするこの作家の原点ともいえる。

その後の活躍も本当にめざましい。個人的に約三十年間書店店頭で勤務しており、堂場瞬一のデビューから今までをこの目で見続けて来ているのだが、新作が出る毎に売れ行きが伸びる、まさしくステージが上がっているのを肌で感じてきた。特にデビュー後の二作目として二〇〇一年に『雪虫』でスタートしたこの「刑事・鳴沢了」シリーズは作家・堂場瞬一を超メジャーに押し上げたターニングポイントともなった作品と感じる。通常、シリーズものはパブリシティも豊富な第一巻が一番売れて、巻を追うごとに売れ数が低減していくのが当たり前。二巻目以降の伸びはグッと減るものだが堂場作品はそうはいかない。巻が深くなるほど売れるのだ。既刊も追加手配が間に合わないほどの勢いがある。新刊が出ればまた一巻や二巻も売れる。これが本当に面白い作品の売れ方だ。

女性ファンが多いのもこの作家が売れている原動力といえる。ベストセラーになるためには女性票をいかに集めるかはどんな業界でも周知の事実であるが、堂場瞬一の描き出す男気あふれた物語世界が女性のハートをつかんだことは間違いない。書店の店頭でいったい何度女性からの問い合わせを受けたことか。普段は警察小説、スポーツ小説に親しんでいないような方たちも探し出して読んでいた。新聞広告や各種宣伝物で使われた、絵に描いたような著者のルックスもまた大きく背中を押したであろうことは容易に想像がつく。

読者ばかりではない。書店員の堂場ファンも多数。作品が面白い、飛ぶように売れる、その上に男前……ここまで完璧に三拍子揃えばこれはもうモテないはずはない。さらに人柄も素晴らしいから天は何物も与えたものだ。出版業界には堂場瞬一を取り囲む応援団的な「チーム堂場」がある。出版社や書店員たちの横のつながりで一人の作家を推す動きは本屋大賞の設立以降珍しくなくなってきているが、その走りだったような気がする。「文藝別冊　堂場瞬一」（河出書房新社）というファンブック的な一冊も刊行されるほどの人気ぶり。圧倒的な作品力があっての作家の人望。売り手である書店員の心理として堂場作品は一等地で売り続けたい、作り手である編集者たちはこういう作家と一緒に仕事をしたい、ポジティブが連鎖した熱い思いの結集もまたこの作家を押し上げた力になったのである。

さてそろそろ本書『讐雨』の読みどころを語らねばならない。シリーズ六作目だからまさしく充実期。登場人物の関係性も丁寧にストーリーに盛り込まれているので、続けて読んでいなくともこの一冊単独でも楽しめる。まずはタイトルの『讐雨（しゅうう）』だが、ちょっと耳慣れない言葉である。「雨」はそのまま天から降り注ぐ雨のこと。「讐」は「復讐・仇讐・恩讐」の「讐」で「あだ。かたき」という意味である。「讐雨」はまさに人間の情念が雨のように天上から降り注ぐ物語。一見押し殺したようでも内面を滾《みなぎ》った熱い感情の発露が伝わる復讐の炎を全身に浴びたようなストーリーなのだ。

主役である刑事・鳴沢了は「仏の鳴沢」と呼ばれた祖父と「捜一の鬼」の異名を持つ父の血を受け継ぐサラブレッド。まさに絵に描いたような生まれながらの刑事だ。正義のためなら容赦しない屈強なこの男であるが最も大事に想うのは、血の繋がりのない家族である。結婚を意識し合う恋人の内藤優美《ないとうゆみ》、とその十歳の一人息子・勇樹《ゆうき》、優美の兄で鳴沢の親友でもある七海《ななみ》が身内として登場する。遠くニューヨークで暮らし始めて四ヶ月の彼女たちと、互いに悩みを打ち明け励まし合い、寄り添いながら物語は進んでゆく。

目次を開けば第一部は「火花」、第二部は「黒い鎖」で第三部は「23：59：59」。弾け飛ぶ火炎のイメージと不気味な存在にとらわれたように追えば追うほど雁字搦《がんじがら》めになる事件。そして提示されたタイムリミットから想像できるようにメインは平穏な日常を一瞬で切り裂く爆発物。それを仕掛ける凶悪犯人との時間を限られたスリリングな知恵くらべである。

軸となる人物は拘留中の殺人犯の間島重《まじましげる》。わずか一ヶ月の間に三人の小学生を誘拐殺人した超凶悪犯である。死体損壊と死体遺棄の容疑もあるがまったく罪の意識はない。根っからの極悪人で正義漢である鳴沢が最も忌み嫌うタイプの人物だ。こういう理不尽な犯罪を生み出してしまうこの現代社会にも病理があり、しかも断罪すべき罪があるにもかかわらず被告人に責任能力がないという事由で無罪判決も考えられる。異常事件の声なき被害者と遺族たちの無念はどこで晴らせば良いのか。問われ続ける命の重さ。いわゆる死刑制度や刑法三十九条の問題も考えさせられてストーリーに深みを持たせている。

冒頭からいきなり導火線に火が付けられる。捜査で車を運転中にいきなり路肩に停車していた車が爆発。無差別テロを想起させる九死に一生の壮絶なシーンから物語が始まるのだ。病院で意識を取り戻した鳴沢。「生きてる?」との問いかけに「脚はついてます」と答える。緊迫したシーンでもこうしたジョークが出るのも鳴沢、いや堂場節の良さだ。何という切れ味の良さ。程よいタイミングで登場する知的で洒落た会話、絶妙な駆け引きもまたこの作品を盛り上げるスパイスとなっている。スピーディーな展開を追いかけながらも、セリフの妙を楽しめる。そこには人間たちの偽らざる本音の部分が凝縮されている。さらには捜査の裏側、事件の真相に近づく重要な言葉もあるかもしれないから油断大敵である。

そしてこの事故の描写だけでなく聴取や追跡などのあらゆる場面も臨場感満点で本当に全身に迫りくる。まさに映像的でこと細かに脳裏に刻まれるのだ。

「間島を釈放しろ。さもないと、爆発は続く」

爆発事件直後に届いた犯人からのメッセージに鳴沢は凍りつく。

犯人の目的は？　間島との関係は？　性質《たち》の悪い爆弾犯の指示に翻弄され、反社会勢力との繋がりが見えてくる。追えば追うほど謎が謎を呼ぶ緊迫の展開となり目が釘づけとなるのだ。

この世は白と黒の二つには分かれない。善と悪の狭間のグレーゾーンにこそ真実があり、闇の世界にもそれぞれに物語が構築されているのだ。一筋縄ではいかない人間社会の縮図が本作『讐雨』の中にも見事に閉じ込められている。

鳴沢了のアクションも全開だ。頭に怪我を負いながら病院を抜け出しての捜査。命懸けの無鉄砲さは危険すぎて冷や汗の連続。しかし無謀とも思えるその行動はすべてたったひとつの正義とかけがえのない家族愛に真っすぐにつながっており、まったくブレがない。男として、人間としてやらなければならないことをただシンプルにやり遂げる。清々しいまでの一途さ、それがこの男の最大の魅力なのだろう。

食通で知られる堂場瞬一。グルメのシーンもまた堂場作品では欠かせないポイントだ。捜査中の朝食は「ボウル一杯のシリアルに黒くなりかけたバナナ一本」というのもいい。一方で想い人・優美の得意料理はベイクドビーンズ、マッシュルーム入りのオムレツ、豚の角煮、コーンド・ビーフなど対極にある。ギャップはあるが想像しただけで美味しい。食だけでなくこだわりを持って靴を磨く場面も印象的。お洒落な鳴沢。自宅のガレージでストイックにトレーニングする普段着の姿も凛々しく、こうした小ネタもファンにはたまらなく嬉しい。

とにかく勘の鋭い鳴沢の同僚である東多摩署刑事の萩尾聡子《はぎおさとこ》など、相棒となる仲間たちのキャラクターもまた素晴らしい。その現場を象徴するような性格と、活き活きとした人物描写で個性が際立ち、脇役ながらもこの物語を引き締めている。刹那《せつな》的な出会いがあれば生涯に渡る運命的な縁もある。様々な人々との邂逅《かいこう》を血肉として、鳴沢了はまた新たな刺激に満ちた旅に出るのだ。

次作『血烙』の舞台はなんとメジャーリーグの国・アメリカだ。『讐雨』で意味ありげに予告されていた家族とのサプライズを果たすべく、物語も海外へと出張する。壮大な舞台で事件に挑む鳴沢了がいかに躍動するか乞うご期待。

オリンピックが延期となった二〇二一年ははからずも堂場瞬一デビュー二十周年にあたる。来年に向けて、なにやら特別な企画をしているらしい。進化し続ける堂場瞬一が、いったいどんな高みを極めるのか楽しみで仕方ない。閉塞感溢れるいまの空気を打ち破り、全身全霊をかけて読者を楽しませてくれる堂場作品からますます目が離せない！

（うちだ・たけし　元書店員・ブックジャーナリスト）

この作品はフィクションで、実在する個人、団体等とは一切関係ありません。

本書は『讐雨　刑事・鳴沢了』（二〇〇六年六月刊、中公文庫）を新装・改版したものです。

中公文庫

新装版《しんそうばん》
讐《しゅう》　雨《う》
——刑事《けいじ》・鳴沢了《なるさわりょう》

2006年6月25日　初版発行
2020年6月25日　改版発行

著　者　堂《どう》場《ば》瞬一《しゅんいち》

発行者　松田陽三

発行所　中央公論新社
〒100-8152　東京都千代田区大手町1-7-1
電話　販売　03-5299-1730　編集　03-5299-1890
URL http://www.chuko.co.jp/

DTP　ハンズ・ミケ
印　刷　三晃印刷
製　本　小泉製本

Published by CHUOKORON-SHINSHA, INC.
Printed in Japan　ISBN978-4-12-206899-5 C1193

中公文庫既刊より

各書目の下段の数字はＩＳＢＮコードです。978－4－12が省略してあります。

と-25-36
ラスト・コード
堂場瞬一
父親を惨殺された十四歳の美咲は、刑事の筒井と移動中、何者かに襲撃される。犯人の目的は何か？　熱血刑事と天才少女の逃避行が始まった！〈解説〉杉江松恋
206188-0

と-25-43
バビロンの秘文字（上）
堂場瞬一
カメラマン・鷹見の眼前で恋人の勤務先が爆破。彼女が持ち出した古代文書を狙う、ＣＩＡ、ロシア、謎の過激派組織――。世界を駆けるエンタメ超大作。
206679-3

と-25-44
バビロンの秘文字（下）
堂場瞬一
激化するバビロン文書争奪戦。鷹見は襲撃者の手をかいくぐり文書解読に奔走する。四五〇〇年前に記された、世界を揺るがす真実とは？〈解説〉竹内海南江
206680-9

い-127-1
ため息に溺れる
石川智健
立川市の病院で、蔵元家の婿養子である指月の遺体が発見された。心優しき医師は、自殺か、他殺か――。見えていた世界が一変する、衝撃のラストシーン！
206533-8

い-127-2
この色を閉じ込める
石川智健
人食い伝説を残す村で殺人事件が発生。住人の口から上がった容疑者の名は、十年前に死んだ少年のものだった。恐怖度・驚愕度ナンバーワン・ミステリー。
206810-0

と-36-1
炎冠　警視庁捜査一課七係・吉崎詩織
戸南浩平
時間内にゴールできなければ、マラソン代表候補が爆死。警察の威信に懸けて犯人を暴け。レース×サスペンス、緊迫の警察小説！
206822-3

ひ-38-1
ＣＡＧＥ　警察庁科学警察研究所特別捜査室
日野草
誰かが刑事、誰かが犯人、そして誰かが存在しない。相良と彼の上司の琴平は、男に連れ去られる寸前の女子大生を助ける。だが相良と琴平の目的は……。
206858-2